イスカリオテのユダ

Иуда Искариот

L. N. アンドレーエフ作品集

Леонид Николаевич Андреев

岡田和也 訳

未知谷
Publisher Michitani

イスカリオテのユダ

＊L・N・アンドレーエフ作品集

天使

I

時折り、サーシカは、生《せい》なるものを已《や》めたいと想っていた。朝な朝な、薄い氷片の泛《う》かぶ冽《つめ》たい水で顔を洗い、中學校《ギムナージヤ》へ通い、其處《そこ》でみんなに罵《ののし》られ、晩は晩で、ずっと母親にお仕置きの膝立ちをさせられ、腰や満身に疼《いた》みを感じることなど、最《も》う懲《こ》り懲《ご》り。けれども、齢《よわい》十三の彼は、人が生きるのを已めたい時に已める術《すべ》を何も知らず、相変わらず、中學校へ通い、家で膝立ちをさせられ、永遠に生が畢《お》わらぬように想われた。一年、最《も》う一年、更に一年が過ぎても、自分は、中學校へ通い、家で膝立ちをさせられているだろう。サーシカは、旋毛《つむじ》曲がりで無鐵砲《むてっぽう》、不幸を黙って看過《みす》ごせず、生に復讐《しかえし》をしていた。それで、仲間を毆《なぐ》り、目上の者に暴言を吐き、教科書を破り、四六時中、教師や母親を誑《あざむ》いていたが、父親にだけは、嘘を吐《つ》かなかった。喧嘩で鼻を負傷《けが》すると、態《わざ》と疵《きず》を抓《か》き挘《むし》り、泣かずに號《さけ》んだが、餘りにも囂《やかま》しいので、みんな、不快になり、顔を顰《しか》め、耳を塞いだ。彼は、気の濟《す》むまで號ぶと、途端に温和《おとな》しくなり、ぺろりと舌を出し、號ぶ自分や耳を塞ぐ擔任《たんにん》や恐れ戰《おのの》く勝者の戯畫《ぎが》を、雑記帖に描《か》き込んでいた。戯畫で埋め盡《つ》くされた帖面に最も頻繁に描《えが》かれたのは、ずんぐりした女が燐寸《マッチ》みたいに痩せた少年を棒でしばいている圖《づ》。その下には、《謝りなさい、青二才》と云う添え書きと《謝るもんか、死んだって》と遣《や》り反《かえ》す言葉が、黒く大々《でかでか》と殴り書き。サーシカは、主の降誕祭《ロジデェストヴォー》の前に中學を放校となり、母親が撲《ぶ》ち始めると、その指に噬《か》み附いた。彼は、それを機《しお》に自由を手にし、毎朝の洗顔を已め、日がな一日、仲間と遊び歩き、彼らを殴り附け、母親が何も食べさせてくれなくなったので、空腹だけは怕《こわ》かったが、父親が、麵麭《パン》と馬鈴薯《じゃがいも》を密《こっそ》り取って置いてくれた。サーシカは、これなら生きていけると想った。

主の降誕祭の前日の金曜日、サーシカは、仲間が家路に就《つ》き、最後の一人の背後で木戸が鐵銹《さび》と沍寒《モローズ》で軋る音を立てるまで、彼らと連《つる》んでいた。最《も》う昏《くら》くなり、人気《ひとけ》の無い小路《こうじ》を外《はず》れた野原からは、雪糅《ゆきま》じりの鈍色《にびいろ》の靄《もや》が逼《せま》り、通りを塞ぐように邑《まち》の出口に彳《た》っていた低く黒い建て物に、赤っぽいちろめかぬ火光《あかり》が點《とも》った。冱寒が募《つの》り、サーシカは、灯影《ほかげ》の明るい圈《わ》を過《よぎ》る時、緩《ゆる》やかに宙を舞う粉雪を目にした。自家《うち》へ帰るしか無かった。

「この孩児《がき》、こんなに晩くまで何處《どこ》に居た?」母親は、息子を呶《ど》鳴《な》り附け、拳固を揮《ふ》り上げたが、撲ちはしなかった。袖は捲《まく》れ上がり、皎《しろ》く太い腕が剝き出しになり、眉の薄いのっぺりした顏に玉の汗が浮いていた。サーシカが脇を通ると、平生《いつも》の火酒《ヴォートカ》の臭いが芬《ぷうん》。母親は、短い爪の垢《よご》れた太い食指で頭を抓《か》き、罵り合う間も有らばこそ、只、唾を吐いて、我《が》鳴《な》った。

「下っ端《スタチースチク》（訳註「統計係り」の意も）共《ども》さ、早い話しが!」

サーシカは、蔑《さげす》むようにふんと鼻を鳴らし、父親のイヴァーン・サーヴヴィチの苦しげな息遣《いきづか》いが聞こえる間仕切りの向こうへ移った。父親は、常に寒気がするので、熱い煖炉の上の寝床に坐り、掌を下へ向けて両手を尻に布《し》いていた。

「サーシカ! お前、スヴェーチニコフさん家の樅《ヨールカ》の木祭《ち》りに招《よ》ばれたぞ。婢女《じょちゅう》さんが來てくれたんだ」父親は、耳語《ささや》いた。

「嘘?」サーシカは、信じられずに訊いた。

「本當だ。自家《うち》の鬼姥《おにばば》は、態と知らん容子《ぷり》してるが、最う半外套《クールトカ》を用意してある」

「嘘?」サーシカは、もっと駭《おどろ》いた。

彼を中學へ行かせてくれた裕福なスヴェーチニコフ家は、放校後の彼に閾《しきい》を跨がせなかった。父親が、最う一度、本當だと云うと、サーシカは、怎《ど》うするか迷った。

「退《ど》いて、自分許《ばっか》り！」彼は、寸詰《すんづ》まりの寝床へ跳び乗りながら、父親にそう云い、こう続けた。「あん畜生らの許《もと》へなど、行くもんか。俺様が行くなんて、彼奴《あいつ》らにゃ、勿體《もったい》無い。《不良~少年》」サーシカは、鼻聲で曳《ひ》っ張るように云った。「自分たちは、ご立派さ、大《でか》い面《つら》した野卑《アンチープ》な金有ち」

「おぃ、サーシカ、サーシカ、サーシカ！」父親は、寒さに身を竦《すく》めた。「お前なぁ、今に身を滅ぼすぞ」

「其方《そっち》は、滅ぼしてない？」サーシカは、麁匆《ぞんざい》に切り反《かえ》した。「能《よ》く云うよ、嬶《かかあ》が怕《こわ》い癖に。埴猪口《へなちょこ》さん！」

父親は、黙って坐り、身を竦めていた。仄《ほの》かな光りが、天井まで四分の一ほど足りない間仕切りの上の潤《ひろ》い隙間から射し、彼の黝《くろ》ずんで落ち凹《くぼ》んだ眼窠《がんか》の上の秀でた額に明るい斑《はだら》を映していた。嘗《かつ》て、イヴァーン・サーヴヴィチは、火酒《ヴォートカ》を浴びるほど飲み、妻は、夫を怖れ憎んでいた。けれども、彼が、血を喀《は》き始め、最う飲めなくなると、彼女が、飲み出し、徐々に湎《おぼ》れていった。そして、訣《わけ》の判《わか》らぬことを吠《ほざ》いたり片意地と大酒の爲に職場を逐《お》われたり類《に》た者同士の蓬髪の無礼者や高慢ちきを伴《つ》れてきたりした丈高く胸板薄い男の所爲《せい》で舐めさせられた凡《あら》ゆる辛酸に対し、その時になって怨《うら》みを霽《は》らした。彼女は、夫とは反対《あべこべ》に、飲むほどに丈夫になり、その拳固は、愈々《いよいよ》重くなった。今では、云いたい放題、伴れてきたい男や女を伴れてきては、陽気な歌を放吟していた。彼の方は、黙りこくり、常に悪寒《おかん》に身を竦め、間仕切りの向こうに臥《ふ》し、人生の不公平や恐ろしさを想っていた。イヴァーン・サーヴィチの妻は、自分にとって夫や息子ほどの仇敵《かたき》はこの世に居らず、何方《どちら》も高慢ちきで下っ端《スタチースチク》、などと、対手《あいて》構わず、啣《こぼ》していた。一時間後、母親は、サーシカにこう告げていた。

「行けって云ったら！」フェオクチースタ・ペトローヴナは、一語毎《ごと》に卓子《テエブル》を拳固で毆《たた》き、洗った玻璃盞《コップ》が、撥《は》ねて搗々《かちかち》鳴った。

「行かないって云ったら！」サーシカは、平然と応じ、その口角《こうかく》は、齒を剝きそうにぴくぴくしていた。彼は、その癖の爲に、中學校で仔狼と稱《よ》ばれていた。

「お前、撲《ぶ》たれたいのか、えっ、撲たれたいのか！」母親は、呶鳴った。

「可《よ》し、撲ってみろ！」

フェオクチースタ・ペトローヴナは、噬《か》み附くようになった息子を撲つことは最うできず、外へ抛《ほう》り出したとて徘徊《ぶらぶら》するだけでスヴェーチニコフ家にだけは凍え死んでも行かないと判っていたので、夫の権威を笠に被《き》た。

「何が父親だい、母さんを侮辱から戍《まも》れもしないで」

「然《そ》うだ、サーシカ、行ってこい、何、勿體《もったいぶ》振ってんだ？」父親は、寝床から応じた。「亦《また》、お前に目を懸《か》けてくれるかも知れん。善《い》い人たちだから」

サーシカは、小莫迦《こばか》にするふうに薄く笑った。父親は、サーシカが未《ま》だ生まれる前、スヴェーチニコフ家の教師を務め、その頃から、彼らを無類《むるい》の善人と看做《みな》していた。當時は、未だ地方自治会《ゼームストヴォ》の統計課《スタチースチカ》に勤めており、酒は一切飲《や》らなかった。下宿の女将《おかみ》の娘を孕《はら》ませて世帯《しょたい》を有《も》つと、彼らとは疎遠になって飲み始め、酔い潰れて路上で起こされて警察へ縛曳《しょっぴ》かれるまでに落魄《おちぶ》れた。けれども、スヴェーチニコフ家には、その後も金銭面で扶《たす》けられ、フェオクチースタ・ペトローヴナは、書物や夫の過去と結び着いた凡ゆるものと同じように、彼らを憎んでいたが、面識を重んじ、それを鼻に懸けていた。

「萬一《ひょっと》して、樅の木祭り《ヨールカ》から、小生にも何か、貰ってきてくれるとか」父親は、続けた。

彼には、小狡い處《ところ》が有り、サーシカは、それを知っており、弱蟲で嘘吐《つ》きな父親を軽蔑していたが、哀れな病人に何か持ってきてあげたい気もした。彼は、佳《い》い烟草《たばこ》を久しく喫《の》めずに居る。

「仕様《しやあ》ねぇな！」サーシカは、ぼそっと云った。「寄越しな、半外套《クールトカ》。釦《ボタン》、着《つ》いてる？　云っても行《や》らない人なんだから！」

Ⅱ

子供たちは、未《ま》だ樅《ヨールカ》の木の在る広間へ通されず、子供部屋でお喋《しゃべ》りをしていた。サーシカは、小莫迦《こばか》にして見貶《みくだ》すように彼らの他愛無い話しに耳を欹《かたむ》け、主人の書斎から竊《くす》ねたものの折れて了《しま》った吸い口附き紙捲き烟草《パピローサ》を洋袴《ズボン》の衣兜《ポケット》の中で弄《まさぐ》っていた。すると、一番小さなスヴェーチニコフ、コーリャが、近着き、内股で、指を畳《ふっ》りした唇の端に添え、駭《おどろ》いたふうに直《ぴた》っと停《と》まった。六ヶ月ほど前、彼は、身内に強く云われ、指を咥《くわ》える下品な癖を矯《なお》したが、未だその仕種《しぐさ》を悉《すっか》り已《や》めることができなかった。コーリャは、白い髪が額《おでこ》の上で剪《き》り揃えられ、捲《ま》き毛が肩に懸《か》かり、碧《あお》い目が喫驚《びっくり》した感じで、そんな容子から、サーシカに取り分け目を着けられる男の子の一人となっていた。

「君は、恩知らずな男の子？」彼は、サーシカに訊いた。「先生《ミス》（訳註　英國人女性家庭教師）

が、僕に云ったよ。僕は、好《い》い子」

「何処《どこ》が、好い子だ！」訊かれた方は、天鵞絨《ビロード》の半洋袴《はんズボン》や大きな折り衿《えり》を眺め廻しながら、応えた。

「鐵砲《てっぽう》、欲しい？　ほら！」男の子は、木栓《コルク》の彈が結わい着けられた鐵砲を差し出した。仔狼は、撥条《ばね》を上げ、何一つ怪《あや》しまぬコーリャの鼻を狙って引き鐵《がね》を引いた。木栓の彈は、鼻に中《あ》たって撥《は》ね反《かえ》り、紐の尖《さき》で搖曳《ぶらぶら》。コーリャの碧い目は、更に大きく瞠《みひら》かれ、泪が泛《う》かんだ。コーリャは、指を唇から赤らんだ鼻へ持っていくと、長い睫毛を潑々《ぱちぱち》させて独語《つぶや》き始めた。

「悪い……、悪い子」

梳《と》かし着けた髪が耳に一寸《ちょっと》懸かる若い美人が、子供部屋へ這入《はい》ってきた。それは、女家主《おんなやぬし》の姉妹、サーシカの父親の元の教え子だった。

「ほら、この子よ」彼女は、同伴の禿げた紳士にサーシカを示しながら、云った。「お辞儀は、サーシャ、そんなお行儀、可《い》けないわ」

けれども、サーシカは、彼女にも、禿げた紳士にも、頭を下げなかった。麗しき淑女は、サーシカが諸々《もろもろ》のことを知っているとは想ってもみなかった。彼は、彼女が彼の哀れな父親に愛されていながら他の男へ嫁いだことを知っており、それが父親の成婚後のこととは云え、彼女の裏切りを恕《ゆる》せなかった。

「悪い性格」ソーフィヤ・ドミートリエヴナは、太息《ためいき》を吐《つ》いた。「ねぇ、プラトーン・ミハーイロヴィチ、何かこの子に世話をすることはできなくて？　夫はね、この子には中學校《ギムナージヤ》よりも技工學校《レメースレンノエ》の方が向いてる、って云うの。サーシャ、技工學校へ行かない？」

「行かない」サーシカは、《夫》と云う言葉を耳にし、憮然《ぶすっ》と応えた。

「君は、牧夫にでもなりたいの？」紳士は、訊ねた。

「ご免だね、牧夫なんか」サーシカは、艴然《むっ》とした。

「ぢゃ、何處へ？」

サーシカは、自分が何處へ行きたいか、判らなかった。

「何處だって、可《い》い」彼は、一寸考えて、応えた。「牧夫だって」

禿げた紳士は、変な少年を訝《いぶか》しく眺めていた。補片《つぎ》の當たった長靴から顔へ目を移すと、サーシカがぺろりと舌を出して颯《さ》っと引っ込めたので、ソーフィヤ・ドミートリエヴナは、些《ちっ》とも気附かず、老紳士は、彼女には解《げ》せぬ苛立《いらだ》ちを見せた。

「僕、技工學校へも行きたい」サーシカは、可憐《しおら》しく云った。

麗しき淑女は、欣《よろこ》び、過ぎ去りし戀が人に及ぼす力を想い、歎息を泄《も》らした。

「だが、空席《あき》は、先《ま》づ見附からんな」老紳士は、サーシカを見ないように、後ろ髪の撥《は》ねを撫で着けながら、素気《すげ》無く云った。「まぁ、見てみよう」

子供たちは、樅《ヨールカ》の木祭りを待ち焦がれ、浮き立ち、燥《はしゃ》いでいた。上背《うわぜい》と不良との評判の爲に一目置かれた少年に依《よ》る發砲は、追随者を見出だし、最《も》う幾つか、團子《だんご》っ鼻が赤らんでいた。童女らは、怖さや痛みを物ともしない自分の騎士《ナイト》たちが顰《しか》め面で待ち受けて木栓の彈を見舞われると、両手を胸に躬《み》を鞠《かが》めて呵《わら》っていた。すると、扉が展《ひら》き、誰かの聲。

「みんな、お這入り！　静かに、静かに！」

子供たちは、早くも、目を瞑《つむ》り、息を潜《ひそ》め、行儀好く二人一組みになって、皓々《こうこう》と照らされた大広間へ這入り、燦《きら》めく樅《ヨールカ》の木の周圍《まわり》を静かに廻った。樅の木は、目と唇を円くした彼らの顔へ、翳の無い強い光りを投げていた。深い陶酔に由《よ》る静寂が、一瞬、支配し、倏忽《たちまち》、わっと云う歓呼の聲に取って代わられた。或る童女は、自分を擒《とら》えた喜悦を抑え切れず、黙ってその場で一心に跳び撥《は》ねており、青い飾り紐《リボン》を編み込んだ小さな垂髪《おさげ》が、その肩を打っていた。サーシカは、気が鬱《ふさ》いで物悲しく、何か善からぬものが、その小さな疵《きず》だらけの心に沸々《ふつふつ》と洶《わ》いていた。樅の木は、その麗しさと夥《おびただ》しい蠟燭の度《ど》強《ぎつ》く不躾《ぶしつけ》な燦めきでサーシカの目を暈《くら》ましていたが、彼には無縁なものであり、樅の木を圍《かこ》む純《きよ》らかで美しい子供たちと同じく仇敵《かたき》であり、サーシカは、子供たちの明るい頭の上へ樅の木を壓《お》し仆《たお》して了《しま》いたかった。誰かの鐵《てつ》の腕が、サーシカの心《しん》の臟《ぞう》を摑《つか》んで、最後の血の一滴を搾り出しているようだった。サーシカは、三角鋼琴《グランド・ピアノ》の後ろに竄《かく》れてその一隅に坐を占め、我知らず、最後の吸い口附き紙捲き烟草《パピローサ》を衣兜《ポケット》の中で搓《も》み拉《しだ》き、自分には父も母も家も有るものの、実はそんなものは何も無く、自分には何處《どこ》にも行き場が無いかのように、想っていた。そして、先達《せんだっ》て取り換えっこし、甚《いた》く気に入っていたものの、刃は砥ぎ過ぎてぺらぺらで、黄色い象牙《ぞうげ》の部分は半分しか無く、見るも無慚《むざん》な丰《すがた》になった、懐中小刀《ペン・ナイフ》を、想い泛かべようとしていた。明日、その小刀を折って了《しま》えば、最《も》う、彼には何も残らない。

けれども、突然、サーシカの細い目が、呀《あ》っと駭《おどろ》いたふうに燦めき、顔が、㶿《ぱ》っと平生《いつも》の不敵で自信に盈《み》ちた表情を泛かべた。サーシカは、樅の木のどの側よりも光りの乏しい裏側を目にしていたが、自分の人生の圖譜《づふ》に虧《か》けていたものを其處《そこ》に見附けた。彼は、それが無い爲に死人宛《さなが》らの虚無に囚《とら》われているのだった。それは、黝《くろ》い枝の蓁《しげ》みに麁匆《ぞんざい》に吊るされて宙を舞うような蠟の天使。透き徹る蜻蛉《とんぼ》のような翼は、其處へ落ち懸かる光りに顫《ふる》え、全身は、生きていて今にも翔んでいきそうだった。上品な指を有《も》つ撫子《なでしこ》色の双手《もろて》は、上へ展《の》び、コーリャみたいな髪をした頭が、それに接《つづ》いていた。けれども、頭には、コーリャの顔にも他の如何《どん》な顔や物にも無いものが在った。天使の顔は、喜びに輝いても悲しみに暈《くも》ってもおらず、言葉で傳《つた》えられず思考で捉えられず相似《あいに》た感情にしか通じない別の感情の色を帯びていた。サーシカは、自分を天使に魅《ひ》き着けた謎の力の正體こそ判らなかったが、自分が天使を常に知っており恒《つね》に愛しており小刀よりも父親よりも他の何よりも愛していたような気がした。彼は、不安と當惑と云い知れぬ歓喜に盈《み》たされ、胸の前で掌《て》を合わせて耳語《ささや》いた。

「愛《かな》しき……、愛しき天使！」

そして、天使の表情は、彼が目を凝《こ》らせば凝らすほど、意味や重みを倍《ま》した。天使は、涯《はて》し無く遐《とお》い存在であり、周圍《まわり》の何物にも類《に》ていなかった。他の粧飾《かざり》は、華美な自分がこの燦めく樅の木に吊るされているのが矜《ほこ》らしげだったが、天使は、心淋《うらさび》しげであり、眩しく執拗《しつこ》い光りに怯《おび》え、誰にも見附からぬように態《わざ》と暗い緑の内《うち》に潜《ひそ》んでおり、その孅《かよわ》い翼に觸《ふ》れるのは、餘りにも酷《こく》に想われた。

「愛《かな》しき……、愛しきもの！」サーシカは、独語《つぶや》いた。

サーシカの心は、舞い颺《あ》がっていた。彼は、後ろ手を組み、天使の爲なら刺し違える覺期《かくご》で用心深く徐《そろ》り徐《そろ》りと歩を運び、他人の目を逊《そ》らす爲に天使の方は見なかったが、それが未だ其處《そこ》に在り翔び去っていないのを感じていた。女家主、乃《すなわ》ち、隆《たか》く結い上げた白髪《はくはつ》が明るい後光を想わせる丈高く堂々たる淑女が、扉口に現れた。子供たちは、歓喜の面持《おもも》ちで彼女を取り捲《ま》き、跳び撥《は》ねていた小さな童女は、草臥《くたび》れて彼女の腕に垂下《ぶらさ》がり、眠たげな目を重そうに眴《またた》いていた。サーシカも、近着いた。吭《のど》が、閊《つか》えた。

「小母《おば》さん、ねぇ、小母さん」優しく云おうとしたが、平生《いつも》より麁匆《ぞんざい》になった。「小母……。小母ちゃん」

対手《あいて》には、聞こえず、サーシカは、性急《せっかち》に衣《ころも》を曳っ張った。

「貴郎《あんた》、何なの？　何で服を曳っ張るの？」白髪の淑女は、ぎくっとした。「お行儀の悪いこと」

「小母……、小母ちゃん。樅の木の粧飾《かざり》、僕に、一つ、お呉《く》れ、天使を」

「駄目」女家主は、けんもほろろに応えた。「樅の木は、お正月に解《ばら》すの。それと、貴郎《あんた》は、最《も》う子供ぢゃないし、私を名前で稱《よ》べるでしょ、マーリヤ・ドミートリエヴナって」

サーシカは、奈落へ墜《お》ちる気がし、奥の手を用いた。

「僕、反省してます、僕、勉強します」彼は、ぎこちなく云った。

けれども、教師には通用したこの作戦も、白髪の淑女には効《き》かなかった。

「それは、感心ね、坊や」彼女は、鰾膠《にべ》も無く応えた。

サーシカは、麁匆《ぞんざい》に云った。

「天使、頂戴」

「駄目！」女家主は、云った。「何で、分かんないの？」

けれども、サーシカは、分からず、淑女が出口へ向かうと、衣擦《きぬず》れのする黒い服を虚ろに眺めながら、追い縋《すが》った。熱に浮かされた彼の脳裡には、及第點《トローイカ》を貰おうとして拒まれた中學の同級生が教師に叩頭《ぬかづ》いて掌《て》を合わせて哭《な》き出した時の光景が、閃附《ちら》いていた。その教師は、怒りながらも、結句、及第點を與《あた》えた。サーシカは、この一幕を戯畫《ぎが》に描くことができたが、今は、その一手、有るのみ。彼は、小母さんの衣を曳っ張り、対手《あいて》が振り向くや、その傳《でん》でどたっと跪《ひざまづ》いて掌を合わせた。但《ただ》、哭くことはできなかった。

「貴郎《あんた》、気でも狂《ちが》ったの！」白髪の淑女は、聲を張り上げ、周圍《まわり》を見たが、幸い、部屋には誰も居なかった。「怎《ど》うしたの？」

サーシカは、跪いて掌を合わせると、怨《うら》めしそうに対手を見上げ、麁匆に強請《ねだ》った。

「天使、頂戴！」

白髪の淑女を孔の穿《あ》くほど瞶《みつ》め、その唇から最初に發《はな》たれる言葉を捉えんとする、サーシカの目は、鬼哭啾々《きこくしゅうしゅう》、女家主は、一も二も無く応じた。

「ぢゃ、呈《あ》げる、呈げるわ。貴郎《あんた》は、何てお莫迦《ばか》さん！　勿論、欲しい物は呈げるけど、何で、お正月まで待てないの？　さぁ、立つの！　そして、金輪際《こんりんざい》」白髪の淑女は、説教臭く続けた。「跪かないこと、人を貶《おとし》めるから。跪いて可《い》いのは、神様の前でだけ」

《四の五の抜かすな》サーシカは、追い越し様《ざま》に小母さんの衣を蹂《ふ》ん附けながら、そう想っていた。

淑女が、その粧飾《かざり》を脱《はず》した時、サーシカは、喰い入るように瞶め、痛そうにきゅっと鼻に皺を寄せ、ぴんと指を展《ひろ》げた。丈高い淑女が、天使を毀《こわ》して了《しま》うと想われた。

「綺麗だこと」淑女は、優美で高價《たか》そうなその粧飾が惜《お》しくなって、云った。「これ、誰が此處《ここ》へ吊るしたの？　ねぇ、何で貴郎《あんた》にこの粧飾が要るの？　貴郎、最う大きい癖に、これ、怎《ど》うするの？　ほら、あっちに絵本が有るわ。私、これ、コーリャに呈げるって約束したの、あの子、迚《とて》も欲しがってたから」彼女は、出任《でまか》せを云った。

サーシカの苦悶は、怺《こら》え難いまでになっていた。彼は、攣《ひきつ》ったように齒を喰い縛り、齒軋《はぎし》りすらしているように見えた。白髪の淑女は、騷擾《ごたごた》を何よりも惧《おそ》れていたので、徐《おもむ》ろに天使をサーシカへ差し出した。

「ほら、ほら」彼女は、仏頂面で云った。「唐変木！」

天使を承《う》けたサーシカの双手《もろて》は、二条《ふたすぢ》の鋼《はがね》の撥条《ばね》のように握力が強く引き緊まったものでありながら、天使が自分は宙を翔んでいると感じられるほど柔らかく繊細なものに想われた。

「猗《あぁ》！」永く消え入りそうな太息《ためいき》が、サーシカの胸から泄《も》れ、小さな泪が、二涓《ふたしずく》、その目に閃《ひらめ》き、明るさに戸惑うように、其處《そこ》に渟《た》まった。彼は、爛々たる目を女家主から逃《そ》らさずに、天使を我が胸へ徐《そ》っと近着けながら、無上の喜びに身を竦《すく》ませて、静かに穏やかに頬笑《ほほえ》んでいた。サーシカの落ち凹《くぼ》んだ胸に天使の孅《かよわ》い翼が觸れたなら、悲しく罪深く苦悩に盈《み》ちたこの世で未《ま》だ一度も起きたことの無いような何か明るく愉しいことが起こるかに想われた。

「猗！」天使の翼がサーシカに觸れると、先刻《さっき》と同じ消え入りそうな呻《うめ》き聲が泄《も》れた。その顔の輝きの前では、無闇に飾り立てられ臆面も無く燦めいている樅の木さえも、有って無きが如し、白髪の堂々たる淑女は、莞爾《にっこり》と頬笑み、禿げた紳士は、痩せた顔の色を颯っと変え、人の幸福の息吹きに觸れた子供たちは、生きた沈黙の裡《うち》に佇《た》ち竦《すく》んでいた。その刹那、みんなは、つんつるてんの衣を裹《まと》う不細工な中學生と、無名の美術家の手で魂を入れられた天使の像が、妙に肖《に》ていることに気附いた。

けれども、次の瞬間、情景は一変した。サーシカは、今にも躍り懸かりそうな豹の如く身を縮め、天使を横盗《よこど》りする奴は居ないかと周圍《まわり》に黯《くら》い目を炯《ひか》らせていた。

「僕、自家《うち》へ帰る」サーシカは、人墻《ひとがき》を縫う径を頭に畫《えが》きながら、もごもごと云った。「父さんの處《とこ》へ」

Ⅲ

母親は、一日の爲事《しごと》と引っ懸けた火酒《ヴォートカ》でへろへろになって眠り痴《こ》けていた。小部屋の間仕切りの向こうの卓上には、臺處《だいどころ》の洋燈《ラムプ》が點《とも》り、黄色っぽい仄《ほの》かな光りが、煤けた硝子《ガラス》を漸《や》っと透《とお》り貫《ぬ》けて、サーシカと父親の顔に奇妙な影を映していた。

「美《い》いよね?」サーシカは、耳語《ささや》くように訊いた。

彼は、稍《すこ》し距《はな》れて天使を持ち、父親に觸《さわ》らせなかった。

「吰《うん》、何か格別なものが在る」父親は、沁み沁みと粧飾《かざり》に視入《みい》りながら、独語《つぶや》いた。

その顔は、サーシカと同じく、強い興味と歓喜に溢れていた。

「見ろよ」父親は、続けた。「今にも翔びそう」

「見てる」サーシカは、得意げに応えた。「目は着いてる。ほら、翼を見て。おっと、觸んな！」

父親は、颯《さ》っと手を引っ込め、サーシャが諫《いさ》めるふうにぶつくさ云う間、黯《くら》い目で鑿《ほじ》るように天使を見ていた。

「何でも觸るのは、父さんの悪い癖。毀《こわ》しちゃうぢゃん！」

一つは、大きくてぼさ附いた、一つは、小さくて円っこい、二つの屈んだ頭の不細工で動かぬ影が、壁に劃然《くっきり》と泛《う》かんでいた。大きな頭の裡《うち》では、苦しくも愉しい奇妙な作業が行われていた。目は、眴《またた》かずに天使を瞶《みつ》め、天使は、瞶められると更に大きく明るくなり、翼が静かに顫《ふる》え始め、煤塗《まみ》れの丸太の壁も汚《よご》れた卓子《テエブル》もサーシカも、周圍《まわり》の渾《すべ》てが、影も光りも斑《むら》も無い灰色の一塊《ひとかたま》りを成していた。泯《ほろ》びし人は、自分が過去に住まい永久に追放された妙《たえ》なる世界から届く憐愍《れんびん》の聲を、聞いたように感じた。其處《そこ》には、穢《けが》れも気の滅入《めい》る罵《ののし》りも自《エ》我《ゴ》と自我《エゴ》の無謀《むぼう》で熾烈《しれつ》で悒鬱《ゆううつ》な争いも無く、其處《そこ》には、路上で嗤《わら》われながら身を起こされたり番人の嵒《ごつ》い腕でぶん毆《なぐ》られたりする人の苦しみも無い。其處は、純《きよ》く楽しく明るく、その純いものの凡てが、彼が命より愛していたものの無用な生活を続けることで失って了《しま》った女の心に、安息の場を見出だした。仄かな馥《かお》りが、粧飾《かざり》の發《はな》つ蠟の匂いに淆《ま》じり、泯《ほろ》びし人は、彼が自分の口を死に依《よ》って永遠に鎖《とざ》されるまで永いこと一本一本接吻したかった彼女の愛しい指が、天使に觸《ふ》れたような気がした。方《まさ》にそれ故《ゆえ》、その粧飾は、斯《か》くも美しく、方にそれ故、其處には、何か格別で魅力的で云い知れぬものが在った。天使は、自身の心が寓《やど》る天から降り、臭気の染み込んだ濕っぽい部屋へ、愛も幸《さち》も生も何も彼《か》も失った人の闇黒《あんこく》の心へ、一条《ひとすじ》の光りを灑《そそ》いだのだった。

生を畢《お》えた人の目の隣りでは、生を始めた人の目が、燦《きら》めき、天使を愛でていた。その目からは、現在も、未來も、永遠に悲しく哀れな父も、粗野《がさつ》で鼻持ちならぬ母も、侮蔑や残酷や屈辱や意地悪な憂愁の闇も、消え失せた。サーシカの夢は、朧《おぼろ》で形も無かったが、それだけに一層劇《はげ》しく彼の不安な心を撼《ゆ》るがしていた。天使は、世界の上で輝く凡ての善や凡ての深い悲しみや神を慕う心の希《ねが》いを感受し、それ故、それは、斯くも柔らかく神々《こうごう》しい光りで輝き、それ故、その透き徹る蜻蛉《とんぼ》のような翼は、音も無く顫えているのだった。

父と子は、互いを見ず、二つの病める心は、各自《てんで》に鬱《ふさ》いだり泣いたり喜んだりしていたが、二人の感情には、心を一つにする何か、人と人を距《へだ》てて人を非道《ひど》く孤独で不幸で弱いものにする底無しの深淵を払拭する何かが、在った。父親は、我知らず、息子の腹《うなじ》へ手を遣《や》り、息子の頭も、不知不識《しらずしらず》、病んだ胸に倚《もた》れた。

「彼女《あいつ》が、其物《そいつ》を呉《く》れたのか?」父親は、天使から目を離さずに、耳語《ささや》いた。

サーシカは、平生《いつも》なら、麁匆《ぞんざい》に打ち消したろうが、今は、自然と応えが胸に泛かび、平然と見え透いた嘘を吐《つ》いた。

「他に、誰が? 彼女《あいつ》に極《き》まっててんぢゃん」

父親は、無言、サーシカも、沈黙。隣室では、何かが擦《す》れる音や裂ける音がし、一瞬、静まり復《かえ》り、時計が、捷々《きびきび》と急々《せかせか》と時を刻んでいた、一時、二時、三時。

「サーシカ、お前、夢って、見る?」父親は、物想わしげに訊ねた。

「見ない」サーシカは、応えた。「否《いや》、一度、見た、屋根から墜《お》っこちるやつ。鴿《はと》を追って攀《よ》じ升《のぼ》ったら、轉げ落ちた」

「小生は、始終中《しょっちゅう》。時には、変な夢も。有ったことを何でも見たり、夢ぢゃないみたいに愛したり悩んだり……」

彼は、亦《また》、黙り、サーシカは、脰《うなじ》に置かれた手が顫え出すのを感じた。手は、愈々《いよいよ》顫えてぴくぴく動き、繊細な夜の静寂《しじま》が、不意に哀れっぽい嗚噎《おえつ》に破られた。サーシカは、犇《ぎゅ》っと眉を攢《あつ》め、顫える重い手に気附かれぬように、徐《そ》っと目から泪を拭った。年歯《とし》の行《い》った大の男が泣く姿は、何とも異様。

「吁《ああ》、サーシャ、サーシャ！」父親は、嘯《しゃく》り上げていた。「何で、こんなことに？」

「何だい、亦」サーシカは、強《きつ》い調子で、独語《つぶや》いた。「子供みたいに」

「止《よ》す……、止すよ」父親は、哀れっぽく笑いながら、詫《あやま》った。「今さら、怎《ど》うして？」

フェオクチースタ・ペトローヴナは、自分の寝臺《しんだい》で寝反《ねがえ》りを打ち始めた。彼女は、太息《ためいき》を吐《つ》くと、大聲で妙に執拗《しつこ》くもごもごと云い始めた。《粗 布《ヂェリューシカ》を摑んでろ《ヂェルジー》……、摑んでろ、摑んでろ、摑んでろ》最《も》う寝なくてはならなかったが、天使の臥《ふ》し處《ど》を探すことが先決だった。

天使は、地面に放置する訣《わけ》にもいかず、煖炉《ペーチカ》の排気孔に括り附けた絲に吊るされると、白い化粧瓦《けしょうがわら》を背景に劃然《くっきり》と映えた。これで、サーシカも、父親も、それを愛でることができた。

父親は、布《し》いて寝る襤褸《ぼろ》の類いを匆々《さっさ》と隅へ捏《つく》ねると、服も匆々と脱いで早く天使を拝もうと仰臥した。

「お前、何で、脱がない？」父親は、破れ毛布に寒そうに包まり、足に懸けた外套を直しながら、訊いた。

「別に。最う起きるし」

サーシカは、些《ちっ》とも眠くないと云い足そうとしたが、その間も有らばこそ、深い奔湍《ほんたん》の底へ沈むように、倏忽《たちまち》、眠りに落ちた。父親も、程無《ほどな》く、寝入った。生を畢《お》えた人の窶《やつ》れた顔も、生を始めた人の凛々《りり》しい顔も、穏やかな安寧と静謐を湛《たた》えていた。

熱い煖炉の傍《かたえ》に吊るされた天使は、融け始めた。サーシカの強《た》っての希《ねが》いで消さずに置かれた洋燈《ランプ》は、部屋を灯油の匂いで充《み》たし、煤けた硝子を透して、緩《ゆる》やかに崩れゆく情景へ、悲しげな光りを投げていた。天使は、身動《みじろ》ぐかのようだった。濃い涓《しずく》が、撫子《なでしこ》色の足を傳《つた》い、煖炉の上の寝床へ滴《したた》った。融ける蠟の噎《む》っとする匂いが、灯油の匂いに淆《ま》じった。すると、天使が、翔ぶが如くに羽搏《はばた》いて、熱い板の上へくちゃっと堕ちた。物見高い茶翅蜚蠊《ちゃばねごきぶり》が、ふにゃふにゃの塊《かたま》りの周圍《まわり》を灼傷《やけど》しながら奔《はし》り、蜻蛉のような翼へ攀《よ》じ升《のぼ》ると、觸角をぴくんと顫わせて、先へ駈けていった。

払暁《ふつぎょう》の仄青《ほのあお》い光りが、帷《とばり》の懸かる窗《まど》へ射し込み、中庭では、最《も》う、凍《こご》えた搬水夫が、鐵《てつ》の柄杓《ひしゃく》をかちゃかちゃさせていた。

一八九九年十一月十一～十六日

沈黙

I

小夜啼き鳥《ソロヴェーイ》の囀《さえず》る五月の或る月の夜、イグナーチイ神父の書斎へ妻が這入《はい》ってきた。顔には、苦悶が滲み、双手《もろて》に秉《と》った小さな洋燈《ラムプ》が、顫《ふる》えていた。夫に近着くと、その肩に手を添え、啜《すす》り上げて云った。

「お父さん、ヴェーロチカの許へ行きましょう！」

イグナーチイ神父は、首を廻さずに横目で眼鏡越しに妻を見遣《みや》り、彼女が空いた片手を一揮《ふ》りして矮《ひく》い長椅子へ腰懸けるまで、永いこと瞶《みつ》めていた。

「貴方《あなた》も、あの子も……、なんて薄情！」彼女は、最後の音節に力を罩《こ》めて緩《ゆっく》りと云い、優しい膨《ふく》よかな顔は、苦渋と忿怒の爲に歪み、夫と娘が如何《いか》に非道《ひど》い人かを示そうとするかのようだった。

イグナーチイ神父は、薄く笑って立ち上がり、本を閉じて眼鏡を容器《ケース》へ蔵《しま》うと、あれこれ考えた。白毛《しらが》糅じりの黒い立派な頤鬚《あごひげ》は、胸元へ懸けて美しい線を畫《えが》き、深く息をすると徐《そ》っと持ち上がった。

「可《よ》し、行こう！」彼は、云った。

オーリガ・スチェパーノヴナは、すっと立ち上がると、臆した媚びるような聲で頼んだ。

「但《ただ》、叱り附けないでね、お父さん！　判るでしょう、あの子が如何《どん》な子か……」

ヴェーラの部屋は、中二階に在り、窄《せま》い木の階段が、イグナーチイ神父の重い足の下で撓《しな》り軋《きし》んだ。丈高くどっしりした彼は、上階の床に打附《ぶっ》からぬよう頭を下げ、妻の白い薄地の上衣《うわぎ》が顔を擦《こす》ると、厭そうに眉を顰《ひそ》めた。彼には、ヴェーラと話しても無駄なことが判っていた。

「何なの？」ヴェーラは、露わな片手を目元へ持ち上げながら、訊いた。最《も》う一方の手は、白い夏懸け蒲團《ぶとん》の上に置かれ、迚《とて》も白く透んで冽《つめ》たかったので、蒲團と殆んど識別《みわ》けが附かなかった。

「ヴェーロチカ……」母親は、切り出したものの、噦《しゃく》り上げて黙った。

「ヴェーラ！」父親は、硬く乾いた聲を柔らげようとしながら、云った。「ヴェーラ、私たちに話しておくれ、怎《ど》うしたんだ？」

ヴェーラは、黙《もだ》していた。

「ヴェーラ、お前にとって、母さんと父さんは、信頼に足らんのか？　私たちが、お前を愛しておらんとでも？　お前には、私たちより身近な人が居るのか？　お前の悲しみを私たちに聞かせておくれ、年老いて甲羅《こうら》を経たこの私を信じておくれ、そしたら、お前は楽になる。そして、私たちも。老《ふ》け込んだ母さんをご覧、あんなに苦しんどる……」

「ヴェーロチカ！……」

「私とて……」乾いた聲は、中で何かが摧《くだ》けたように顫えた。「私とて、楽なものか。或る悲しみがお前を蝕《むしば》んでいることくらい、私にも判る……、だが、如何《どん》な悲しみ？　父親の私にも、それが判らん。こんなことが、有って可《い》いのか？」

ヴェーラは、黙していた。イグナーチイ神父は、指が搦《から》まるのを惧《おそ》れるかのように、力《つと》めて慎重に頤鬚を撫で着けて、続けた。

「お前は、私に忤《さから》って彼得堡《ペチェルブールグ》へ行ったが、私は、聞かん坊のお前を叱ったか？　それとも、お前に金子《かね》を與《や》らなかったとでも？　それとも、私は、優しくなかったか？　何故《なぜ》、黙っとる？　これは、彼得堡の所爲《せい》！」

イグナーチイ神父は、黙った。すると、未知の危険や冷たい赤の他人が犇《ひし》めく何やら巨《おお》きくて恐ろしい花崗岩のようなものが、頭に泛《う》かんだ。孤独で尫弱《かよわ》いヴェーラは、其處《そこ》へ行って身を滅ぼした。恐る可《べ》き得體の知れぬ都邑《とゆう》への強い憎しみと頑《かたく》なに口を鎖《とざ》す娘への怒りが、イグナーチイ神父の胸に込み上げた。

「彼得堡は、関係無いの」ヴェーラは、ぼそっと云うと、目を瞑《と》じた。「私は、大丈夫。匆々《さっさ》と寝て、最《も》う晩いから」

「ヴェーロチカ！」母親は、呻《うめ》くように云った。「娘よ、私に告白《うちあ》けて！」

「お母《マー》さん《マ》！」ヴェーラは、性急《せっかち》に遏《さえぎ》った。

イグナーチイ神父は、椅子に腰懸けると、笑い出した。

「然《そ》うか、大丈夫なんだな？」彼は、皮肉っぽく訊ねた。

「お父さん」ヴェーラは、褥《しとね》で身を起こしながら、強《きつ》い調子で云った。「私、貴方とお母《マーモ》さんを愛してる。でもね……。一寸《ちょっと》淋しいだけ。こんなの直《ぢ》きに癒《なお》るわ。本當《ほんと》に最う寝て、此方《こっち》も眠いし。明日にでも、亦《また》、話しましょう」

イグナーチイ神父は、椅子が壁を打つほどの勢いで立ち上がると、妻の手を把《と》った。

「行こう！」

「ヴェーロチカ……」

「行こうと云っとるんだ！」イグナーチイ神父は、聲を暴《あら》げた。「この子が最う神を忘れたとしたら、私たちなど！……。最う、私たちなど！」

オーリガ・スチェパーノヴナは、夫に殆んど腕盡《うでづ》くで連れ出され、二人で階段を下りる際には、歩を緩めて肚立ち紛れにこう独語《つぶや》いた。

「吁《あぁ》！　司祭の貴方が、あの子をあんなふうにしたのよ。あの子は、貴方のそんな處《ところ》を模《ま》ねたのよ。貴方の所爲《せい》よ。吁、私は、なんて不仕合《ふしあ》わせ……」

彼女は、涕《な》き出し、頻《しき》りに眴《まばた》きし、身を投げたい奈落が下に在るかのように、蹈み段を見ずに足を下ろしていった。

その日から、イグナーチイ神父は、娘と話すのを已《や》めたが、対手《あいて》は、それに気附いていないかのようだった。彼女は、相変わらず、自室で碌々《ごろごろ》していたり、歩いては、芥《ごみ》でも這入ったかのように目を両の掌で頻りに拭《ぬぐ》ったりしていた。戯談《じょうだん》や笑うことの好きな司祭の妻は、黙りこくる二人に気壓《けお》されて、何を云い何を爲《す》れば可《よ》いか判らず、戦々兢々《せんせんきょうきょう》としていた。

時折り、ヴェーラは、散歩に出懸けた。あの遣《や》り取りの一週間後、彼女は、平生《いつも》のように晩に家を出た。その夜、彼女は、列車へ身を投げて両断され、二度とその姿を見なかった。

イグナーチイ神父は、ヴェーラを手づから葬《とむら》った。妻は、ヴェーラの訃音に接して卒中に見舞われ、教会に姿を見せなかった。両の手足と舌が麻痺し、隣りの鐘楼の鯨音《かね》が鳴り響く間、小暗《おぐら》い部屋で凝臥《ぎょうが》していた。会衆が教会を出たり聖歌隊が自家《いえ》の前で唱ったりするのを耳にして、十字を切る可《べ》く手を上げようとしても、手は、云うことを聆《き》かず、《さようなら、ヴェーラ!》と云いたくとも、舌は、だらんと重そうに口腔に横たわっていた。至って穏やかな容子《ようす》なので、誰かが彼女を目にしたら、休むか眠るかしていると想ったに違いない。但《ただ》、その目は、瞬《ひら》いていた。

教会での葬儀には、イグナーチイ神父を知る人も識《し》らぬ人も大勢會《あつ》まり、誰もが、斯《か》くも傷《いた》ましい死を遂げたヴェーラを悼み、イグナーチイ神父の仕種《しぐさ》や聲音《こわね》に深い悲しみの色を読もうとしていた。みんな、横柄で假借《かしゃく》無い態度を取り罪人を憎んで赦《ゆる》さぬ癖に自分は媢嫉屋《ねたみや》の我利《がり》我利《がり》亡者《もうじゃ》であり隙有らば信徒から過分なものを搾《しぼ》り取ろうとするイグナーチイ神父を愛しておらず、彼が苦しみ打ち拉《ひし》がれる處《ところ》や、娘の死に対して非道《ひど》い父親としての責任と我が子さえ罪から戍《まも》れぬ駄目な聖職者としての責任の二重の責任が在るのを認める處を、見届けたかったが、彼は、自分へ向けられる周圍《まわり》の好奇の眼差しを脊中に感じ、寛《ひろ》く逞しいその脊中の筋を端然《しゃん》と伸ばし、逝《ゆ》きし娘のことよりも己《おの》が體面を保つことを気に懸けていた。

「がっちがちの司祭！」框《わく》代の五留《ルーブリ》を支払ってもらえなかった指し物師のカルヂェーノフは、彼の方へ頤を杓《しゃく》りながら、云った。

イグナーチイ神父は、脊筋を伸ばした強張《こわば》った姿勢で墓地まで歩き、同じ姿勢で戻ってきた。その脊中は、妻の部屋の扉口で漸《ようや》く稍《すこ》し跼《かが》んだが、それは、彼の上背《うわぜい》からすると大半の扉が低い所爲《せい》でもあった。彼は、明るみから這入って直ぐには、妻の顔が克《よ》く見えなかったが、目が順《な》れると、顔が至って穏やかで目に泪を泛かべていないのに駭《おどろ》いた。その目には、怒りも悲しみも無く、その目は、何も語らず、羽根蒲團《はねぶとん》に減《め》り込んだ肥えた羸《よわ》い體と同じように、重苦しく頑《かたく》なに黙《もだ》していた。

「具合いは？」イグナーチイ神父は、訊ねた。

けれども、口は緘《かん》され、目も黙《もだ》していた。イグナーチイ神父は、妻の冽《つめ》たく濕った額に手を遣《や》ったが、対手《あいて》は、手が觸《ふ》れるのを感じた気色《けしき》を毫《すこ》しも見せなかった。神父の手が離れると、瞳孔が開いて殆んど黒く見える灰色の黒目勝《が》ちの双眸《そうぼう》が、眴《まばた》きをせずに彼を見ていたが、其處《そこ》には、怒りも悲しみも無かった。

「ぢゃ、私は自室《へや》へ」イグナーチイ神父は、冱《さむ》くそして怕《こわ》くなり、そう告げた。

彼は、居間を通ったが、其處《そこ》は、凡てが平生《いつも》通り清潔《きれい》に片附いており、白い被いの懸かる椅背《きはい》の高い腰懸けが、数脚、屍衣《きょうかたびら》を裹《まと》う死人《しびと》のように佇《たたず》んでいた。窓《まど》の一つに、針金の樊《とりかご》が吊るされていたが、戸は開《あ》いており、中は空《から》っぽ。

「ナスターシヤ！」イグナーチイ神父は、呶鳴《どな》ったものの、聲の粗野《がさつ》さに気附き、娘を葬《とむら》った許《ばか》りなのにこんな閑かな部屋でそんな大きな聲を張り上げたので、跋《ばつ》が悪くなった。

「ナスターシヤ！」彼は、聲を低めて呼んだ。「金絲雀《カナリヤ》は、何處《どこ》？」

鼻を火焔菜《ビート》のように紅く泣き脹《は》らした厨女《くりやめ》は、打《ぶ》っ切《き》ら棒に応えた。

「何處だも、絲瓜《へちま》も。翔《と》んでっ了《ちま》いました」

「何故《なぜ》、放した？」イグナーチイ神父は、睨むように眉を攅《あつ》めた。

ナスターシヤは、涕《な》き出し、更紗《さらさ》の頭巾《プラトーク》の端を顔へ當てながら、泪含《ぐ》んで云った。

「可愛い子《ドゥーシェニカ》……。お嬢さんの……。放さずに置けますか？」

すると、イグナーチイ神父も、平生《いつも》小首を傾《かし》げて囀っていた陽気な黄色い金絲雀は、慥《たし》かにヴェーラの靈魂《みたま》であり、それが旅立たぬ限り、ヴェーラは死んだとは云えない気がした。

それで、彼は、厨女に一層肚を立てて、呶鳴り附けた。

「出てけ！」そして、ナスターシヤが扉を一瞬見逸《みうしな》うと、畳み懸けた。「白痴《たわけ》！」

Ⅱ

葬儀《とむらい》の日から、小さな家に沈黙が寓《やど》った。それは、音がしないだけの静寂に非《あら》ず、黙《もだ》す人が口を利《き》かぬ沈黙。イグナーチイ神父は、妻の部屋へ這入《はい》り、空気全體が鉛と化して頭や脊中を壓するかのように重苦しく頑《かたく》なな眼差しに出合うと、そんなふうに感じた。彼は、娘の聲が封印された楽譜、娘の書物、娘の肖像畫《しょうぞうが》、乃《すなわ》ち、娘が彼得堡《ペチェルブールグ》から搬《はこ》んできた絵の具で描かれた大きな肖像畫を目にしながら、そんなふうに想った。イグナーチイ神父には、肖像畫を見る時の手順が有り、先づ、光りに照らされた頰を瞶《みつ》め、亡きヴェーラの頰に残っていたものの原因は不明の抓《か》き疵《きず》を其處《そこ》に複《かさ》ねてみた。その度に、列車と接觸したのなら頭が粉々になる筈《はず》なのに亡きヴェーラの頭には疵一つ無かったなどと、その原因を探し索《もと》めていた。

或いは、遺骸《なきがら》を回収する際に、誰かが迂濶《うっか》り足か爪で疵附けて了《しま》ったのかも知れない。

イグナーチイ神父は、ヴェーラの死に就《つ》いてあれこれ考えている内《うち》に怕《こわ》くなり、肖像畫の目の方へ視線を轉じた。目は、黒く美しく、睫毛が長く、睫毛の下には、濃い翳が有り、その爲、白目が迚《とて》も際立ち、双眸が喪《も》の黒枠に嵌っているかのよう。無名ながら有能な畫工《がこう》は、その目に不思議な表情を與《あた》えており、目と目に映るものとの間《あわい》には、透明な薄い膜が有るかのよう。それは、夏の埃が薄《う》っすりと積もって木の光澤《つや》を和らげた三角鋼琴《グランド・ピアノ》の黒い蓋に何處《どこ》か類《に》ていた。そして、イグナーチイ神父が、肖像畫を怎《ど》う置こうと、目は、彼を執拗《しつこ》く見ながらも語らずに黙《もだ》しており、その沈黙は、餘りにも冴《す》んでおり、聞こえそうなほどだった。イグナーチイ神父には、次第に沈黙が聞こえるように想えてきた。

毎朝の礼拝の後、イグナーチイ神父は、居間へ來ては、空《から》っぽの樊《とりかご》や見馴れた調度へ目を遣《や》り、肱《ひじ》懸け椅子に腰を下ろすと、目を瞑《と》じて家の沈黙に耳を清《す》ましていた。それは、何やら奇妙なものだった。樊《とりかご》は、静かに優しく沈黙し、その沈黙には、泪も悲しみも遠くの死せる笑いも感じられた。壁に濾《こ》されて和らいだ妻の沈黙は、頑《かたく》なで鉛のように重く恐ろしく餘りにも恐ろしかったので、イグナーチイ神父は、如何《どん》なに暑い日でも寒気がした。娘の沈黙は、永く、墓のように冽《つめ》たく、死のように謎めいていた。その沈黙は、自らも苦しいのか、切《しき》りに言葉へ移りたがっていたが、何やら機械のように剛《つよ》くて鈍いものが、沈黙を留め置いて針金のように引き伸ばしていた。針金は、遠い端の方で撼《ゆ》らぎ出し、静かに懼《おそ》る懼る哀れっぽく鳴り始めた。イグナーチイ神父は、生まれ出づるその音を歓喜と恐怖を以《もっ》て捉えると、椅子の肱に双手《もろて》を拄《つ》いて身を乗り出し、音が自分の許へ達《とど》くのを待っていた。けれども、音は、ふっつりと歇《や》んだ。

「阿呆《あほ》らしい！」イグナーチイ神父は、忌ま忌ましげにそう云い、脊筋の伸びたその長軀が、肱懸け椅子から立ち上がるのだった。

彼は、粒揃いの丸石を鋪《し》き詰めた日影の氾《あふ》れる広場と、対《むこ》う側の長い納屋の石の盲壁《めくらかべ》を、窓越《まど》しに眺めていた。辻馬車の馭者が、黏土《ねんど》の彫像宛《さなが》らに街角に彳《た》っていたが、幾時間も人一人通らないのに彼が何故其處《なぜそこ》でそうしているのか、不思議だった。

Ⅲ

イグナーチイ神父は、典礼を司《つかさど》る際には聖職者や信徒たちと、時折り骨牌遊《プレフェラーンス》びに興じる際には知己たちと、家の外であれこれ言葉を交わすことになったが、帰宅すると、日がな一日黙っていたように想われた。それは、イグナーチイ神父が、何故《なぜ》ヴェーラは死んだのかと云う自分が夜な夜な考えている自身にとって一番大事なことを、誰とも語り合えぬ所為《せい》だった。

イグナーチイ神父は、それは最《も》う藪の中とは想いたがらず、未《ま》だそれを知ることができると想っていた。眠れぬ夜が連《つづ》いていたが、妻と二人で深更《よふけ》にヴェーラの寝臺《しんだい》の脇に彳《た》って自分が彼女に《話しておくれ！》と頼んでいた時のことを、夜毎、憶い出していた。そして、追憶でその言葉に迄《いた》ると、その先は、実際とは異なる展開を見せた。鮮明で色褪《いろあ》せぬあの夜の情景を自身の闇に刻み附けた彼の瞑《と》じた目は、ヴェーラが自分の褥《しとね》で身を起こしたり頬笑《ほほえ》んだり喋《しゃべ》ったりするのを見ていた。けれども、彼女は、何を話しているのか？　全容を解き明かす筈《はず》のヴェーラの語られぬ言葉は、心臓の鼓動を停めて耳を欹《そばだ》てれば聞こえそうなほど邇《ちか》いと同時に途方も無く遐《とお》いように想われた。イグナーチイ神父は、寝臺から起き上がると、掌《て》を合わせて前へ伸ばして搖すりながら、乞うた。

「ヴェーラ！……」

応えは、沈黙。

或る晩、イグナーチイ神父は、最《も》う一週間ほど足を運んでいないオーリガ・スチェパーノヴナの部屋へ行き、枕頭《ちんとう》に坐《ざ》し、頑《かたく》なで重たい眼差しを避けて、云った。

「お母さん！　ヴェーラのことをお前と話したいんだ。聞こえるか？」

目は、黙《もだ》しており、イグナーチイ神父は、聲を高め、告解者に話すように嚴《いか》めしく高飛車に切り出した。

「お前は、ヴェーラの死は私の所爲《せい》だと想っているらしい。だが、私のあの子への愛は、お前のそれより寡《すく》なかったとでも？　それは、違う……。私は、峻《きび》しかったが、それが、あの子の爲《し》たいことを礙《さまた》げたか？　あの子が、私の叱責を怖れずに彼《か》の地へ行こうとした時、私は、父親の威嚴を拷《かなぐ》り棄てて恭《うやうや》しく頭を下げた。だが、お前だって、私が黙れと云うまであの子に行くなと頼んだり泣き附いたりしなかったか？　あの子をあんな非道《ひど》い子に産んだのは、私か？　私は、神や愛や和解に就《つ》いて、あの子に反覆《くりかえ》し聞かせなかったか？」

イグナーチイ神父は、妻の目を颯《さ》っと覗いて、脇を向いた。

「私は、悲しみを告白《うちあ》けぬあの子に、何ができたろう？　私は、命じたことは命じたし、頼んだことは頼んだんだ。お前は、私が小娘の前に跪《ひざまづ》いて女々《めめ》しく泣けば可《よ》かったと云うのか！　頭の裡《なか》の……、あの子の頭の裡のことなど、私に解ろうか！　冷酷で非情な娘！」

イグナーチイ神父は、拳固で膝を打った。

「あの子には愛が無かった、と云うこと！　私に就《つ》いては、云わずもがな……、私は、暴君だそうだから……。あの子は、お前のことは愛していたか？　涕いて卑屈になっていたお前のことは？」

イグナーチイ神父は、忍び笑いをした。

「愛していたとも！　お前を慰めようと、あんな死を択《えら》んだんだ。酷《むご》く耻《は》づ可《べ》き死をな。砂の上で、泥の中で、死んだんだ……、鼻面《はなづら》を足蹴《あしげ》にされる犬の如く」

イグナーチイ神父は、静かな嗄《しゃが》れ聲になった。

「私は、耻《は》づかしい！　表へ出るのが、耻づかしい！　至聖所《アルターリ》から出るのが、耻づかしい！　神の前で、耻づかしい！　冷酷で不肖《ふしょう》な娘！　柩《ひつぎ》の中で咒《のろ》われよ！……」

妻は、イグナーチイ神父が見た時には、意識が無く、数時間後に、漸《よう》く意識を取り戻した。意識が戻っても、目は黙《もだ》しており、イグナーチイ神父の云ったことを憶えているか、判らなかった。

それは、静かで暖かく闃乎《ひっそり》とした七月の月夜のこと、その夜、イグナーチイ神父は、妻や附き添いの看護婦に聞こえぬよう、爪先き立ちで階段を升《のぼ》り、ヴェーラの部屋へ忍び込んだ。中二階の窗《まど》は、ヴェーラが死んでから展《ひら》かれず、空気は、熱く乾いており、晝間《ひるま》に熱《ほとぼ》った鐵《てつ》の屋根の烟臭《きなくさ》い匂いが、微《かす》かにした。永らく使う人も無く、壁の木材や什器《じゅうき》などが止め處《ど》無い腐敗の臭《にお》いを仄《ほの》かに發《はな》つ、その部屋は、空き家や廢《すた》れ屋を想わせた。月影は、清《さや》かな帯となって窗や床へ落ち、叮嚀に磨かれた白い板に反射するそれは、黄昏《たそがれ》の薄明かりのように隅々を照らし、大小二つの枕が置かれた白く清潔な寢臺は、幻の寢臺か空気の寢臺にも想われた。イグナーチイ神父が、窗を展《ひら》くと、埃や近くの川や花咲く菩提樹《リーパ》の匂いのする爽涼な空気が、部屋へ洪《ど》っと流れ込み、小舟で歌っているらしい合唱が、微かに聞こえてきた。白い幽《ゆう》鬼宛《きさなが》らのイグナーチイ神父は、素足を静かに運んで無人の褥《しとね》まで來ると、膝を折り、ヴェーラの顔が在った筈の枕へ突っ臥し、枕を搔《か》き抱《いだ》いた。永いことそうして横たわり、歌聲が近着いてから遠《とお》退《の》いても横たわり、黒く長い髪が、その肩や寢臺の上に散り布《し》いていた。

イグナーチイ神父が、頭を擡《もた》げ、久しく抑えられ忘れられた愛の力の凡《すべ》てを聲に罩《こ》め、自分でなくヴェーラが聆《き》いているように自身の言葉に聆き入りながら耳語《ささや》き始めた時には、月は、運《めぐ》り、部屋は、闇《くら》くなっていた。

「我が娘、ヴェーラ！　お前は、娘とは何か分かるか？　娘！　我が心、我が血、我が命！　お前の老け《ふ》込んだ父は、最《も》う白毛《しらが》、最う弱い……」

イグナーチイ神父の肩は、顫《ふる》え出し、どっしりした體は、撼《ゆ》らぎ始めた。彼は、顫えを抑えながら、稚子《おさなご》に語るように、優しく耳語いた。

「老いた父は……、お前に頼んでいる。否《いや》、ヴェーロチカ、乞うている。彼は、泣いている。彼は、一度も泣いたことが無い。子供よ、お前の悲しみは、お前の苦しみは、私のそれ。自分のそれ以上に！」

イグナーチイ神父は、頭《かぶり》を掉《ふ》った。

「それ以上に、ヴェーロチカ。老いた私には、死が何だろう？　でも、お前は……。自分が如何《どん》なに優婉《やさ》しく尫弱《かよわ》く臆病か、お前が知っていたなら！　憶えてるかい、指に何か刺さり、血が滴《したた》って、泣き出したのを？　我が子！　私は、お前が私を愛してるのを、深く愛してるのを、知っている。毎朝、お前は、私の手に接吻する。云っておくれ、云っておくれ、何がお前の頭を懊《なや》ませているのか、そしたら、私は、お前の悲しみを、この手で扼《し》め殺す。これは、未《ま》だ勁《つよ》い、ヴェーラ、この手は」

イグナーチイ神父の髪が、搖れた。

「云っておくれ！」

イグナーチイ神父は、孔《あな》の穿《あ》くほど壁を瞶《みつ》め、手を伸ばした。

「云っておくれ！」

部屋は、静まり復《かえ》り、蒸気機関車の永い断々《きれぎれ》の汽笛が、悠《はる》か彼方から聞こえて通り過ぎた。

イグナーチイ神父は、原形を止《とど》めぬ屍體の恐ろしい幽鬼が目の前に彳《た》ち現れたかのように、目を刮《かっ》と睜《みひら》いて周圍《まわり》を眗《みまわ》しながら、膝立ちの姿勢から徐《おもむ》ろに立ち上がり、指が展《ひら》いてぴんと伸びた片手をぎこちなく頭へ遣《や》った。そして、扉の方へ後退《あとじさ》り、ぽつんと独語《つぶや》いた。

「云っておくれ！」

応えは、沈黙。

Ⅳ

翌《あく》る日、イグナーチイ神父は、孤《ひと》り早めに晝餐《おひる》を濟《す》ますと、娘が逝《い》ってから初めて墓地へ赴《おもむ》いた。暑くて静かで閑散とし、暑い晝《ひる》は、明かりに照らされた夜を想わせたが、イグナーチイ神父は、例の如く力《つと》めて脊筋を伸ばし、嚴《いか》めしく周圍《まわり》を眗《みまわ》し、自分は平生《いつも》と変わらないと感じ、足が滅切《めっき》り萎《な》えたことにも、長い頤鬚《あごひげ》が峻《きび》しい冱寒《モローズ》に見舞われたように雪白《せっぱく》になったことにも、気附かなかった。墓地への道は、緩い爪先上がりの長い真っ直ぐな通りで、燦《きら》めく歯に縁取られた永遠に開いた黒い口を想わせる墓地の拱門《アーチ》が、通りの端に白く見えていた。

ヴェーラの墓は、墓地の奥の砂の小径が盡《つ》きる邊りに在り、イグナーチイ神父は、餘人《よじん》に忘れられ見棄てられた緑の塚の間を迤々《くねくね》と縫う細い径を、永いこと徊《さまよ》わねばならなかった。毀《こわ》れた柵や、仄《かたむ》いた蒼古な墓標や、地面に減《め》り込んで老爺《ろうや》の陰気な悪意に類《に》たものを懐《いだ》いて地面に壓《の》し懸かる大きな重い石が、其處此處《そこここ》に見られた。ヴェーラの墓は、そんな石の脇に在った。黄色っぽい新しい芝が、墓を覆っていたが、周圍《まわり》は、何處《どこ》も緑だった。花楸《ななかまど》が、楓と搦《から》み合い、四方へ枝を展《ひろ》げる榛《はしばみ》の低木が、房々《ふさふさ》で粗糙《ざらざら》な葉を有《も》つ靭《しな》やかな枝を、墓の上へ翳《さ》し懸けていた。イグナーチイ神父は、隣りの墓へ腰を下ろして一息入れると、四圍《しい》を眴《みまわ》し、灼熱の日輪が身動《みじろ》ぎもせずに懸かっている雲一つ無い漠たる空へ目を向けたが、風が無く葉が搦《そよ》ぎも噪《さわ》ぎもしない時に墓地を領する洞《ふか》い無類の静寂を、その時に初めて感じた。すると、イグナーチイ神父には、それは静寂でなく沈黙であると云う想いが甦った。沈黙は、墓地の煉瓦の壁まで衍《ひろ》がり、壁を鈍《のっそ》りと匍《は》い跨いで邑《まち》に氾《あふ》れた。その行き着く先は、頑《かたく》なに強情に黙りこくる灰色の目に他ならない。

イグナーチイ神父は、冷えた肩を慄《ぶる》っと顫《ふる》わせ、ヴェーラの墓へ目を落とした。彼は、風の吹き荒ぶ何處かの曠野から土ごと剝ぎ取られて他處《よそ》の土地に根着かなかった艸《くさ》の黄ばんだ矮《みぢか》い莖を永いこと瞶《みつ》めていたが、二阿尓申《アルシーン》（訳註　露西亜固有の長さの旧単位。一阿尓申は、約七十一糎《センチメートル》）先のその草葉の蔭にヴェーラが身を横たえているとは想像できなかった。その邇《ちか》さは、不可解なものに想われ、戸惑いと奇妙な不安を喚《よ》び起こしていた。杳《くら》い無限の極《はて》に永遠に消えたものとイグナーチイ神父が諦めかけていた彼女が、此處《ここ》に居る、咫尺《しせき》の間《かん》に……、その彼女が、それでも矢張《やは》り存在せず、最《も》う二度と現れないとは、考え難かった。イグナーチイ神父には、自分が口にしかけた何かの言葉を告げるか、何かの仕種《しぐさ》を見せるかすれば、あの婷乎《すらり》とした美しいヴェーラが墓を出て立ち現れる、と想われた。そして、彼女だけでなく、冷たく嚴《いか》めしい沈黙が非道《ひど》く恐ろしく感じられる凡ての死者が、立ち現れる、と。

イグナーチイ神父は、帽檐《つば》潤《びろ》の黒い帽子を脱《と》り、波打つ髪を撫で着け、耳語《ささや》いた。

「ヴェーラ！」

彼は、他人に聞かれているようで跋《ばつ》が悪くなり、墓の上に彳《た》って十字架越しに眺めたものの、誰も居ないので、聲を高めて反覆《くりかえ》した。

「ヴェーラ！」

それは、イグナーチイ神父の乾いた有無を云わさぬ老漢の聲であり、そんな強い呼び懸けに応えが無いのは、不思議だった。

「ヴェーラ！」

大聲で執拗《しつよう》に呼び懸けたが、聲が歇《や》むと、何處か下の方で籠《く》もった応えが一分《いっぷん》ほど響いているような気がした。イグナーチイ神父は、亦《また》、四圍《しい》を眗《みまわ》すと、髪の間から耳を出し、ごわごわちくちくする芝へ壓し着けた。

「ヴェーラ、云っておくれ！」

すると、イグナーチイ神父は、墓のように冷《ひ》んやりしたものが耳へ流れ込んで脳を氷《こお》らせておりヴェーラが何かを語っているのを感じ、竦然《ぞっ》としたが、ヴェーラは、矢張り、あの永い沈黙で語っている。沈黙は、益々、不気味で怖いものとなり、イグナーチイ神父が、死人のように蒼褪《あおざ》めた頭を怎《ど》うにか地面から引き剝がすと、恐ろしい海で大時化《おおしけ》が起きたかのようにに遠くから響いてくる沈黙の爲に、空気全體が顫え戰《おのの》いているように感じられる。沈黙は、息を喘《あえ》がせ、氷の波濤《なみ》となって頭を跨いで髪を搖らし、鼓動の所爲《せい》で呻《うめ》く胸に當たって砕ける。イグナーチイ神父は、全身を慄《わなな》かせ、犀《するど》い目を四方へ奔《はし》らせながら、徐《おもむ》ろに立ち上がると、脊筋を伸ばし、戰《おのの》く體を矜《ほこ》らしく見せようとし、永く痛ましい努力の末にそれを遂げる。イグナーチイ神父は、態《わざ》と悠《ゆっく》りと、膝の埃を掃《はら》い、帽子を冠《かむ》り、墓へ三度十字を切ると、乱れの無い確固たる足取りで歩を運んでいくが、克《よ》く知っている筈の墓地で、方向を見逸《みうしな》い、蹈み迷う。

「迷った！」イグナーチイ神父は、薄く笑い、岐路で足を停める。

けれども、佇《たたず》んで待つこともできず、屡《しば》し足を停めただけで、闇雲に左へ折れる。沈黙が、逼《せま》る。沈黙は、緑の墓から立ち騰《のぼ》り、陰気な鈍色《にびいろ》の十字架たちは、沈黙を呼吸し、沈黙は、屍體の塡《つ》まった地面の孔と云う孔から息を窒《つ》まらす細流となって出ている。イグナーチイ神父は、益々、疾歩《あしばや》になる。頭がぼうっとし、同じ小径を巡り、墓を跳び踰《こ》し、柵へ衝《つ》き當たり、棘《とげ》を有《も》つ葉鐵《ブリキ》の花環を手で摑んで、柔らかい布地を裂いて了《しま》う。最早《もはや》、脱《ぬ》け出すことしか、頭に無かった。この丈高き変人は、右往左往した末に、漸《ようや》く、身に裹《まと》う祭服《リャーサ》を翻《ひるがえ》らせ、髪を風に靡《なび》かせ、音も立てずに駈けていく。駈けて跳んで両手を揮《ふ》り廻す人のそんな異《あや》しい姿に出喰わし、歪んだ狂おしい顔を目にし、開いた口から泄《も》れる籠《くぐも》った喘ぎ聲を耳にしたら、誰でも、柩《ひつぎ》から起き上がった死人に怯《おび》える以上に、怯えよう。

イグナーチイ神父は、駈けてきた勢いで、低い墓地の教会が端に白く見える小さな広場へ出た。扉の脇の矮《ひく》い腰懸けでは、遠來の巡礼者と覺《おぼ》しき老爺《ろうや》が、微睡《まどろ》み、その傍《かたえ》では、二人の物乞いの老婆が、対手《あいて》に喰って懸かりながら、云い争い罵《ののし》り合っていた。

イグナーチイ神父が帰宅する頃には、最《も》う昏《くら》くなり、オーリガ・スチェパーノヴナの部屋には、火光《あかり》が點《とも》っていた。埃塗《まみ》れで弊衣《へいい》を裹うイグナーチイ神父は、帽子も衣《ころも》も脱《と》らずに妻の許へ駈け込んで跪くと、號哭《ごうこく》した。

「お母さん……、オーリャ……、私を憫《あわ》れんでおくれ！　気が狂《ちが》いそうだ」

机の縁《へり》へ頭を打附《ぶっ》け、終《つい》ぞ泣くことの無かった人のように、哀慟《あいどう》した。そして、今こそ奇蹟が起きて妻が口を利《き》いて自分を憫れんでくれると信じ、頭を擡《もた》げた。

「愛《いと》しき女《ひと》！」

巨軀を妻の方へ伸ばすと、灰色の眼差しに出合った。其處には、同情も怒りも無かった。妻は、彼を宥《ゆる》し憫《あわ》れんでいたのかも知れないが、その目には、憫れみも宥しも無かった。目は、啞《おし》の如く黙《もだ》していた。

そして、蛻《もぬけ》の殼の闇《くら》い家全體が、黙していた。

一九〇〇年五月一〜五日

深淵

I

日は、最《も》う、昏《く》れようとしていたが、二人は、尚《なお》も、時も道も忘れ、語らい歩いていた。行く手の夷《なだら》かな丘阜《きゅうふ》には、小さな林が黝《くろ》く見え、日輪が、樹々の枝越しに真っ赫に熾《お》きた炭のように炎《も》え、焚き附けた空気をみんな金色の火の粉に変えていた。日輪は、迚《とて》も近くて眩しいので、周圍《まわり》の渾《すべ》てが、消えたかのようであり、孤《ひと》り残る日輪が、道を彩りつつ熨《の》していた。二人が、目に疼《いた》みを覺《おぼ》えて踵《きびす》を反《かえ》すと、目の前の一切が、燉《ぱ》っと消えてから穏やかで明るく小さくて瞭《あき》らかなものとなった。一露里（訳註　露西亜固有の長さの旧単位。一露里は、一・〇六六八粁《キロメートル》）餘り先の何處《どこ》か遠くでは、赤い夕映えに照らされた松の喬《たか》い幹が、暗い部屋の蠟燭宛《さなが》らに緑に埋もれて燿《かがよ》い、行く手では、茜色を帯びた道に、石が一つ一つ長く黒い影を印《いん》し、日影の射し込む處女《おとめ》の髪は、赤らんだ金色の暈《かさ》となって燦《きら》めき、解《ほっ》れた一本の繊《ほそ》い縮れ毛が、黄金の蜘蛛の絲のように宙で蜒《うね》り搖れていた。

行く手が、闇《くら》くなっても、二人の会話は、迹《と》切《ぎ》れず、渝《か》わらず、緩《ゆる》やかに流れる明るく打ち解けた静かな会話も、愛の力や不滅や美しさと云った話柄も、その儘だった。二人は、若く、處女は、本《ほん》の十七歳、ネモヴェーツキイは、四つ歳上、何方《どちら》も、制服姿で、彼女は、中學《ギムナージヤ》の女生徒の質素な茶色い服、彼は、工學部の學生の麗しい制服だった。会話と同様、二人の何も彼《か》もが、若く美しく純《きよ》らかだった。空気が内に漲《みなぎ》って空気の化身とも想える靭《しな》やかで婷乎《すらり》とした容姿、軽やかで彈むような足取り、何でも無い言葉を口にする時でも黝《くろ》ずんだ野に雪の消え残る静かな春の夜に小川が潺《せせら》ぐ如《ごと》く物想わしげな優しさを響かせる爽やかな聲。

二人は、歩みつつ、知らない道を路形《みちなり》に曲がり、頭が小さくて滑稽な次第に繊《ほそ》くなる二人の長い影法師は、前方で各自《てんで》に動いたり、層《かさ》なって楊《トーポリ》の影のように細長い一条《ひとすぢ》の帯になったりした。けれども、二人は、影を見ることも無く語らい、彼は、撫子《なでしこ》色の夕映えが優しい光彩《いろどり》を一刷《ひとは》け其處《そこ》に置いていったかのような處女の美しい顔から、目を離さず、彼女は、俯《うつむ》き勝《が》ちに小径を瞶《みつ》めて傘で礫《こいし》を箒《はら》ったり、黒っぽい服の下から小さな沓《くつ》の尖った爪先が交互に淀み無く出てくるのを目で追ったりしていた。

人に蹂《ふ》まれて縁《ふち》の崩れた埃っぽい渠《みぞ》が、道を截《き》っており、二人は、一寸彳《ちょっとたたず》んだ。ジーノチカは、頭を擡《もた》げ、翳《かげ》った眼差しで周圍《まわり》を眴《みまわ》し、訊ねた。

「此處《ここ》が何處だか、お判り？　私、一遍も來たこと有りません」

彼は、邊りを克《よ》く眴《みまわ》した。

「唯《ええ》、判ります。この丘の向こうが、邑《まち》。さぁ、お手をどうぞ」

彼は、労働を知らない白くて繊《ほそ》い女のような手を差し伸べた。ジーノチカは、胸が悸《ときめ》き、渠《みぞ》を跳び踰《こ》えて駈け出して《攫《つか》まえてください！》と叫びたかったが、それを抑えて乙《おつ》に清《す》まして会釋《えしゃく》をし、子供の手のぽっちゃりした膨らみを残す手を可憐《しおら》しく差し出した。彼は、その臆した手を痛いほど握り緊《し》めたかったが、こちらも、それを抑えて軽く一揖《いちゆう》しながら恭《うやうや》しく手を把《と》り、升《のぼ》ってくる處女の足が仄見《ほのみ》えた時には、虔《つつま》しく目を逖《そ》らした。

二人は、亦《また》、語らい歩いていたが、窃《かす》かに觸《ふ》れ合った手の感覺に涵《ひた》っていた。彼女は、彼の掌《て》と勁《つよ》い指の乾いた熱《ほとぼ》りを感じており、心地好くもあれば、跋《ばつ》が悪くもあり、彼は、彼女の小《ちっ》ちゃな手の素直な柔嫩《やわらか》さを感じており、足の黒い影《シルエット》と足を健気《けなげ》に優しく包んだ小さな沓《くつ》を目にしていた。白い下袴《ペチコート》の細い条《すぢ》と婷乎《すらり》とした足の消し難い残像には、何やら不穏で刺戟的なものが有り、彼は、無意識の意志の能《はたら》きでそれを搓《も》み消した。すると、愉快になり、心が迚《とて》も自由で舒々《のびのび》とし、歌を唱《うた》ったり、双手《もろて》を空へ展《ひろ》げたり、《駈けてください、攫《つか》まえますから》と云う森や轟《とどろ》く瀑《たき》の間での古《いにしえ》の戀の常套句を叫んでみたりしたくなった。

そして、そんな諸々《もろもろ》の希《ねが》い故《ゆえ》に、泪が吭元《のどもと》へ込み上げた。

長くて滑稽な影は、消え、道の埃は、灰色で冷たいものとなったが、二人とも、それに気附かずに語らっていた。愛し悩み純《きよ》らかな愛に生を献《ささ》げた人々の輝ける姿が、良書に親しんでいる二人の目交《まなか》いを過《よぎ》り、音の調和と甘い悲哀の衣《ころも》で愛を包む詩の一節が、記憶に甦った。

「これ、誰の詩でしたっけ？」ネモヴェーツキイは、記憶を辿りつつ、訊ねた。「……そして、愛する人が、また私と共に在る、私が一言も告げずに、愁いの凡《すべ》てを、優しさの凡てを、私の愛の凡てを、胸に畳んだその人が……。（訳註　露西亜の〈銀の時代〉の詩人スチェパーン・ペトローフ＝スキターレツ（一八六九〜一九四二）の詩「夜」の一節）」

「さぁ」ジーノチカは、そう応え、物想わしげに反覆《くりかえ》した。「愁いの凡てを、優しさの凡てを、私の愛の凡てを……」

「私の愛の凡てを」ネモヴェーツキイは、我知らず、谺《こだま》のように応じた。

二人は、亦《また》、記憶を辿っていた。秋の葉が散り布《し》いた公園で孤《ひと》り愁いに沈む不幸でありながらも幸福な尼僧《にそう》の黒衣《こくえ》を裹《まと》う白百合のように清純な處女《おとめ》たちを憶い出し、矜《ほこ》り高く精気に溢れながらも苦しんで情愛や濃《こま》やかな女の體恤《たいじゅつ》を求める男たちも憶い出していた。喚《よ》び起こされた姿は、哀しかったが、愛は、その哀しみに於いて、より輝かしく純《きよ》らかだった。愛は、世界のように巨《おお》きく日輪のように明るく奇《く》しく美しいものとして、彼らの目交いに顕《あらわ》れ、愛よりも勁《つよ》く美しいものは、何も無かった。

「貴男《あなた》は、愛する人の爲に死ぬことができまして?」ジーノチカは、自分の子供っぽい手を瞶めながら、訊ねた。

「唯《ええ》、できます」ネモヴェーツキイは、真っ直ぐに心を罩《こ》めて彼女を瞶《みつ》めながら、決然《きっぱり》と応えた。「ぢゃ、貴女《あなた》は?」

「唯《ええ》、私も」彼女は、想いに耽った。「愛する人の爲に死ねたなら、この上無い仕合《しあ》わせですもの。方《まさ》に本望ですわ」

二人の明るく穏やかな目は、交わり、何やら善きものを送り合い、唇は、笑みを湛えていた。ジーノチカは、彳《た》ち停《ど》まった。

「一寸、お待ちを。制服《トゥジュールカ》に、絲」

彼女は、そう云うと、心易《こころやす》げに相手の肩へ手を遣《や》り、二本の指で徐《そ》っと絲を撮《つま》んだ。

「ほら!」彼女は、そう云うと、真顔《まがお》で訊ねた。「何故《なぜ》、そんなに、お顔の色が悪くて、痩せてらっしゃるの? 勉強が、過ぎるのでは? 不可《いけ》ませんわ、根《こん》を詰めては」

「貴女《あなた》の目は、空色、其處《そこ》には、明るい點々《ぽつぽつ》、火花のような」彼は、彼女の目を瞶めながら、応えた。

「貴男《あなた》のは、黒い。否《いえ》、鳶色《とび》で温かい。そして、其處には……」

ジーノチカは、其處に何が在るかを云わず、脇を向いた。顔が、徐々に紅《べに》を潮《さ》し、目は、極《き》まり悪げに臆していたが、唇は、我知らず、頬笑《ほほえ》んでいた。彼女は、何やら嬉しそうに頬笑んでいるネモヴェーツキイを置いて歩き出したが、程無《ほどな》く、足を停《と》めた。

「見てくださいな、陽が沒《しず》みました!」彼女は、悲しげに駭《おどろ》いて、叫んだ。

「唯《ええ》、沒みましたね」彼は、不意に辛い哀しみに囚《とら》われて、応えた。

光りは、消え、影は、失せ、周圍《まわり》の渾《すべ》てが、蒼白く無言で生気の無いものとなった。黜《くろ》ずんだ雲の堆《やま》が、先刻《さっき》まで灼熱の日輪が輝《て》っていた邊りから音も無く匍《は》い騰《のぼ》り、明るい碧落《へきらく》をじわじわと蠶食《さんしょく》していった。黒雲は、捲《ま》き颺《あ》がり壓《お》し合いながら、眠りを破られた幻妖《げんよう》の輪《りん》廓《かく》を緩《ゆっく》りと鈍《のっそ》りと変じつつ、何やら頑《かたく》なで恐ろしい力に無理矢理《むりやり》逐《お》い立てられるように渋々と前へ漸《すす》んでいた。羸《よわ》くて駭《おどろ》いた明るい巻雲《けんうん》が、他の雲から逸《はぐ》れ、孤《ひと》り孑然《ぽつねん》と彷《さまよ》っていた。

Ⅱ

ジーノチカは、頬が蒼褪《あおざ》め、唇が血のように紅くなり、瞳孔が心做《こころな》しか拡がって目が翳《かげ》り、静《そ》っと独語《つぶや》いた。

「私、怕《こわ》い。此處《ここ》、何だか、寂《しず》かですね。私たち、道に迷いました？」

ネモヴェーツキイは、濃い眉を攅《あつ》め、偵《うかが》うように周圍《まわり》を眴《みまわ》した。

その邊りは、日影も無く、逼《せま》る夜の爽涼な気色《けしき》を帯び、無愛想《ぶあいそう》で冷たく感じられ、蹂《ふ》み拉《しだ》かれたように矮《みぢか》い草が生えて黏土《ねんど》質の谷や塚や穴を有《も》つ灰色の野原が、四方へ展《ひろ》がっていた。穴は、深いものや阻《けわ》しいものや小さいものや地を匍《は》う艸《くさ》に覆われたものなど、澤山在り、其《そ》處《こ》では、無言の闇が、已《すで》に闃乎《ひっそり》と夜の眠りに就いており、嘗《かつ》て其處に居て何かを爲《し》ていた人たちが今は居ないことが、邊りを一層侘《わび》しく心淋《うらさび》しいものにしていた。林や幼林が、紫丁香《リ》花《ラ》色の洌《つめ》たく凝《こご》った霧のように、其處彼處《そこかしこ》に佇《たたず》み、放置された穴が自分たちに何か告げるのを、待っているかのようだった。

ネモヴェーツキイは、洶《わ》き上がる漠とした重苦しい不安を抑えて、云った。

「否《いえ》、迷ってません。道は、判ってます。野を踰《こ》えて、あの森を抜ける。怕《こわ》いんですか？」

彼女は、強がるように、笑顔で応えた。

「否《いえ》。最《も》う、大丈夫。でも、早く自家《うち》へ帰らないと、お茶の時間ですもの」

二人は、疾歩《あしばや》に毅然として進んでいたが、程無《ほどな》く、歩を緩めた。何方《どちら》も、脇見はしなかったものの、澱んで動かぬ百千《ももち》の目で自分たちを圍繞《いにょう》する穴だらけの野原の陰気な敵意を感じており、その感覚は、二人を昵着《ちかづ》け、幼時の追憶へと誘《いざな》った。憶い出は、日や緑の葉や愛や笑いに明るく照らされ、生活と云うよりも高らかで柔らかな歌聲に想われ、其處《そこ》では、彼ら自身が、二つの小さな音であり、一つは、水晶のように甲高く冴《す》み、最《も》う一つは、稍々《やや》籠《くぐ》もっているものの、鈴のように玲瓏《れいろう》としていた。

人が、深い黏土《ねんど》の穴の縁《へり》に腰懸けた二人の女が、姿を現し、一人は、足を組んで坐って下を凝《ぢ》っと瞶《みつ》め、頭巾《プラトーク》が、一寸《ちょっと》持ち上がって乱れ髪の房を覗かせ、丸まった脊中が、苹果《りんご》のように大きな花柄の附いた汚《きたな》らしくて紐の解《ほど》けた上衣《うわぎ》を摺《ず》り上げていた。その女は、通り過ぎる二人へ目を遣《や》らなかった。最《も》う一人は、頭を反らして隣りで半ば臥していた。その顔は、野卑で幅濶《はばびろ》で男っぽく、目の下の出張った顴骨《かんこつ》には、生々しい擦《す》り疵《きず》のような赤煉瓦色の斑《はだら》が、二つづつ光っていた。その女は、一人目よりも更に汚《きたな》らしく、行人《こうじん》を只《ただ》真っ直ぐに睶めており、二人が通り過ぎると、男のような野太い聲で唱《うた》い出した。

貴郎《あんた》一人の爲に、愛《いと》しき人よ、
妾《あたし》は、郁《かぐわ》しい花のように咲きました……

「ヴァーリカ、聞いてる?」その女は、寡言《むくち》な友に聲を懸けると、応えを待たずに、大聲で下品に呵《わら》い出した。

ネモヴェーツキイは、派手で華美な衣《ころも》を裹《まと》っていても瀆《けが》れたその種の女を知っていて馴れていたので、二人の女は、彼の視線から辷り落ちて迹形《あとかた》も無く消え失せた。けれども、自分の茶色い地味な服が女たちに觸《ふ》れそうになったジーノチカは、何やら哀れで敵意や悪心《あくしん》に盈《み》ちたものが颯《さ》っと心へ忍び込むのを感じた。とは云え、そんな印象も、数分後には、金色の草原を流れる雲の影のように消え去り、彼女は、庇帽《カルトゥーズ》と脊広を身に着けていながら足は跣《はだし》の男が自身と同じように瀆《けが》れた女と伴《つ》れ立って自分たちを追い抜くのを目にしても、何とも感じなかった。ジーノチカは、更に永いこと、無意識に女を目で追い、沾《ぬ》れたように直《ぴた》っと足を包む薄い衣を女が裹っていて裾の布地に膏《あぶら》の滓《よご》れが潤《ひろ》い帯状に染み込んでいるのを、一寸不審《いぶか》しく想った。薄く穢《きたな》い裾の揺らめきには、何やら不穏で不自然で何とも濟《すく》い難いものが在った。

二人は、亦、語らい歩き、暗い黒雲は、渋々と彼らの後に続き、用心深く身を臥せる透明な影を落としていた。壓《お》し拌《わ》られた黒雲の脇では、黄ばんだ銅色の斑《はだら》が、音も無く捲《ま》き颺《あ》がる明るい道のように、黒雲の重い塊《かたま》りの後ろに隠れて鈍く光っていた。闇は、何時《いつ》の間にか人知れず濃くなったので、闇なのが信じられず、未《ま》だ晝《ひる》のような、とは云え、篤《あつ》く病んで静かに死を迎える晝のような、気がした。今、二人は、人が夜に懐《いだ》く、眠らずに物音にも人聲にも邪魔されずに闇のように曠漠として数多《あまた》の目を有《も》つ生なるものと対峙《たいじ》する夜に懐く、恐ろしい感情や思念に就《つ》いて、語らっていた。

「貴男《あなた》、無限って、想像できまして？」ジーノチカは、豊《ふっく》りした手を額に添えて、目を強《きつ》く瞑《と》じて、訊ねた。

「否《いえ》。無限……。否」ネモヴェーツキイは、自分も目を瞑じて、応えた。

「私、時折り、それを目にします。最初に見たのは、未だ小さい頃。それは、荷馬車のよう。荷馬車が一臺《だい》、二臺、三臺と停まっていて、遠くまで涯《はて》し無く、みんな、荷馬車、荷馬車……。怕《こわ》い」彼女は、身顫《みぶる》いした。

「でも、何故《なぜ》、荷馬車なんです?」ネモヴェーツキイは、不愉快ながら、頰笑《ほほえ》んだ。

「分かりません。荷馬車なんです。一臺、二臺……、涯し無く」

闇は、人知れず濃くなり、黒雲は、最《も》う、二人の頭上を過ぎて、前方から二つの蒼褪めて俯《うつむ》いた顔を覗き込んでいた。そして、襤褸《らんる》を裹う瀆《けが》れた女たちの暗い姿が、何故掘ったのか判らない深い穴から地表へ投げ出されたかのように、益々、頻繁に立ち現れ、沾《ぬ》れた裾が、不吉に翩《ひるがえ》っていた。女たちの姿は、ぽつんと、或いは、二つか三つづつ、現れ、その聲が、音高く、妙に心淋《うらさび》しく、森《しん》とした空気を響《どよ》もしていた。

「誰、この人たち? 何故、こんなに澤山?」ジーノチカは、臆して静《そ》っと訊ねた。

ネモヴェーツキイは、女たちの正體を知っており、こんな険呑《けんのん》な悪處《あくしょ》へ迷い込んで了《しま》って怯《お》じ気附《けづ》いたが、平然と応えた。

「分かりません。そう云うことなんでしょうが、そんなこと怎《ど》うでも可《い》いですよ。さぁ、この森を抜けると、哨所と邑《まち》。晩く出たのが、残念ですね」

彼女は、四時に出たのに晩いと云うので、可笑《おか》しくなり、彼を閃《ちら》っと見て、頰笑んだ。けれども、相手の愁眉は、展《ひら》かれず、彼女は、宥《なだ》め慰めるように云った。

「早く行きましょう。お茶が飲みたい。森は、直ぐ其處《そこ》」

「行きましょう」

森へ這入《はい》った二人の頭上で、樹々が黙って梢を翳《さ》し交わすと、可成《かな》り暗くなったが、心は、寛《くつろ》ぎ、安らいだ。

「どうぞ、お手を」ネモヴェーツキイは、云った。

彼女は、可憐《しおら》しく手を差し出し、窃《かす》かな觸れ合いは、闇を掃《はら》ったかのようだった。二人の手は、動きも握りもせず、ジーノチカは、一寸身を離しもしたが、互いの意識は、手の觸れ合う小さな秘處へ灑《そそ》がれていた。愛の美しさや妙なる力に就《つ》いて、亦《また》、語らいたくなったが、沈黙を破らぬよう、言葉でなく眼差しで語らいたかった。二人とも、見なくてはと想い、見たいと想いつつ、蹈み切れずにいた。

「あら、亦、人！」ジーノチカは、明るい聲で告げた。

III

男が、三人《みたり》、明るい森《ポリャーナ》の草地で、空き鑵の脇に坐《ざ》し、近着く者たちを黙って待ち受けるふうに眺めていた。その内《うち》の一人、役者宛《さなが》らに毛を剃った男は、莞々《にやにや》し、こんなふうに釋《と》れる口笛を吹いた。

「ほほう！」

ネモヴェーツキイは、膽《きも》を潰し、不安の餘り、心《しん》の臟《ぞう》が停《と》まったが、脊中を撞《つ》かれるように、路端に坐る者たちの方へ真っ直ぐに歩を運んだ。彼らは、待っており、三対の据わった怖い目が、黝《くろ》く見えていた。彼は、沈黙が凄みを帯びる陰気で弊衣《へいい》を裹《まと》った者たちに阿《おもね》って自身の無力を判らせて対手《あいて》の同情を買うことを微かに期待しつつ、訊ねた。

「哨所へは、何處を行ったら可《よ》いですか？　此處《ここ》でしょうか？」

けれども、彼らは、応えなかった。剃毛の男は、意味不明の嘲《あざけ》るような口笛を吹き、他の二人は、口を噤んだ儘、陰気に不気味に目を凝《こ》らしていた。彼らは、醺《よ》って気が昂《たかぶ》っており、愛と破壊に餓《う》えていた。頰の紅い脂肪《しぼう》肥《ぶと》りの男は、肱《ひじ》を支えに身を起こすと、熊のように鈍《のっそ》りと四肢を地面に拄《つ》いて、深く呼吸《いき》をして立ち上がった。相棒たちは、そちらを閃《ちら》っと見ると、亦《また》、ジーノチカを凝《ぢ》っと見据えた。

「怕《こわ》い」彼女は、唇だけで独語《つぶや》いた。

ネモヴェーツキイは、言葉を聞かずとも、攀《すが》り着く手の重みで、その心緒《しんしょ》に通じた。そして、平静を覗《よそお》いながらも、これから起きることの避け難さを感じつつ、乱れの無い確固たる足取りで歩み出した。すると、三対の目が、近着き、灿《きら》めき、背後に残った。《遁《に》げなくちゃ》ネモヴェーツキイは、そう感じたが、想い直した。《否《いや》、遁げちゃ可《い》かん》

「兄《あん》ちゃんは、ひょろひょろ、お伴《つ》れさんが、お気の毒」禿げ頭で赤毛の薄い頤鬚《あごひげ》を生やした三番目の男が、云った。「姐《ねえ》ちゃんは、可愛《めんこ》くて、みんな、行《い》かれっ了《ちま》う」

三人とも、攣《ひきつ》るように呵《わら》った。

「檀那《だんな》、一寸《ちょい》と待ちな、話しが有る！」長身《のっぽ》の男は、低く野太い聲でそう云うと、相棒たちを見た。

相棒たちは、半身《はんしん》を起こした。

ネモヴェーツキイは、振り向かずに歩いていた。

「待ちなと云ったら、待つもんよ」赤毛が、云った。「一發、お見舞いされてぇのか」

「手前《てめえ》に、云ってんだよ！」長身《のっぽ》は、聲を暴《あら》げると、二歩、跳んで、追い着いた。

咢《ごつ》い手が、ネモヴェーツキイの肩を拏《つか》んで搖すり、振り向くと、円く怖い出目《でめ》が、目の前に。それは、餘りにも近いので、拡大鏡で見るかのようであり、白目に浮いた紅い血管や、睫毛に着いた黄ばんだ膿《うみ》が、瞭然《はっきり》と看て取れた。彼は、ジーノチカの物云わぬ手を離すと、衣兜《ポケット》を弄《まさぐ》って、もごもごと云い始めた。

「金子《かね》を！……。さぁ、金子を。喜んで差し呈《あ》げます」

出目は、一層円く爛々《らんらん》となった。そして、ネモヴェーツキイが、目を逸《そ》らすと、長身《のっぽ》は、身を退き、腕を揮《ふ》り上げずに、下から敵手《あいて》の頤を毆った。ネモヴェーツキイは、頭がぐらりと横へ搖れ、齒ががつんと鳴り、學生帽《フラーシカ》が額へ摺《ず》り下がって落ち、萬歳《ばんざい》の恰好で仰《あおの》けに仆れた。ジーノチカは、何も云わず、悲鳴も上げず、踵《きびす》を反《かえ》して燦《ぱ》っと駈け出すや、能《あた》う限りの疾《はや》さに達した。剃毛の男は、永いこと、奇天烈《きてれつ》な蠻聲《ばんせい》を上げていた。

「啞々《ああぁ》々！……」

そして、號《さけ》びながら、彼女の後を趁《お》った。

ネモヴェーツキイは、ふらふらと立ち上がったが、端《しゃん》然となる間も有らばこそ、亦、頸《くび》の後ろを毆《なぐ》られ、仆れた。彼は、尫弱《ひよわ》で、格闘に馴れていなかったが、二人を敵手に黏《ねば》り強さを見せ、喧嘩する女みたいに、爪で引っ抓《か》いたり、我を忘れて噦《しゃく》り上げたり、噬《か》み附いたりしていた。そして、完全に伸びて了《しま》うと、起こされて擔《かつ》がれ、抵抗しつつも、頭ががんがんし、何が起きたのか考える気も無くなり、敵の腕の中で脱然《ぐったり》としていた。最後に目にしたのは、彼の口へ這入《はい》りそうな赤毛の頤鬚の一部と、その鬚の後ろの森の暗闇と、駈ける處女《おとめ》の明るい色の上衣《うわぎ》だった。彼女は、数日前の鬼遊戯《おにごっこ》の時のように無言で走っていたが、剃毛の男が、小刻みな足取りで急追していた。その後、ネモヴェーツキイは、自分が虚空に居るように感じ、心臓も停《と》まる想いで何處《どこ》かへ落下し、全身をどすんと地面に打附《ぶっ》けて気を失った。

ネモヴェーツキイを穴へ抛《ほう》り込んだ長身《のっぽ》と赤毛は、一寸佇《たたず》み、底の気配に耳を清《す》ました。とは云え、二人の顔と目は、ジーノチカの居る方を向いていた。そちらからは、息を窒《ふさ》がれるような疳高《かんだか》い女の悲鳴が聞こえ、直ぐに歇《や》んだ。すると、長身は、口惜《くや》しそうに號んだ。

「畜生!」そして、熊のように、枝を折りながら、一散に駈けていった。

「乃公《おいら》も! 乃公も!」赤毛も、後に続き、蚊繊《かぼそ》い聲で叫んでいた。彼は、非力で、格闘で膝を打ち、息を喘《あえ》がせており、處女《おとめ》に最初に目を着けたのが自分なのに手を着けるのは最後になるのが、癪だった。彼は、足を停《と》め、膝を摩《さす》り、手洟《てばな》を擤《か》むと、哀れっぽく叫びながら、亦、駈けていった。

「乃公も! 乃公も!」

空は、最《も》う、暗い黒雲に覆い盡《つ》くされ、暗い静かな夜が、訪れた。赤毛の矮軀《わいく》は、程無く、闇に消えたが、乱れた跫音《あしおと》や、樹々を搔《か》き分ける音や、顫《ふる》えるような哀れっぽい叫び聲は、更に永いこと、聞こえていた。

「乃公も！　相棒たち、乃公も！」

Ⅳ

ネモヴェーツキイは、口に土が這入《はい》り、歯がじゃりじゃりした。意識の戻った彼が先づ何よりも強く感じたものは、濃く柔らかな土の匂いだった。頭は、鈍色《にびいろ》の鉛が塡《つ》まったように暈《ぼう》っとして自由に動かせず、全身は、疼《うづ》き、肩は、劇《はげ》しく痛んだが、骨折や損傷は、何處《どこ》にも無かった。彼は、坐った儘、何も想わず、何も憶い出さず、永いこと、上《うえ》を見ていた。葉の黒く潤《ひろ》い低木が、頭上に垂れ下がり、冴《す》んだ空が、葉を透かして覗いていた。黒雲は、雨を一滴も落とさずに、空気を軽く乾いたものにして過ぎ去り、中空《なかぞら》には、縁《ふち》が朧《おぼろ》で透き徹る弦月が、杲《たか》く懸かっていた。

月は、最後の幾夜かを存《なが》らえており、冽《つめ》たく哀しく淋しく皓《ひか》っていた。片々《きれぎれ》の雲は、強風が未《ま》だ吹いているらしい高空《たかぞら》を流れていたが、気を遣《つか》って月を隠さずに迂廻《とおまわ》りをしていた。月の孤高、高く明るい雲の細心、そして、下界では感じられぬ風の嫋《そよ》ぎには、上空を舞う夜の神秘な奥底が感じられた。

ネモヴェーツキイは、起きたことを、凡《すべ》て憶い出したが、信じなかった。起きたことは、凡て恐ろしく、そんな恐ろしいことなど、起こる筈《はず》が無いので、本當とは想えず、夜半《よなか》に坐して下界の何處かから逆さの月や流れる雲を見上げている自分も、奇怪であり、本物とは想えなかった。彼は、これは、屢《よ》く有る怖い夢であり、迚《とて》も怖い悪夢なのだ、と想った。そして、出喰わしたあの澤山の女たちも幻であった、と。

「有り得ない」彼は、肯《うべな》うようにそう云い、重い頭を軽く搖すった。「有り得ない」

そして、歩き出そうと、手を伸べて學生帽を捜したが、見附からなかった。帽子の無いことが、倏忽《たちまち》、一切を白《あき》らかにし、起きたことは夢でなく恐ろしい現実である、と暁《さと》った。次の刹那、彼は、恐怖で気を失いかけながら、最《も》う、攀じ升《のぼ》っており、崩れる土塊《つちくれ》と共に轉げ落ちては、亦《また》、攀じ升り、低木の靭《しな》やかな枝に搦《と》り着いていた。

そして、匍《は》い出るや、一散に、闇雲《やみくも》に、盲滅法《めくらめっぽう》に、駈け出し、永いこと、奔《はし》ったり、樹間を巡ったりしていた。亦、別の方向へ、唐突に、闇雲に、駈け出し、亦、枝に顔を引っ抓《か》れると、亦、凡てが幻に想えてきた。ネモヴェーツキイは、こんな闇とか、顔を引っ抓く見えない枝と云った、類《に》たようなものが、過去にも在ったように想いながら、目を瞑《と》じて奔り、凡てこれは夢である、と感じている。そして、足を停《と》めると、凸起《とっき》の無い地面《ぢべた》へ直《ぢ》かに坐る人のぎこちない不馴れな姿勢で坐り、亦、學生帽のことを想い、こう云った。

「これは、僕。自裁せねば。假令《たとえ》、これが夢であれ、自裁せねば」

彼は、起き上がると、亦、駈け出したが、我に復《かえ》り、襲われた場處《ばしょ》を暈《ぼんや》りと想い泛《う》かべながら、歩度を緩めた。森は、漆黒の闇に包まれていたが、時折り、淡い月影が射し込んでひょいと白い幹を照らすと、身動《みじろ》ぎもせずに何故《なぜ》か黙りこくる人で溢れているかに想われた。そして、それは過去のことであり夢である、と感じられた。

「ジナイーダ・ニコラーエヴナ!」ネモヴェーツキイは、そう呼び懸け、最初の言葉は、聲高《こわだか》に云ったが、次の言葉は、誰かが応えると云う望みを音と共に失いつつあるかのように、静かに云った。

けれども、誰も、応えなかった。

それから、彼は、小径へ出ると、道が判り、森の草地《ポリャーナ》まで歩いた。すると、亦、そして、完全に、凡てこれは現実である、と暁り、竦然《ぞっ》として、叫びながら、右往左往し始めた。

「ジナイーダ・ニコラーエヴナ！　僕だよ！　僕！」

誰も、応えず、ネモヴェーツキイは、邑《まち》が在るらしい方へ顔を向け、断々《きれぎれ》に叫んだ。

「救《たす》、けて、くだ、さい！……」

そして、亦、何かを独語《つぶや》きながら、右往左往し始め、低木を掻《か》き分けていると、凝《こご》った微光のような白く淡い斑《はだら》が、足許《あしもと》に忽然《ぬっ》と現れた。それは、横たわるジーノチカだった。

「吁《あぁ》！　何故《なぜ》、こんなことに？」ネモヴェーツキイは、泪は見せなかったものの、號哭《ごうこく》する人の聲でそう云い、跪《ひざまづ》くと、臥せる人に觸《ふ》れた。

ネモヴェーツキイは、膩《なめ》らかで引き緊まって冽《つめ》たいものの息は有る露わな體に觸れると、駭然《ぎょっ》として手を引っ込めた。

「僕の愛《いと》しい人、僕の可愛い人、僕だよ」彼は、暗闇に彼女の顔を捜しながら、耳語《ささや》いた。

別の方へ手を伸ばすと、亦、裸身に出合い、何處へ手を伸ばしても、觸れる手の下で温もっていたかのような膩《なめ》らかで引き緊まった女の裸身に出合うのだった。彼は、手を颯《さ》っと引っ込めることも有れば、觸れた儘にすることも有ったが、無帽で弊衣を裹《まと》う自分が本物でないと感じられたように、この露わな體とジーノチカを結び着けることができなかった。そして、此處《ここ》で起きたことが、この聲無き女體《にょたい》に爲《な》されたことが、怺《こら》え難いまでに歴々《ありあり》と想像され、何やら奇異で饒舌な力となって彼の四肢に谺《こだま》していた。彼は、節々《ふしぶし》を軋《きし》ませて體を伸ばし、白い斑《はだら》を虚《うつ》ろに眺めると、考える人宛《さなが》らに眉根を寄せた。起きたことに対する恐怖は、犇《ぎゅ》っと凝《こご》り、手に餘るもののように、彼の心を領していた。

「吁《ああ》！　何故《なぜ》、こんなことに？」亦、そう反覆《くりかえ》したが、聲音《こわね》は、態《わざ》とらしく、嘘っぽかった。

心臓を探り當てると、弱いながらも乱れ無く鼓動しており、顔へ身を僂《かが》めると、幽《かそ》けき息《いき》遣《づか》いが感じられ、ジーノチカは、失神しておらず、微睡《まどろ》んでいるだけのようだった。彼は、静《そ》っと名を呼んだ。

「ジーノチカ、僕だよ」

そして、彼女が更に永いこと目醒《めざ》めなければ好い、と想った。彼は、息を潜《ひそ》めて周圍《まわり》を一瞥すると、彼女の頬を徐《そ》っと愛撫し、瞑《と》じた目に続いて唇に接吻し、その濃厚な口吮《くちす》いで、處女の唇が、幽《かす》かに展《ひら》いた。すると、彼は、彼女が目を醒《さ》ましたのではと駭然《ぎくっ》とし、後退《あとじさ》りして身を竦《すく》めた。けれども、處女の體は、黙《もだ》した儘、微動だにせず、その無力や無防備には、何やら哀れで人を昂《たかぶ》らせて嫐《ひきつ》けて已《や》まないものが在った。ネモヴェーツキイは、濃《こま》やかな優しさと偸人《ぬすびと》の臆した警戒心を懐《いだ》いて、彼女の衣《ころも》の裂《き》れ端を本人に被せようとしていたが、布と裸體が鬩《せめ》ぎ合う感覺は、匕首《あいくち》のように鋭く、狂気のように理解を踰《こ》えたものだった。彼は、戍《まも》り手であり攻め手であり、四圍《しい》の森と闇に救《たす》けを覓《もと》めたが、森と闇は、それを與《あた》えなかった。此處《ここ》では、獣たちの饗宴が繰り展《ひろ》げられ、人間らしい當たり前で平凡な生活の裏側へ突《いき》然《なり》投げ遣《や》られた彼は、空気を盈《み》たす劇《はげ》しい情欲の匂いを嗅いで、鼻の孔を拡げた。

「僕だよ！　僕！」彼は、自分の居場處も判らぬ儘、自分が嘗《かっ》て下袴《ペチコート》の白い条《すじ》や足の黒い影《シルエット》や足を優しく包んだ沓《くつ》を目にした憶い出に涵《ひた》り、意味も無く反覆《くりかえ》した。そして、ジーノチカの息遣《いきづか》いに耳を清《す》まし、顔の邊りから目を離さずに、手を伸ばした。耳を清まし、更に手を伸ばした。

「何故、こんなことに？」彼は、大聲で悲痛な叫びを上げると、自分が怕《こわ》くなって、立ち上がった。

一瞬、ジーノチカの顔が、彼の目に白く映って消えた。彼は、その體が今日一緒に歩いて無限に就《つ》いて語らったジーノチカのものであることを暁《さと》ろうとしたが、暁れず、起きたことの恐ろしさを感じようとしたが、恐怖は、凡てこれを現実と看做《みな》すとしたら、餘りにも大きく、洶《わ》かなかった。

「ジナイーダ・ニコラーエヴナ！」彼は、祈るように叫んだ。「何故、こんなことに？　ジナイーダ・ニコラーエヴナ！」

けれども、虐《さいな》まれた體は、黙《もだ》した儘であり、ネモヴェーツキイは、支離滅裂なことを口迸《くちばし》りながら、跪いた。彼は、乞い、威《おど》し、自裁を仄《ほの》めかし、臥せる女を抱き寄せて、爪を立てん許《ばか》りにして、搖すった。温もった體は、彼の爲《な》すが儘であり、対手《あいて》の力に素直に屈していたが、凡てこれは、餘りにも奇異で不思議で不可解だったので、彼は、亦、立ち上がり、断々《きれぎれ》に叫んだ。

「救《たす》けてください！」聲音《こわね》は、態《わざ》とらしく、嘘っぽかった。

彼は、亦、接吻し、號哭《ごうこく》し、吮《す》い込まれそうな暗く恐ろしい深淵のようなものを目交《まなか》いに感じつつ、無抵抗の體へ襲い懸かった。ネモヴェーツキイは、其處《そこ》に居なかった。ネモヴェーツキイは、何處か後方に駐《とど》まり、この男は、云い成《な》りの熱い體を惨《むご》たらしく翫《もてあそ》び、狂人の狡そうな薄笑いを泛かべ、こう口迸《くちばし》っていた。

「応えておくれ！　それとも、厭かい？　僕は、君を愛してる、君を愛してる」

彼は、狡そうな薄笑いを泛かべ、瞠った目をジーノチカの顔へ近着けると、こう耳語《ささや》いた。

「僕は、君を愛してる。君は、口を利《き》かないけれど、頬笑《ほほえ》んでる。僕は、君を愛してる、

愛してる、愛してる」

彼は、虚ろな従順さに由《よ》って劇《はげ》しい情欲を唆《そそ》った柔らかく意志の無い體を犇《ひし》と抱き寄せ、悲痛に手を搓《も》み絞り、人間の稟質《ひんしつ》としては嘘を吐《つ》く能《ちから》だけを失わず、音も無く耳語いた。

「僕は、君を愛してる。僕たちが、誰にも云わなければ、誰にも知られない。僕は、明日にでも、君の好きな時に、君と結婚する。僕は、君を愛してる。僕は、君に接吻《くちづ》けし、君は、僕に応える、可《い》いね？　ジーノチカ……」

そして、齒が肉體へ喰い込むのを感じつつ、口吮《くちす》いの強さと疼《ひひら》ぎの裡《うち》に思惟《しい》の最後の一閃《いっせん》を失いつつ、劇しく彼女と唇を襲《かさ》ねた。處女の唇がぴくんと動いた気がした。玉響《たまゆら》、焱《ほのお》のような目映い恐怖が、彼の思惟を照らし、彼の前に黒い深淵を豁《ひら》いた。

すると、黒い深淵が、彼を呑《の》み込んだ。

一九〇二年一月

齒痛

　世にも不當なことが爲《な》し遂げられ、イエス・キリストが髑髏《ゴルゴダ》で盜賊《とうぞく》の間に夾《はさ》まれて磔刑《はりつけ》にされた、あの恐ろしい日、その日の朝夙《あさはや》くから、耶路撒冷《イェルサレム》の商人ベン・トヴィトの齒は、怺《こら》え難いまでに疼《いた》み出した。それは、最《も》う前の晩から始まり、右の頤《あご》が、稍《すこ》しずきずきし、親知らずの一つ手前の齒が、一寸《ちょっと》浮いたかに想われ、舌が其處《そこ》に觸《ふ》れると、軽い痛みを覺《おぼ》えた。けれども、食後には、痛みも悉《すっか》り熄《や》んで、ベン・トヴィトは、そのことを清潔洒然《きれいさっぱり》と忘れて、安堵した。その日は、自分の老いた驢馬《ろば》を若い丈夫な驢馬に巧《うま》いこと取り換えて、頗《すこぶ》る上機嫌であり、不吉な予兆を気にも留めなかった。

　そして、至って快く熟睡したが、払暁《あけがた》、誰かが何やら迚《とて》も大事な用向きで彼を呼んでいるかのように、何かが彼の心を擾《さわ》がせ始め、苛附《いらつ》いて目を醒《さ》ますと、齒が疼《いた》む、露骨に、意地悪く、鋭い刺すような痛みの限りを竭《つ》くして、疼むのだった。最早《もはや》、昨日の歯が疼むのか、他の歯も一緒なのか、定かでなく、口の中と頭が、真っ赫に灼《や》けた尖った釘を千本も嚙《か》まされたかのように、凄まじい痛みに襲われた。素焼きの水差しの水を口へ含むと、痛みの劇《はげ》しさは屢《しば》し衰えて、歯がずきんずきんと波を打ち始めたが、この感覚は、それまでと比べると、却《かえ》って心地好かった。ベン・トヴィトは、亦《また》、横になって新しい驢馬のことを憶い出し、この歯こそ無ければ如何《どん》なに幸いかと想いながら、寝入ろうとしていた。けれども、水は温《ぬる》く、五分もすると、痛みが劇しさを増して振《ぶ》り復《かえ》し、彼は、寝臺《しんだい》の上に坐《ざ》し、振り子のように揺れ始めた。顔は、大きな鼻を中心に皺くちゃに窄《すぼ》まり、苦痛に蒼褪《あおざ》める鼻には、冷たい玉の汗が浮いていた。彼は、そうやって揺れながら、痛みに呻吟《しんぎん》しつつ、三基の十字架の彳《た》つ髑《ゴル》髏《ゴダ》を目にして恐怖と哀しみの爲に翳《かげ》ることを運命附けられていた日輪の曙光を、迎えた。

ベン・トヴィトは、枉《ま》がったことの嫌いな優しく気立ての好い男だったが、妻が目を醒《さ》ますと、漸《や》っとこさ口を開け、たっぷりと厭味を云い、自分を野干《ジャッカル》宛《さなが》らに苦痛に呻《うめ》いて身悶えるが儘に一人放って置いたと不平を鳴らした。妻は、夫は悪気《わるぎ》が有ってそんなことを云うのではないと判っていたので、お門違いな叱言《こごと》も鷹揚《おうよう》に受け流し、頬に當てる精製した鼠の糞《まり》や、ひりひりする蠍《さそり》の浸し汁や、モーセ（訳註　古代以色列《イスラエル》の民族指導者）が拌《わ》った掟《おきて》の板の実物の石の欽片《かけら》と云った良薬を、どっさり持ってきた。鼠の糞のお蔭で稍し快《すこ》《よ》くなったが、長くは続かず、浸し汁や石にしても、同様であり、快くなったかと想うと、痛みが輪を懸けて振《ぶ》り復《かえ》した。ベン・トヴィトは、痛みが退《ひ》いた束の間には、驢馬への想いで自分を慰めたり、驢馬のことをあれこれ空想したりしていたが、亦、疼《いた》くなると、呻吟し、妻に當たり散らし、痛みが熄まなければ自分の頭を石で擲《ぶ》ち拌《わ》ると威《おど》していた。そして、頭が女のように布ですっぽり被われていたので、羞《は》づかしくて、外寄りの縁《ふち》へは近着かず、何時《いつ》も隅から隅へと自宅の平屋根の上を歩いていた。幾度か、子供たちが、駈け寄り、何やら早口に拿撒勒人《ナザレびと》のイエスのことを喋《しゃべ》った時には、足を停め、顔を顰《しか》め、少し話しを聆《き》いていたが、程無《ほどな》く、肚立たしげに足を蹈み鳴らし、逐《お》い掃《はら》った。彼は、心根《こころね》が優しく、子供が好きだったが、今は、彼らが何かと充《つま》らぬことで自分を煩《わずら》わせるのに、苛附《いらつ》いていた。

ベン・トヴィトは、大勢の人が通りや隣りの屋根の上に屯《たむろ》して、爲《な》すことも無く物珍しげに女のように布を被った自分を眺めていると云うことも、面白くなかった。そして、ぼつぼつ下へ降りようとしていると、妻が云った。

「ほら、彼處《あそこ》を盗賊たちが曳かれていくわ。ご覧になったら、お気が紛れるかも知れなくてよ」

「可《い》いから、放っといてくれ。私《わし》が如何《どん》なに辛いか、判らんのか？」ベン・トヴィトは、肚立たしげに応えた。

けれども、妻の言葉には、齒痛が熄《や》むのではとの淡い期待を懐《いだ》かせるものが在り、彼は、渋々と柵へ近着くと、首を傾《かし》げ、片目を瞑《と》じ、頬を手で按《おさ》え、厭そうな泣くような面持ちで下を覗いた。

埃と鳴り歇《や》まぬ喚聲に包まれた巨《おお》きな人濤《ひとなみ》が、丘へ升《のぼ》る窄《せま》い路を雑然と進んでいた。その中ほどを、罪人たちが、十字架の重みに身を屈して漸《すす》み、彼らの上で、羅馬《ローマ》兵たちの笞《むち》が、黒い蛇《くちなわ》のように蜒《うね》っていた。その一人、長く明るい色の髪をして裂けて血だらけの衣《キトン》を裹《まと》った人が、足許《あしもと》へ抛《ほう》られた石に跌《つまづ》いて轉ぶと、喚聲は、一際、大きくなり、轉んだ人の上へ、群衆が、雑色の海水の如く覆い被さった。ベン・トヴィトは、不意に誰かが灼けた針を齒へ突き刺さしてくるっと廻したかのような痛みに身顫《みぶる》いし、《う、う、う》と呻き出し、厭そうに冷ややかに不機嫌そうに柵を離れた。

「奴ら、あんなに喚《わめ》きやがる！」彼は、丈夫で疼《いた》まぬ齒の生えた大口や息災ならば喚き出すであろう自分を想像し、怨《うら》めしそうに云った。

そして、痛みは、そんな想像の爲に劇しさを倍《ま》し、彼は、布を捲《ま》いた頭を頻《しき》りに搖すり、

《む、う、う……》と呻き出した。

「あの人、盲《めし》いを醫《なお》したんですって」妻は、柵を離れずにそう云うと、笞で起こされたイエスがよたよたと歩を運ぶ邊りへ礫《つぶて》を抛《な》げた。

「然《そ》うか！　だったら、この齒痛を醫《なお》してくれても可《よ》さそうだがな」ベン・トヴィトは、皮肉交じりにそう応えると、苛附《いらつ》いて苦々《にがにが》しく云い添えた。「奴ら、こんなに埃を立てやがる！　恰《まる》で畜群！　棒でみんな逐《お》っ掃《ぱら》わねば！　サラ、下へ降ろしてくれ！」

ベン・トヴィトは、妻の云うように見物で幾干《いくら》か気が紛れた所爲《せい》か、鼠の糞が漸《ようや》く效《き》いた所爲か、寝入ることができた。そして、目醒《めざ》めた時には、痛みが殆んど消えており、右の頤が、漸《や》っと気附くほどに、小さな齒槽膿瘍《しそうのうよう》の所爲で、脹《は》れているだけだった。妻は、些《ちっ》とも目立たないと云うが、彼は、妻が迚《とて》も優しくて好いこと許《ばか》り云うのを知っており、狡そうに頬笑《ほほえ》んでいた。そして、隣りの皮鞣《かわなめ》し工のサムエルが遣《や》ってくると、自分の驢馬を見せに行き、相手が自分と驢馬を讃《ほ》め千裂《ちぎ》るのを、爲《し》たり顔で聆《き》いていた。

それから、物見高いサラに促され、三人で磔刑の人たちを見に髑髏《ゴルゴダ》へ出懸けた。道々、ベン・トヴィトは、前の日に右の頤がずきずきして夜半《よなか》に劇痛で目を醒《さ》ました話しを、サムエルに最初から聆《き》かせた。ベン・トヴィトが、相手が一目で分かるように、顔を歪め、目を瞑《つむ》り、頭を掉《ふ》り、呻吟すると、白い頤鬚《あごひげ》のサムエルは、気の毒そうに、頭を搖すり、云った。

「それは、それは。嘸《さぞ》、疼《いた》かろうて！」

ベン・トヴィトは、相手の同情が嬉しくて、最《も》う一遍、反覆《くりかえ》し、更に昔へ溯《さかのぼ》り、最初に左下の齒が駄目になったことまで語った。彼らは、そんなふうに話しに夢中になって、髑髏へ着いた。その恐ろしい日に世を照らすことを運命附けられていた日輪も、已《すで》に遠い邱《おか》の彼方へ沒《しず》み、西の空には、茜色の帯が、血の痕のように燿《かがよ》っていた。それを背景に、十字架が、黒く暈《ぼんや》りと映り、真ん中の十字架の根方《ねかた》には、跪く人影らしきものが、朧《おぼろ》に仄白《ほのじろ》く見えていた。

群衆は、夙《と》うに散り、邊りは、寒くなり、ベン・トヴィトは、磔刑の人たちを一瞥すると、サムエルの腕を把《と》り、そろりと家の方へ嚮《む》かせた。彼は、自分の雄辯《ゆうべん》に醉っており、齒痛の話しを了《しま》いまで聆《き》いて欲しかった。彼らは、そのように歩を運び、ベン・トヴィトは、サムエルに、気の毒そうに點頭《うなづ》かれたり、相槌を打たれたりしながら、顔を歪め、頭を掉《ふ》り、巧みに呻いていたが、深い谷や遠い焼け野からは、闇黒《あんこく》の夜が、立ち騰《のぼ》っていた。恰《あたか》も、地上の大それた悪逆《あくぎゃく》を、天の睛《め》から匿《かく》そうとするかのように。

（原題　ベン・トヴィト）一九〇五年

ラザロ

I

ラザロが、三晝三夜《さんちゅうさんや》に亙《わた》り死の謎めく支配の下に在りし墓を出て、我が家へ生還した時、軈《やが》て彼の名を恐ろしいものにした不気味な怪異は、永らく、その身に認められなかった。朋《ほう》輩《ばい》や縁者は、その甦りに欣喜し、無間断《のべつ》、彼に優しく接し、飲食や更衣の世話を焼き、自身の旺盛な好奇心を盈《み》たしていた。彼は、目も絢《あや》な希望と笑いの色を帯びた衣《ころも》を華やかに裹《まと》わされ、彼が、婚礼衣裳に身を包む新郎《はなむこ》のように再《ふたた》び彼らと卓を圍んで食べ且《か》つ飲んだ時、彼らは、感涙に噎《むせ》び、奇《く》しくも甦りし人を見に來るよう隣人たちを招いた。隣人たちは、遣《や》ってくると、嬉しさに感谷《かんきわ》まり、遠方の邑《まち》や鄙《ひな》から來た見知らぬ人たちは、嵐の如く喚呼し、奇蹟を礼讃し、恰《あたか》も、マリア（訳註　伯大尼《ベタニヤ》のマリア。ラザロの姉）とマルタ（訳註　伯大尼《ベタニヤ》のマリアの姉）の家の上で、蜜蜂が唸《うな》るかのようだった。

　ラザロの顔や挙措《きょそ》に新たに現れたものは、篤《あつ》い病と受けた衝撃の痕として自然に受け取られていた。恐らく、屍體への死の破壊的な作用は、奇しき能《ちから》に依《よ》って制《おさ》えられただけで払拭された訣《わけ》ではなく、死が已《すで》にその顔や體に爲《な》し得たものは、薄い玻璃《はり》の下の畫工《がこう》の未完の素描のようだった。蟀谷《こめかみ》や目の下や頬の凹《くぼ》みには、濃い土色の青痣が有り、長い手の指も、青ずんだ土色をし、墓の中で伸びた爪の青痣は、深紅や黒に変色しつつあった。墓の中で脹《ふく》れた皮膚は、唇や體のあちこちで劈《さ》け、其處《そこ》には、透明な雲母に覆われたかのように、燦《きら》めく赤らんだ繊《ほそ》い皹《ひび》が残っていた。彼は、肥《ふと》った。墓の中で膨《ふく》れた體は、腐敗に因《よ》る濕った臭気の感じられる異様な嵩と奇妙な隆起を保っていた。けれども、ラザロの屍衣《きょうかたびら》、そして、恐らくは、體にまで染み込んだ、非道《ひど》い屍臭も、程無《ほどな》く消え、手と顔の青痣も、軈《やが》て薄れ、皮膚の赤らんだ皹も、失せはしないものの、癒《い》えた。彼は、第二の生では、そんな貌《かお》で人前に現れたが、その貌は、葬《ほうむ》られる彼を見ていた人たちの目には、自然に映った。

　ラザロは、貌に尚《くわ》えて、性《たち》も変わったようだったが、誰一人、それを、怪訝《けげん》に想わず、然《さ》して気にも留めなかった。生前の彼は、常に陽気で暢気《のんき》、笑いや他愛無い戯談《じょうだん》を好み、師

（訳註　イエス・キリスト）は、悪意や暗さとは無縁のその快く穏やかな陽気さ故《ゆえ》に、彼を深く愛していた。その彼が、今は、真摯《まじめ》で寡黙、自ら戯談を飛ばすことも他人の戯談に笑いで応じることも無く、彼が罕《まれ》に口にする言葉は、動物が疼《いた》みや喜びや渇きや飢えを愬《うった》える聲と同じように、内容や深みの無い極めて単純で平凡で単に必要なだけの言葉だった。人は、そうした言葉を終生語ることができるが、その人の深い心が何に苦しみ何に喜んだかは、決して誰にも判らない。

そうして、彼は、死が三日に亙り闇の中で支配していた屍體の顔を具《そな》え、黄金や鮮紅に燦《きら》めく華やかな婚礼衣裳を裹《まと》って陰気に黙りこくり、最《も》う悉《すっか》り特異な別人ではあったものの、未《ま》だ誰にもそうと気附かれずに、朋輩や縁者と宴卓を圍んでいた。狂喜は、或いは優しい或いは沸き立ち響き渡る洋《ひろ》い波濤《なみ》となって彼を包み、温かな愛の眼差しは、未だ墓の冷たさの残るその顔へ灑《そそ》がれ、友の熱い手は、その蒼褪《あおざ》めた重い手を撫でていた。そして、楽の音《ね》が流れ、招かれた伶人《れいじん》たちが、笛や鼓《つづみ》や箏《こと》や竪琴を陽気に奏でていた。恰《あたか》も、マリアとマルタの幸多き家の上で、蜜蜂が唸り、蟬が啼き、鳥が囀るかのようだった。

Ⅱ

或る麁忽者《そこつもの》が、覆いを一寸《ちょい》と持ち上げた。誰かが、不用意に發《はな》った一言で白魔術を打ち摧《くだ》き、真実を醜い赤裸《せきら》の儘に發《あば》いた。彼は、頭の裡《なか》で考えが煮え切らぬ内《うち》に、頰笑《ほほえ》みを泛《う》かべて訊ねた。

「ラザロ、何故《なぜ》、お前さんは、あの世で何が有ったか、私たちに語らないんだ?」

すると、みんな、その問いに膽《きも》を冷やし、口を噤んだ。彼らは、ラザロが三日に亙《わた》り死んでいたことに今漸《よう》く気附いたかのようであり、好奇の目を向けて応えを待っていた。けれども、ラザロは、黙《もだ》していた。

「お前さんは、私たちに語りたくないらしい」訊ねた男は、訝《いぶか》った。「あの世は、そんなに怕《こわ》いのか?」

彼の思慮は、亦《また》も言葉に後れ、若《も》しも思慮が先であったなら、そんなことを訊かなかっただろうが、訊いた途端に、心《しん》の臓《ぞう》が堪え難い恐怖に縮み上がった。みんな、不安に駈られ、最《も》早愁《はや》い顔でラザロの言葉を待っていたが、當人は、目を俯《ふ》せ、冷嚴に口を緘《と》じていた。すると、みんなは、怖い顔の青痣にも醜い肥《ふと》り肉《じし》にも初めて気附いたかのように気附き、ラザロの青ずんだ深紅の手は、本人に忘れられたかのように卓上に臥せり、みんなの眼差しは、其《そ》處《こ》から待望の応えを待つかのように、凝《ぢ》っと呆然《ぼうぜん》とその手に釘附けになっていた。伶人《れいじん》たちは、尚《なお》も奏していたが、沈黙は、彼らにも及び、散った炭を水が消すように陽気な音を消した。笛の音《ね》は、歇《や》み、鼓の韵《ひびき》も、竪琴の耳語《ささや》きも、歇み、箏は、紘《いと》が切れたかのように、歌そのものが死んだかのように、ぷつんと迹切《とぎ》れた顫《ふる》える音で応えた。そして、静かになった。

「お前さん、語りたくないのか？」訊ねた男は、饒舌を制《おさ》えられず、亦、云った。

その場は、静まり復《かえ》り、青ずんだ深紅の手は、ぴくりともしなかった。それが幽《かす》かに動くと、みんなは、安堵の太息《ためいき》を泄《も》らして目を上げ、甦りしラザロは、一瞥で凡てを把《とら》えつつ、陰気な怖い目で彼らを真っ直ぐに見ていた。

それは、ラザロが墓を出て三日目のことだった。爾後《じご》、多くの人は、彼の眼差しの威力を想い知ったが、その能《ちから》に永遠に打ち摧《くだ》かれた人たちも、死と同じくらい謎めいた生の淵源に抵抗への意志を見出だした人たちも、その黒い瞳の奥に凝《ぢ》っと横たわる恐ろしいものを窮《きわ》めることは、決してできなかった。ラザロは、何かを匿《かく》そうと云う気も何かを語ろうと云う気も無しに、只《ただ》単に平然と見ており、生けるものには凡《およ》そ風馬牛《ふうばぎゅう》な人のように、冷淡にすら見えた。多くの暢気な人たちは、彼と間近に出遇っても気附かず、華やかで鮮やかな衣《ころも》の端が自分に觸《ふ》れたその肥えて静かな人の正體を後刻《あと》で知ると、怯《お》ぞ気《け》を振るった。彼が見ていた時には、日輪は照り歇《や》まず、噴水は鳴り歇まず、故郷の空は雲一つ無い蒼穹の儘だったが、その謎の眼差しに囚《とら》われた人は、最早《もはや》、日輪が感じられず、噴水の音が聞こえず、故郷の空が判らなかった。人は、時に潸々《さめざめ》と泣き、時に絶望して髪を抓《か》き挘《むし》り闇雲に他人に救いを索《もと》めたが、大抵は、静かに淡々と死に始め、幾年も懸かって死んでいき、衆目に晒《さら》されて死んでいき、石勝《いしが》ちの土壌で寂寞《ひっそり》と枯れる樹のように褪《あ》せて萎《しお》れて侘しく死んでいった。そして、喚《わめ》いて狂った前者が甦ることは有っても、後者が甦ることは絶えて無かった。

「ラザロ、要するに、お前さんは、あの世で何を見たか、私たちに語りたくないんだな?」

訊ねた男は、最《も》う一度、云った。けれども、その聲は、最早《もはや》、麁匆《ぞんざい》で張りが無く、燻《くす》んだ灰色の憂悶が、暈《ぼんや》りと目から覗いていた。燻んだ灰色の憂悶は、みんなの顔を塵のように覆い、客人たちは、何やら不審《いぶか》しげに互いを見遣《みや》り、自分たちが此處《ここ》に鳩《あつ》まって豪勢な卓を圍んでいる訣《わけ》が判らないでいた。彼らは、話しを歇《や》めた。そして、怎《ど》うやら自家《いえ》へ帰った方が可《よ》さそうだと想いつつも、筋肉を萎《な》えさせる執拗《しつよう》で気懈《けだる》い憂悶に打ち克てず、夜の野に點在する朧《おぼろ》な火光《あかり》宛《さなが》らに、みんな、散り散りに坐り続けていた。

けれども、伶人たちは、謝礼を貰っていたので、亦《また》、楽器を手にし、如何《いか》にも陽気な音や、如何にも物悲しい音が、亦、迸《ほとばし》り躍り始めた。聞き馴れた同じ和聲が、展開されたが、客人たちは、人々が絃を抓《か》き鳴らし頰を膨らませて細い縦笛を吹き珍奇で雑多な噪音《そうおん》を立てる意味も好《よ》さも分からず、怪訝《けげん》そうに聆《き》いていた。

「下手糞《へたくそ》!」誰かが、口迸《くちばし》った。

伶人たちは、肚を立てて去った。客人たちも、最《も》う夜になったので、後に続いて次々と去った。そして、彼らが、四方から静かな闇に覆われて漸《や》っと息が楽になった時、不意に、死人の蒼褪《あおざ》めた顔をして華やかで鮮やかな新郎《はなむこ》の衣を裹《まと》って冷たい眼差しの奥に何やら恐ろしいものを寓《やど》すラザロの姿が、威光を帯びて一人一人の前に立ち現れた。彼らは、化石したようにあちこちの端に佇《たたず》んで闇に包まれ、恐ろしい幻影が、三日に亙り死の謎めく支配の下に在りし人の神秘な姿が、闇の中で愈々清《いよいよさや》かに輝き出した。三日に亙り、彼は、死んでおり、三度、日が升《のぼ》り沈んでも、彼は、死んでおり、子供が遊び戯れ、水が石に潺《せせら》ぎ、熱い塵が往還に舞い颺《あ》がっても、彼は、死んでいた。その彼が、亦《また》、人々の間に居り、彼らに觸れており、彼らを見ており、彼らを見ている! そして、不可知な〈彼岸〉そのものが、暗い玻璃《はり》を透すように黒い瞳の輪を透して、人々を見ている。

Ⅲ

誰一人、ラザロの世話をせず、縁者や朋輩《ほうばい》も、彼の許に逗《とど》まらず、聖都を懐《いだ》く大きな荒野が、彼の住み處の閾《しきい》へ逼《せま》った。そして、その家の中へ這入《はい》り、彼の臥し處《ど》に妻宛《さなが》らに横たわり、火光《あかり》を消した。誰一人、ラザロの世話をしなかった。彼の姉たち、マリアとマルタも、前後して去ったが、マルタは、誰が彼を食べさせて憫《あわ》れんでくれるか判らないので、却々《なかなか》、彼の許を去ろうとせず、泣いたり祈ったりしていた。けれども、荒れ野に風が吹き荒《すさ》び、屋根の上で絲杉が颼々《ひゅうひゅう》と撓《しな》る、或る夜、静《そ》っと身仕舞いをして出ていった。恐らく、ラザロは、扉がばたんと閉じて確乎《ちゃん》と閉まらずに颯《はやて》に煽られて扉の框《かまち》を敲《たた》く音を耳にしていたものの、起きることも、出ることも、見ることも、しなかった。そして、絲杉は、徹宵《よっぴて》、朝まで、彼の頭上で颼々《ひゅうひゅう》と唸《うな》り、扉は、愁訴の如《ごと》くかたかたと鳴り、貪婪《どんらん》に目を走らす冷たい荒れ野を住み處の中へ導いていた。みんな、彼を癩者《らいしゃ》のように避け、出喰わしても身を躱《かわ》せるように、その首へ癩者のように鈴を附けたがっていた。けれども、誰かが、深更《よふけ》に窗下《そうか》でラザロの鈴の音がしたら嘸怕《さぞこわ》かろうと蒼褪《あおざ》めて云うと、みんなも、蒼褪めて點頭《うなづ》いた。

本人も、自身の世話をしなかったので、若《も》しも隣人が何かを恐れて食事を與《あた》えなかったなら、餓死したかも知れない。食事を運んできたのは、子供たちだったが、彼らは、ラザロを怕《こわ》がることも、自分たちが無邪気な残酷さを以《もっ》て不幸な人たちを哂《あざわら》っていたように彼を哂うことも、無かった。彼らは、彼に無関心であり、ラザロも、同様の無関心を以《もっ》て応じ、彼らの黒い頭を撫でたいとも、純真な輝く目を覗き込みたいとも、想わなかった。時の支配と荒れ野に身を任せた彼の家は、毀《こわ》れつつあり、腹を空かしてめぇめぇと啼く山羊たちは、夙《と》うに隣人たちの許へ四散していた。彼の婚礼衣裳は、襤褸《ぼろ》々《ぼろ》になった。彼は、新しいものと古いものとの、破れているものと傷んでいないものとの、区別も附かないように、伶人が楽を奏するあの至福の日に裹《まと》っていた衣《ころも》を、更《あたら》めること無く、その儘、着ていた。鮮やかな色は、褪《あ》せて燻《くす》み、街の猛犬と荒れ野の荊《いばら》の棘《とげ》が、柔らかい布を寸裂《ずたずた》にした。

非情な日輪が生きとし生けるものの刺客となり、蠍《さそり》でさえ刺したさに身悶えしつつも石の下に竄《かく》れて了《しま》うような、白晝《はくちゅう》、彼は、蒼褪めた顔と蓬々《ぼうぼう》の無精《ぶしょう》な頤鬚《あごひげ》を上《うえ》へ向け、日影の下で凝坐《ぎょうざ》していた。

人々が未《ま》だ彼と言葉を交わしていた頃、こう訊かれることが有った。

「哀れなラザロ！　お前さん、坐って日輪を拝むのが、怡《たの》しいか？」

すると、彼は、応えた。

「諾《あぁ》、怡しい」

訊いた人たちは、屹度《きっと》、三日間の墓の寒さが餘りにも峻《きび》しく、墓の闇が餘りにも深かった爲に、この世には、ラザロを暖めて彼の目の闇を照らし得るだけの熱《ほとぼ》りも光りも無いのだろう、と想い、太息《ためいき》交じりに去っていった。

深紅の拉《ひしゃ》げた球が、大地へ沈みゆく頃になると、ラザロは、荒れ野へ去り、落暉《らっき》を捕《つか》まえんとするかのように、真っ直ぐに日輪を指して歩いていった。彼は、常に真っ直ぐに日輪を指して歩み、彼の行方《ゆくえ》を突き止めて彼が夜半《よなか》に荒れ野で何を爲《す》るか知ろうとした人たちは、巨《おお》きな拉げた赤い日輪を背景にした丈高く肥《ふと》った人の黒い影《シルエット》を、拭い難く記憶に刻み附けた。夜は、それ自體の恐ろしさで彼らを逐《お》い掃《はら》い、彼らは、ラザロが荒れ野で何を爲るか知ることができなかったが、赤を背にした黒い像は、脳裡に烙《や》き着いて離れなかった。彼らは、目に塵の這入った獣が肢《あし》で無闇に鼻面《はなづら》を摩《こす》るように、愚かしく自分の目を摩ったが、ラザロが與《あた》えたものは、死を以てしか忘れ去れないかも知れぬほど、拭い難かった。

けれども、遠方に暮らし、ラザロを未だ一度も見ず、噂でしか知らない人たちが、居た。彼らは、恐怖に打ち克って恐怖を糧とする不敵な好奇心を懐《いだ》き、肚の中で嘲《せせ》ら笑いながら、日南《ひなた》に坐す人の許へ遣《や》ってきて、言葉を交わし始めた。その頃、ラザロの容姿は、最《も》う優《まし》になって然《さ》ほど怖くなく、彼らは、最初の内《うち》は、指を鳴らして聖都の住人たちの愚かさを歎《なげ》かわしく想っていた。けれども、短い対話を了《お》えて帰途に就く時には、聖都の住人たちが直ぐに彼らに気附いてこう語るような丰《すがた》に変わっていた。

「ほら、亦《また》、ラザロに見られた愚か者が、歩いていく」人々は、気の毒そうに咄《したう》ちをし、双手《もろて》を上げた。

恐れ知らずの剛兵たちが、武器をがちゃ附かせて訪れ、幸福な若人たちが笑い歌いながら訪《おとな》い、愁い顔の事業家たちが金子《かね》をじゃら附かせて立ち寄り、驕慢な聖職者たちがラザロの家の扉口に自分の杖を立て懸けたものの、みんな、來た時とは別人になって帰っていった。同じ一つの恐ろしい影が、心に垂れ罩《こ》め、昵《なじ》みの有る旧い世界に、新しい皃《かたち》を與《あた》えていた。

未だ語る気の有った人たちは、自身の感覺をこんなふうに叙《の》べていた。目で見られて手で觸《ふ》れられる凡《あら》ゆる対象は、虚ろで軽くて透明になり、夜の闇の中の明るい影のようになった。

何故《なぜ》なら、宇宙を包む大いなる闇は、日輪に依《よ》っても月に依っても星に依っても逐《お》い散らされず、地球を黒い無邊のもので覆って母親のように擁《だ》いていたのだから。

闇は、凡ゆる物體へ、鐵《てつ》や石へ、這入り込み、統合を失った物體の分子は、片々《ばらばら》になり、闇は、分子の奥へ這入り込み、分子の分子は、片々になった。

何故《なぜ》なら、宇宙を包む大いなる空虚は、日輪や月や星と云った可視のものに依《よ》っては充《み》たされず、至る處に這入り込み、物體と物體を、分子と分子を、凡ゆるものを、分離させつつ、遍在し、樹々は、空虚の中にその根を展《ひろ》げ、それ自體は、虚ろであり、聖堂や宮殿や家屋は、今にも崩れ落ちそうに空虚の中に矗立《ちくりゅう》し、それ自體は、虚ろであり、人は、空虚の中で齷齪《あくせく》と動き廻り、それ自體は、影のように虚ろで軽かったのだから。

何故なら、時間は、消滅し、萬物の始まりは、終わりと近着き、建て物が未だ建築中であり、職工たちが未だ鎚音《つちおと》を響かせているのに、その廢墟《はいきょ》と廢墟の場の空虚が、最《も》う見えており、人が呱々《ここ》の聲を上げた許《ばか》りなのに、葬《とむら》いの蠟燭が、その頭上に點《とも》り、それらが、最《も》う消えて、空虚が、最うその人と葬いの蠟燭の場に顕《あらわ》れていたのだから。

そして、人は、空虚と闇に抱《いだ》かれ、〈無限〉の恐怖を前に、濟《すく》い難く慄《わなな》いていた。

未だ語る気の有った人たちは、こんなふうに語っていたが、語る気も無く黙《もだ》して逝《い》った人たちは、もっと多くを語れたろう。

Ⅳ

當時、或る高名《こうめい》な彫匠《ちょうしょう》が、羅馬《ローマ》に暮らしていた。彼は、黏土《ねんど》や大理石《なめいし》や青銅で神や人の體を創造し、その神韻《しんいん》たる美しさは、人々に不朽とも稱《たた》えられるほどだったが、自分では満足できず、自分が大理石にも青銅にも鐫《ほ》り附けることのできない真に美を窮《きわ》める何かが未《ま》だ在ると云うのだった。《私は、未だ月影を蒐《あつ》めておらん》彼は、云った。《私は、未だ日影を堪能しておらず、私の大理石には、魂が無く、私の美しい青銅には、命が無い》そして、彼が、月夜に、絲杉の黒い影を渉りながら、月下に白い衣《キトン》をちろめかせて、道を緩《ゆっく》り歩いていると、行き合う人たちは、愛想《あいそ》好《よ》く笑い、こう云った。

「アウレリウス、お前さんは、月影を蒐《あつ》めて歩いてるのか？　何故、筐《かご》を携《も》ってこなかった？」

するど、彼は、笑いながら、自分の目を指差した。

「ほら、これが、月影と日影を摘む筺《かご》」

そして、それは、本當であり、月は、彼の目の中で皓《ひか》り、日輪も、目の中で輝いていた。けれども、それを大理石へ移し込めず、其處《そこ》に、彼の生の明るい苦悩が在った。彼は、旧い家柄の貴族《パトリキ》の出身で、優しい妻や子に恵まれ、何一つ不自由を感じていなかった。

ラザロの異《あや》しい噂が達《とど》いた時、彼は、妻や仲間と相談し、奇しくも甦りし人を見に、遠い猶太《ユダヤ》へ旅をすることにした。折りしも、気が鬱《ふさ》いでおり、疲憊《ひはい》した感覺を旅に依《よ》って研《と》ぎ冴《す》ましたいと想っていた。甦りし人に就《つ》いての話しは、彼を駭《おどろ》かせなかった。彼は、死に意《おも》いを運《めぐ》らしており、死を愛していなかったものの、死と生を混同《ごっちゃ》にする人たちを好まず、此岸《しがん》には美しい生が在り、彼岸《ひがん》には謎めいた死が在り、生《せい》と生《い》けるものの美しさを愛でることに愈《まさ》るものを人は何も想い着けない、と考えていた。そして、自論の正しさをラザロに説いて、その體が甦ったようにその心も活《い》き復《かえ》らせたい、と云う虚栄心すら、幾干《いくら》か懐《いだ》いていた。甦りし人を繞《めぐ》る臆した妙な噂が、本人に就《つ》いての真実を剩《あま》さず傳《つた》えず、何か恐ろしいものに就《つ》いて漠然と警《いまし》め告げるに過ぎなかっただけに、それも、容易《たやす》いことに想われた。

ラザロが、荒れ野へ去る日輪を追う可《べ》く石から腰を浮かした時、武装した奴隷を扈《したが》えた富裕な羅馬人《ローマびと》が、彼に近着き、高らかに呼び懸けた。

「ラザロ！」

すると、栄光に燿《かがよ》う美しい矜《ほこ》らかな顔や、明るい色の衣《ころも》や、日輪の下で燦《きら》めく宝石が、ラザロの目に映った。赤らんだ日影が、朧《おぼろ》に光る青銅に類《に》たものを羅馬人の頭と顔に添えており、ラザロは、それを目にした。彼は、温和《おとな》しく元の場処《ばしょ》へ坐り、脱然《ぐったり》と目を俯《ふ》せた。

「我が哀れなラザロ、お前さんは、成る程、不細工」羅馬人は、金の鎖を弄《いじ》りながら、静かに云った。「我が哀れな友、お前さんは、恐ろしくすらあり、死も、お前さんが迂潤《うっか》りその手中に殞《お》ちた日に、手を拱《こまね》いていなかったものと見える。だが、お前さんは、樽宛《さなが》らに肥えており、偉《おお》いなるカエサル（訳註　共和政羅馬《ローマ》期の政治家、軍人、文筆家）は、肥満《ふとっちょ》に悪人無しと曰《のたま》っており、私も、みんなが何故そんなにお前さんを怕《こわ》がるのか、解《わか》らん。此處《ここ》に、泊めてくれんか？　最《も》う晩いが、宿は無し」

ラザロに一夜の宿を乞うた人は、未《ま》だ一人も居なかった。

「此處《ここ》に、褥《しとね》は無し」彼は、云った。

「小生も、兵士の端塊《はしくれ》、坐った儘、眠れる」羅馬人は、応えた。「火を熾《おこ》そう……」

「此處に、火は無し」

「なら、友垣《ともがき》のように、暗闇で語らおう。此處には、酒が一寸《ちょっと》は有ろう……」

「此處に、酒は無し」

羅馬人は、呵《わら》い出した。

「それでか、お前さんが、そんなに陰気で第二の生を謳歌してないのは。酒が無いから！　然《しか》らば、この儘で居よう。法勒諾《ファレルノ》（訳註　古代羅馬の銘醸地）の葡萄酒に負けぬほど酔わせてくれる語らい、と云うものが在る」

彼が手振りで奴隷を退《さが》らせると、二人限《き》りに。彫匠は、亦《また》、語り出したが、その言葉からは、去りゆく日輪と共に生が去りゆくかのようであり、その言葉は、蒼褪《あおざ》めて虚ろになり、愁いと絶望の酒に酔って千鳥足で蹌踉《よろめ》いて辷《すべ》って轉ぶかのようだった。そして、言葉と言葉の間《あわい》には、大いなる空虚と大いなる闇への遐《とお》い暗示のように、黒い奈落《ならく》が現れた。

「ラザロ、私は、最《も》うお前さんの賓人《まろうど》、お前さんは、私に手荒な真似は爲《す》まい！」彼は、云った。「三日に亙《わた》り死んでいた人にも、人を待遇《もてな》す義務は在ろう。お前さんは、三日、墓の中に居たそうだな。其處《そこ》は、嘸《さぞ》寒かろう……、それで、お前さんは、火も酒も無しで濟《す》ますこんな悪習に染まったんだ。私は、火を好む、此處《ここ》は、暗くなるのが、自棄《やけ》に早い……。お前さんの眉と額の条《すぢ》は、震災で灰に埋もれた何處《どこ》かの宮殿の廢墟《はいきょ》のようで、実に面白い。でも、何故、お前さんは、そんな奇妙で無様《ぶざま》な恰好をしてるんだ？　私は、この邦《くに》で新郎《はなむこ》を目にしたが、彼らも、そんな衣を、そんな可笑《おか》しな衣を、そんな悍《おぞ》ましい衣を、裹《まと》っている……。でも、お前さん、新郎？」

日輪は、最《も》う姿を消し、巨きな黒い影が、巨《おお》きな素足がさらさらと沙の上で音を立てるかのように、東から逼《せま》り、その奔《はし》りに伴う風が、脊中へ寒さを吹き懸けた。

「ラザロ、お前さんは、暗闇《くらがり》だと、一層大きく見える、この幾分《いくふん》かで、甚《えら》く肥《ふと》ったようだ。豈夫《まさか》、闇を咬《く》らうんぢゃ……？　火が、欲しい、ほんの毫《すこ》しでも、ほんの毫しでも。それに、一寸《ちょっと》寒いな、此處《ここ》の夜は、自棄《やけ》に冷える……。ラザロ、こんなに暗くなければ、お前さんが私を見ているのが判ろうに。怎《ど》うやら、お前さんは見ている……。お前さんは私を見ている、然《そ》うらしい、ほら、莞《にや》っとした」

　夜になると、空気が、重たい闇に盈《み》たされた。

「明日、亦《また》、日が升《のぼ》れば、気も霽《は》れよう……。お前さんは、私が偉《おお》いなる彫匠なのを知っている、友らは、私をそう稱《よ》ぶ。私は、創造する、然《そ》う、それは、そう稱《よ》ばれる……、だが、それには、晝《ひる》が要る。私は、洌《つめ》たい大理石《なめいし》に命を與《あた》え、玲瓏《れいろう》な青銅を火で造る、耿々《こうこう》たる熱き火で……。何故、手を觸《ふ》れる！」

「行こう」ラザロは、云った。「お前さんは、私の賓人《まろうど》」

二人は、家へ這入《はい》った。永い夜が、地に臥せた。

已《すで》に日が杲《たか》く升《のぼ》っていた時、奴隷が、主人を待ち切れず、迎えに來た。そして、主人とラザロが灼け着く日影の下に竝《なら》んで坐り黙って上《うえ》を見ているのを目にすると、哭《な》き出し、大聲で叫んだ。

「ご主人様、怎《ど》うされました？　ご主人様！」

その日、彼は、羅馬へ發《た》った。道中、アウレリウスは、想いに沈んで黙りこくり、何かを記憶しようとするかのように、人や船や海と云った凡《あら》ゆるものに目を凝《こ》らしていた。一行は、海で大時化《おおしけ》に見舞われたが、アウレリウスは、ずっと甲板に居り、寄せては砕け落ちる怒濤《どとう》を喰い入るように矙《みつ》めていた。家人は、彫匠の身に起きた恐ろしい変化に愕然としたが、本人は、仔細《しさい》有りげにこう云って、みんなを安堵させた。

「見附かった」

そして、旅の間ずっと更《あらた》めなかった垢《よご》れた衣の儘で、爲事《しごと》に懸かり、大理石が、素直で高らかな鎚音を響かせ始めた。彼は、誰も立ち入らせず、永いこと、爲事に沒頭し、或る朝、竟《つい》に作品の完成を告げ、朋輩《ほうばい》や手峻《てきび》しい藝術の通人《つうう》や目利《めき》きを鳩《あつ》めるよう命じた。そして、黄金に輝いて紫の亜麻布《ヴィッソーン》で赤みを帯びた鮮やかな晴れ着を華やかに裹《まと》い、彼らを待っていた。

「これが、我が作品」彼は、沁み沁みと云った。

朋輩たちが、それを目にすると、どの顔にも、深い悲しみの影が翳《さ》した。それは、見馴れた形態を一つも具《そな》えておらず、何か新しい未知なる形象への暗示も見られなくはない、何やら面妖《めんよう》なものだった。内側へ捩《ね》じ込まれたものやら、外側へ捩じ反《かえ》されたものやら、自分から力無く遁《のが》れようとする奇怪な断片やらが、盲目で醜悪で無様《ぶざま》に幅《ひろ》の潤い一塊《ひとかたま》りを成し、繊《ほそ》く曲がった小枝か、それに類する不細工なものの上に、歪んで異《あや》しく横たわっていた。そして、みんなは、翔びたいと云う儚《はかな》い想い故《ゆえ》に顫《ふる》えているかのような透明な翅を有《も》つ美事に鏤《ほ》られた蝶を、妙に目立つ凸起《とっき》の下にひょいと見附けた。

「アウレリウス、この美事な蝶は、何の爲?」誰かが、懼《おそ》る懼る訊ねた。

「解らん」彫匠は、応えた。

けれども、真実を告げねばならず、朋輩の一人でアウレリウスを取り分け愛していた人が、道破した。

「我が哀れな友、これは、醜怪。これは、毀《こわ》さねば。さぁ、鎚を寄越せ」

そして、彼は、美事に鏤《ほ》られた蝶だけを残し、奇天烈《きてれつ》な塊りを二揮《ふたふ》りで打ち摧《くだ》いた。

爾來《じらい》、アウレリウスは、最《も》う何も創らなかった。彼は、大理石や青銅や不朽の美が寓《やど》っていた自身の過去の神々《こうごう》しい作品を、何の興味も無さそうに眺めていた。みんなは、嘗《かつ》ての為《し》事《ごと》への情熱を彼に吹き込んで死んだような彼の心を奮い立たせようと、他人の秀作を見せに連れていったが、彼は、相変わらず、風馬牛《ふうばぎゅう》であり、頬笑《ほほえ》みがその緘《と》じた口を温めることも、無かった。そして、美を繞《めぐ》る長広舌が自分に対《むか》って揮《ふる》われた時に初めて、淹悶《うんざり》したように力無く駁《ばく》した。

「でも、そんなの、みんな、譃《うそ》っ八」

そして、彼は、日の輝《て》る白晝《はくちゅう》には、巧みな造作《ぞうさく》の豪華な庭に出て、日南《ひなた》を見附けては、露《あら》わな頭と澱《よど》んだ目を光りと暑さに晒《さら》していた。赤や白の蝶が、翩々《ひらひら》と舞い、酔い痴《し》れた半人《サテュ》獣《ロス》（訳註　希臘《ギリシャ》神話に登場する半人半獣の自然の精靈）の歪んだ口から噴《は》き出される水が、潑《は》ね音を響かせて大理石の池へ流れ落ちていたが、彼は、身動《みじろ》ぎもせず、悠《はる》か彼方の石勝《いしが》ちの荒れ野の入り口に居る人の蒼白い影のように、炎《も》える日輪の下で凝坐《ぎょうざ》していた。

V

竟《つい》に、偉《おお》いなる神帝アウグストゥスが、ラザロを直々《ぢきぢき》に召し上げた。

ラザロは、晴れやかな婚礼衣裳を華やかに裹《まと》わされた。恰《あたか》も、時がそれを定め、死ぬまで彼が未知なる新婦《はなよめ》の新郎《はなむこ》の儘で在らねばならぬかのように。それは、已《すで》に毀《こわ》れかけた朽ちゆく古い柩《ひつぎ》へ新しい金張《きんば》りを施され新しい明るい房粧飾《ふさかざり》を添えられたかのようだった。そして、彼は、晴れがましく運ばれ、みんなも、彩り鮮やかに着飾り、方《まさ》に、華燭の行列が進んでいたかのようであり、前を行く者たちは、人々が皇帝の使者《つかい》たちに道を遜《ゆず》るよう喇叭《ラッパ》を高らかに吹いていた。けれども、ラザロの行く手は、閑散とし、故國中が、奇しくも甦りし人の忌《い》まわしい名を已《すで》に咒《のろ》っており、人々は、彼が近着いたと聞くだけで、恐れを爲《な》して四散していた。銅の喇叭は、煢々《けいけい》と鳴り、荒れ野だけが、嫋々《じょうじょう》たる谺《こだま》で応えていた。

それから、彼は、海路《うなぢ》で運ばれた。それは、それまでに地中海の碧瑠璃《へきるり》の波濤《なみ》に映った船の内《うち》で最も華やかで最も悲しい船だった。大勢、乗っていたが、彼は、墓のように黙り込んで静かであり、絶望を滲ませる水は、聳《そそ》り立つ美しい弓形《ゆみなり》の舳先《へさき》を灑《あら》いながら涕《な》いているかのようだった。けれども、ラザロは、露わな頭を日影に晒《さら》しつつ、其處《そこ》に坐り、流れに耳を清《す》まして、口を鎖《とざ》し、遠くでは、水夫《かこ》や使者たちが、愁える影の朧《おぼろ》な群れとなって、力無く気懈《けだる》げに坐《ざ》したり臥《ふ》したりしていた。船上の人は、誰も生の爲に闘う力も意欲も有《も》ち合わせていなかったので、若《も》しも、その時に、雷霆《いかづち》が轟《とどろ》いて、赤い帆が強風に煽られたなら、船は、難破したに違いない。或る者は、最後の力を振り絞って舷へ近着き、深い透明な淵を喰い入るように覗き込んでいた。水の精《ナーイアス》（訳註　希臘神話に登場する妖精の種族）が、撫子《なでしこ》色の肩を波間に閃《ちら》附かせたり、酔って頗《すこぶ》るご機嫌な半人馬《ケンタウロス》（訳註　希臘神話に登場する半人半獣の種族）が、蹄で繁吹《しぶ》きを立てながら駈け抜けていたりしないかと。けれども、海は、森《しん》とし、海の淵は、啞の如《ごと》く森としていた。

　ラザロは、淡々と永遠の都（訳註　羅馬《ローマ》）の大路《おおぢ》へ足を蹈み入れた。この邑《まち》の凡ゆる富も、巨人たちに依《よ》って築かれた建て物の凡ゆる威容も、雅《みやび》な生の凡ゆる華も美も楽の音も、荒れ野の風の反響や死せる流沙《りゅうさ》の反映に過ぎないかのようだった。二輪の馬車が駈け、豪《つよ》い人や美しい人や偉振《えらぶ》った人や永遠の都の造り手やその邑の生活に與《あづか》る矜《ほこ》らかな人の群れが蠢《うごめ》き、歌が響き、噴水や女たちが珠のように笑い喧噪《さざめ》き、酔いどれが哲學を論じ、素面《しらふ》の人が頬笑《ほほえ》んでそれを聆《き》き、蹄鐵《ていてつ》が戞々《かつかつ》と鳴り、蹄鐵が鋪石《しきいし》を蹴って戞々と響いていた。そして、肥えて重たい人は、陽気な喧《ざわ》めきに四方を圍まれて、沈黙の冷たい斑《はだら》となって市中《しちゅう》を進み、怨《うら》みや怒りや漠とした疼《うづ》くような愁いの種を、行く手に蒔き散らしていった。《誰が、羅馬で悲しんでいられよう？》市民たちは、憤《いきどお》って旋毛《つむじ》を曲げ、二日後には、早くも、奇しくも甦りし人のことを知った噂好きの羅馬全體が、怯《お》じ気附《け》いて彼を疎《うと》んじていた。

けれども、自分の力を験《ため》したがる剛の者は、此處にも、澤山、居り、ラザロは、彼らの軽弾みな呼び懸けに素直に応じて、遣《や》ってきた。國事に追われる皇帝は、謁見を先へ延ばし、奇しくも甦りし人は、七日の間、人々の許を渉り歩いていた。

或る時、ラザロが、陽気な酔漢《すいかん》の許へ遣ってくると、酔漢は、赤い唇に笑みを湛えて、彼を迎えた。

「飲め、ラザロ、飲め！」彼は、我鳴《がな》った。「アウグストゥスは、酩酊《よっぱら》ったお前さんを見たら、笑い興じる！」

すると、酔い痴れた裸婦たちが、笑い、薔薇の花唇《かしん》が、ラザロの蒼褪《あおざ》めた手の上へ落ちた。けれども、酔漢が、ラザロの目を見ると、喜びが、永遠に竭《つ》きて了《しま》った。彼は、終生、酔いどれで在り続け、最《も》う酒を一滴も飲まなかったものの、酔いどれで在り続けたが、酒が齎《もたら》す愉しい夢の代わりに、恐ろしい夢が、その哀れな頭を包んでいた。恐ろしい夢は、彼の打ち拉《ひし》がれた心の唯一の糧となった。恐ろしい夢は、晝《ひる》となく夜となく、自らの異《あや》しい産物に彼を沈湎《ちんめん》させ、死の残酷な前兆《まえぶれ》を告げるものは、死そのものよりも恐ろしかった。

或る時、ラザロは、愛し合い自らの愛に育まれて麗しい若者と處女《おとめ》の許へ、遣ってきた。若者は、戀人を矜《ほこ》らしげに腕に犇《ひし》と擁《だ》きながら、憫《あわ》れみを滲ませて云った。

「ラザロ、僕たちを見て、一緒に喜び給《たま》え。愛に愈《まさ》るものが、何か在る？」

そして、ラザロは、見た。すると、彼らは、終生、愛し合っていたものの、二人の愛は、墓の腐《くさ》りで根を養い、黒い梢の尖《とが》りで静かな夕刻に虚《むな》しく天を探る、墓の上の絲杉のように、悲しく懶《ものう》いものとなった。生の未知なる力に依《よ》って抱擁へ投げ込まれる彼らは、接吻と涕涙《ているい》を、愉悦と艱苦《かんく》を、綯《な》い交ぜ、自らを、二重の奴隷、乃《すなわ》ち、口煩《くちうるさ》い生の従順な奴隷とも、不気味に沈黙する〈無〉の恭順な下僕とも、感じていた。永遠に結ばれ、永遠に訣《わか》たれる、彼らは、火花のように閃《ひらめ》いて、火花のように無邊の闇に消えた。

或る時、ラザロが、矜《ほこ》り高い賢者の許へ遣ってくると、賢者は、彼に云った。

「ラザロ、私は、お前さんが語り得る恐怖を、最《も》う、みんな、知っておる。お前さんは、この上、何で、私を怕《こわ》がらせることができる？」

けれども、稍《すこ》し経つと、賢者は、恐怖の知識は未《ま》だ恐怖でなく、死の幻影は未だ死でない、と早くも暁《さと》った。そして、彼は、〈無限〉は賢も愚も知らないのだから、〈無限〉の前では賢も愚も同じことである、と暁った。そして、知と不知も、実と不実も、天と地も、境を失くし、彼の形無き思惟《しい》は、空虚の中で宙吊りとなった。すると、彼は、白毛頭《しらがあたま》を抱《かか》えて、狂おしく叫び出した。

「私は、考えられぬ！　私は、考えられぬ！」

こうして、生や生の意義や歓喜を肯《うべな》う凡ゆるものは、奇しくも甦りし人の無関心な眼差しの下で泯《ほろ》びた。そして、人々は、彼を皇帝の許へ通すのは険呑《けんのん》であり、彼を殺《あや》めて密かに葬《ほうむ》り、奴は何処《どこ》かへ姿を晦《くら》ましたと告げる可《べ》きだ、と云い出した。已に剣が礪《と》がれて若人たちが民《たみ》に身を献《ささ》げて刺客たらんとしていた箭先《やさき》、アウグストゥスは、明朝にラザロを謁見させるよう命じ、これで、残忍な計畫《けいかく》は頓挫《とんざ》した。

人々は、ラザロを消せないのなら、その皃《かお》が與《あた》える重苦しい印象を寸毫《すこし》でも和らげたい、と想っていた。そして、その爲に、秀でた畫工《がこう》や理髪師や藝人たちを鳩《あつ》め、徹宵《よっぴて》、ラザロの頭を弄《いじ》っていた。頤鬚《あごひげ》は、刈り込まれ縮らされて小洒然《こざっぱり》と美しくなり、不快だった死人めいた青痣は、絵の具で一掃され、手は、白く塗られ、頬は、紅を刷《は》かれた。老《ふ》けた顔に刻まれた忌《い》まわしい苦悩の皺は、抹《ぬ》り消され色を染められ悉《すっか》り伸ばされ、柔和な笑みと快く無邪気な陽気さを表す皺が、真《ま》っ新《さら》な下地に繊《ほそ》い筆で巧みに畫《えが》かれた。

ラザロは、他人事《ひとごと》のように為《な》されるが儘となり、程無《ほどな》く、自然に肥えた麗しい翁人《おきなびと》に、孫の澤山居る温柔《おんじゅう》な好々爺《こうこうや》に、化けた。彼は、滑稽なお伽噺《とぎばなし》を語っていた時の頰笑みが未《ま》だ唇《くち》邊《もと》に残り、老夫らしい穏やかな優しさが未だ眦《まなじり》に泛《う》かんでいる、と云う感じだった。けれども、彼らは、敢えて婚礼衣裳を脱がせることはせず、彼の目を、乃《すなわ》ち、不可知な〈彼岸〉がそれを透して人々を見ている暗く恐ろしい玻璃《はり》を、変えることはできなかった。

VI

ラザロは、皇宮の壮麗さにも心を撼《うご》かされず、荒れ野が逼《せま》る自分の廢《すた》れ屋と石造りの牢乎《ろうこ》で豪華な宮殿との差異を感じていないかのように、無関心に周圍《まわり》を見たり見なかったりしながら通っていった。彼の目に映ると、足下《あしもと》の床の硬い大理石《なめいし》も荒れ野の流沙宛《りゅうささなが》らとなり、綺《き》羅《ら》を飾る大勢の偉そうな人たちも張り子宛《さなが》らになった。人々は、彼が通る時には、その目の恐ろしい作用を惧《おそ》れて顔を見なかったが、彼が居列《いなら》ぶ人たちの前を過ぎたのを重い跫音《あしおと》で察《さっ》すると、頭を擡《もた》げ、皇宮の奥處《おくか》へ緩《ゆっく》りと歩を運ぶ肥えて丈高く稍々《やや》猫脊の老漢の姿を、怕々《こわごわ》と物見高く瞶《みつ》めた。それまでは、死者のみが死を知り、生者は生しか知らず、両者に架かる橋が無かったので、若《も》しも死そのものが通っていたなら、人々も、然《さ》ほどそれを怕《こわ》がらなかったろう。けれども、この特異な人は、死を知っており、彼の忌《い》まわしい知識は、謎めいて恐ろしかった。《奴は、我らが偉《おお》いなる神帝アウグストゥスを殺《あや》めて了《しま》う》人々は、そう感じ、恐れを爲《な》し、先へ奥へ緩《ゆっく》りと淡々と歩を運ぶラザロの脊中へ、力無い咒詛《じゅそ》を浴びせていた。

皇帝も、ラザロが何者であるかを已《すで》に辯《わきま》えて、引見に備えていた。けれども、剛の者であり魁《おお》きな無敵の力を自覚している彼は、奇しくも甦りし人との宿命の対決で他人の脆い助太刀《すけだち》に頼る心算《つもり》は無く、一対一の相対《さしむかい》でラザロと相見《あいまみ》える。

「ラザロよ、其方《そち》の目を餘《よ》へ上げるな」彼は、這入《はい》ってきた人に命じた。「餘は、其方の頭は、蛇髪女《メドゥーサ》の頭の如く、其方が見る凡《すべ》ての者を石と化す、と聞いた。餘は、己《おの》れが石と化す前に、其方を目にし、其方と語らいたい」彼は、怯《おび》えも滲む威厳の有る巫山戯《ふざけ》た調子で、そう続けた。

彼は、近着いて、ラザロの顔と珍妙な晴れ着を繁々《しげしげ》と見た。そして敏《さと》く犀《するど》い目を具《そな》えながらも、巧みな造作《ぞうさく》に瞞《あざむ》かれた。

「ふむ。立派な老叟《ろうそう》よ、其方は、見た目は恐ろしくない。けれども、恐ろしいものが斯《か》くも立派で快い姿をしているのは、人々にとって却《かえ》って好《よ》くない。では、話しをしよう」

アウグストゥスは、坐に卽《つ》くと、言葉と同じくらい眼差しで訊ねつつ、切り出した。

「這入ってくる時、何故《なぜ》、餘に挨拶をしなかった？」

ラザロは、淡々と応えた。

「必要とは、知りませんでした」

「其方は、基督教徒《キリスト》か？」

「否《いえ》」

アウグストゥスは、同意して點頭《うなづ》いた。

「それは、結構。餘は、基督教徒を好かぬ。彼らは、生の樹を搖すり、それが実で覆われるのを礙《さまた》げ、その郁《かぐわ》しい花を風に吹き散らさしている。だが、其方は、果たして何者？」

ラザロは、稍々《やや》苦しげに応えた。

「私は、死人《しびと》でした」

「それは、聞いた。だが、今は、何者？」

ラザロは、応えに窮し、麁匆《ぞんざい》に、生気無く、反覆《くりかえ》した。

「私は、死人でした」

「可《よ》いか、未知なる人」皇帝は、そう云うと、平素の意《おも》いを、峻《きび》しい口調で刻むように告げた。「餘の王國は、生者たちの王國であり、餘の民《たみ》は、死者たちの民でなく、生者たちの民である。其方は、此處では餘計者。餘は、其方が何者かを知らず、其方があの世で何を見たか識らぬが、其方が嘘を吐《つ》いているとしたら、餘は、其方の嘘を憎み、其方が真《まこと》を語っているとしたら、餘は、其方の真を憎む。餘は、この胸に生の高鳴りを感じ、この手に力を感じ、餘の矜《ほこ》らかな思惟《しい》は、鷲のように天翔《あまが》ける。そして、餘の背後では、人々が、餘の権に戍《まも》られて、餘の定めた法に衛《まも》られて、暮らし、労《はたら》き、興じている。其方には、この生の妙なる韻《しらべ》が、聞こえるか？　其方には、人々が未來に挑んで真っ向から發《はな》つ鬨《とき》の聲が、聞こえるか？」

アウグストゥスは、祈るように双手《もろて》を差し伸べて、森嚴《おごそか》に號《さけ》んだ。

「幸有《さちあ》れ、偉《おお》いなる神々しい生よ！」

けれども、ラザロは、黙《もだ》しており、皇帝は、語気を強めて続けた。

「其方は、此處では餘計者。其方は、死が喰い残した哀れな骸《むくろ》、憂愁や厭世を民へ吹き込み、野の青蟲《あおむし》宛《さなが》らに歓喜の太い秀《ほ》を齧《かじ》り、悲哀と絶望の黏液《ねんえき》を喀《は》く。其方の真《まこと》は、夜の刺客が手にする銹《さ》びた剣も同然、餘は、其方を刺客と看做《みな》して死刑に處する。けれども、その前に、餘は、其方の目を見たい。それは、懦夫《だふ》のみが恐れ、勇夫には争闘《あらそい》と勝利への渇きを懐《いだ》かせるものかも知れず、然《そ》うであれば、其方は、死罪でなく褒賞に値する……。ラザロ、さあ、餘を見よ」

すると、一瞬、神帝アウグストゥスには、知己が自分を見ていると想われ、ラザロの眼差しは、それほど柔和で優しく魅力に溢れていた。それは、恐怖ではなく静かな安寧を約束し、〈無限〉は、優しい戀人や情け深い姉妹や母親に想われた。けれども、その優しい抱擁は、どんどん強さを増し、接吻を求める口は、息を窒《ふさ》ぎ、鐵《てつ》の環で繋ぎ合わされた骨の鐵が、體の柔らかい組織を透して最《も》う外に露《あらわ》れ、誰かの鈍く冷たい爪が、心《しん》の臓《ぞう》に達し、じわじわと喰い込んだ。

「疼《いた》い」神帝アウグストゥスは、蒼褪《あおざ》めつつ、云った。「然《さ》れど、見よ、ラザロ、見よ！」

遠古より鎖《とざ》されていた何かの重たい門が、徐々に展《ひら》きつつあり、〈無限〉の嚴《いか》めしい恐怖が、その拡がる隙間から冷たく徐《そ》っと流れ込むかのようだった。すると、無邊の空虚と無邊の暗黒が、二つの影となって這入り込み、日が、消え去り、足下《あしもと》から、大地が奪われ、頭上から、屋根が失われた。そして、冰《こお》りゆく心臓から、疼《いた》みが退《ひ》いた。

「見よ、見よ、ラザロ！」アウグストゥスは、蹌踉《よろめ》きつつ、命じた。

時は、凅《こお》り、萬物の始めと終わりが、恐ろしく近着いた。今築かれたアウグストゥスの玉坐は、敢《あ》え無く毀《こわ》れ、玉坐とアウグストゥスの消えた迹《あと》には、早くも空虚が在った。羅馬は、音も無く崩れ、その迹に興《おこ》った新たな邑《まち》も、空虚に呑まれた。邑や邦や國は、幻の巨人のように見る間に仆《たお》れて空虚に消え、〈無限〉の黒い腹は、饜《あ》かずに平然とそれらを呑み込んでいた。

「止《よ》せ」皇帝は、命じた。

その聲は、最早《もはや》、虚ろに響き、双手《もろて》は、力無く垂れ、鷲のような目は、逼《せま》る闇との虚《むな》しい闘いに於いて、輝いては消えた。

「ラザロ、其方は、餘を殺《あや》めた」彼は、力無く、生気無く、云った。

そして、その絶望の一言が、彼を濟《すく》った。彼は、自分が盾となる可《べ》き民を憶い出し、麻痺《まひ》しかけた心臓は、濟いを齎《もたら》す鋭い疼《いた》みに貫かれた。《泯《ほろ》びる定めに在る人々》彼は、恐れを胸に想った。《〈無限〉の闇の中の明るい影たち》彼は、恐れを胸に想った。《胸彈ませる生きた血と深い悲哀や歓喜を知る心を有《も》った脆き器《うつわ》》彼は、優しさを胸に想った。

そして、彼は、そのように考えたり感じたり生や死へ秤《はかり》を傾けたりしながら、空虚の闇や

〈無限〉の恐怖を禦《ふせ》ぐ盾を苦悩と歓喜の中に見出だす可《べ》く、緩《ゆっく》りと生へ還ってきた。

「否《いや》、ラザロ、其方は、餘を殺《あや》めておらぬ」彼は、決然《きっぱり》と告げた。「だが、餘は、其方を殺める。退《さが》れ！」

その晩、神帝アウグストゥスは、殊《こと》の外《ほか》、飲み喰いを愉しんだ。けれども、時折り、上げた手は、宙で氷《こお》り、鷲のような目の爛々たる輝きは、鈍い光りに取って代わられた。それは、恐怖が氷の波濤《なみ》の如《ごと》く彼の足許《あしもと》を駈け抜けている所為《せい》だった。敗れたものの殺められずに寒々と自分の刻限《とき》を待っている人は、夜を支配し、明るい晝《ひる》を生の悲哀や歓喜に素直に委ねつつ、終生、黒い影となって彼の枕頭に彳《た》った。

翌《あく》る日、人々は、皇帝の命《めい》に順《したが》って、強く熱した鐵でラザロの目を烙《や》き、彼を帰郷させた。神帝アウグストゥスは、敢えて彼を殺めようとはしなかった。

ラザロは、荒れ野へ復《かえ》り、荒れ野は、飈《ひゅう》と唸《うな》る風の息と灼け着く日輪の熱で彼を迎えた。彼は、亦《また》、蓬々《ぼうぼう》の無精《ぶしょう》な頤鬚《あごひげ》を上《うえ》へ向けて石の上に坐し、烙かれた目の迹《あと》に残る二つの黒い窠《あな》は、虚ろに不気味に空を見ていた。遠くでは、聖都が、忙《せわ》しなく喧《ざわ》めき蠕《うごめ》いていたが、その邊りは、人影も無く、闃乎《ひっそり》としており、奇しくも甦りし人が最後の日々を過ごしていた場《ば》處《しょ》へ近寄る者は、一人も無く、隣人たちは、夙《と》うに我が家を後にしていた。強く熱した鐵に依《よ》って頭蓋の奥處《おくか》へ逐《お》い遣《や》られた彼の咒《のろ》わしい知識は、其處《そこ》で待ち伏せをして、其處から百《もも》千《ち》の見えざる目で凝《ぢ》っと人を瞶《みつ》めるかのようであり、敢えてラザロを見ようとする者は、一人も無かった。

夕刻、日輪が、赤らみ膨らみながら、西へ仄《かたむ》くと、盲《めし》いたラザロは、緩《ゆっく》りとそれを追っていった。肥えて尫弱《ひよわ》なラザロは、石に跌《つまづ》いて轉んでは、重そうに身を起こし、亦《また》、歩を運び、黒い胴と展《ひろ》げた双手《もろて》は、十字架宛《さなが》らの異《あや》しい像を、空焼けの赤い帷《とばり》に映していた。

或る時、彼は、出ていった限《き》り、戻らなかった。そうして、三日に亙《わた》り死の謎めく支配の下に在り奇しくも甦りしラザロの二度目の生が、畢《お》わりを告げたらしかった。

（原題　エレアザル）一九〇六年八月

イスカリオテのユダ

I

イエス・キリストは、加略《カリオテ》（訳註　猶太《ユダヤ》地方の邑《むら》）出身のユダ（訳註　十二使徒の一人）は悪名高き人物であり、心為可《こころすべ》し、と幾度となく釘を刺されていた。猶太《ユダヤ》に居たことの有る弟子たちの内《うち》、或る者は、直《ぢ》かに彼を克《よ》く知っており、或る者は、口傳《くちづて》に諸《もろもろ》々の噂を聞いており、彼のことを好く云うような者は、一人として無かった。そして、善人たちが、ユダは欲深で肚《はら》黒く僞善や虚言の癖が有ると云って彼を腐《くさ》していたとすれば、ユダのことを訊かれた悪人たちも、彼を小《こ》っ酷《ぴど》く貶《けな》していた。彼らは、唾を吐《は》きつつ、云った。《奴は、何時《いつ》も俺たちを不仲にさせる。奴は、肚に一物《いちもつ》有り、蠍《さそり》のように静《そ》っと家へ忍び込んでは、聒《かまびす》しく其《そ》処《こ》から出てくる。泥坊にも友が有り、強盗にも輩《ともがら》が有り、嘘吐《つ》きにも真情を吐露する妻が有るが、ユダは、自分でも巧《うま》いこと偸《ぬす》みを労《はたら》いていながら、泥坊を正直者と同様に莫迦《ばか》にし、見て呉れは、猶太の誰よりも醜い。否《いや》、奴は、俺たちの仲間ぢゃない、あの赤毛の加略《カリオテ》出身のユダは》悪人たちは、そう話し、彼も猶太の他の凡《すべ》ての與太者《よたもの》と大差無いと想っていた善人たちを、駭《おどろ》かせていた。

更に、こうも語られていた。ユダは、妻を夙《と》うに棄て、哀れで餒《ひも》じい彼女は、ユダの領地を成す三つの石から口を糊《のり》する麵麭《パン》を捻り出そうと徒《いたづ》らに勉《つと》めながら、暮らしている。自分は、最《も》う幾年も意味も無く巷間《こうかん》を徘徊《うろつ》き、一つの海、更に、遠くの別の海まで、迄《いた》ることすら有り、あちこちで、嘘を吐《つ》き、勿體振《もったいぶ》り、泥坊の目で何かを目敏《めざと》く見附け、不和や不快を置き土産に、卒然として姿を消す、隻眼《せきがん》の魔鬼《まき》のように、物見高く姦猾《かんかつ》で悪い奴。彼に、子は無く、それは、ユダが悪人であり神がユダの末裔《すえ》を欲しないことを、更《あらた》めて物語っていた。

この赤毛の醜い猶太人が、キリストの許に何時現れたか、弟子たちは、誰も覚《おぼ》えていなかったが、彼は、最《も》う永いこと、執拗《しつこ》く同道し、他人《ひと》の話しに嘴《くちばし》を容《い》れ、一寸《ちょっと》した世話を焼き、莞《にや》け、阿《おもね》り、諛《へつら》っていた。そして、疲れた目を瞞《あざむ》いては、悉《すっか》り狃染《なじ》みになったり、ひょいと耳目《じもく》へ飛び込んでは、見たことの無いほど醜悪で嘘吐きで忌《い》まわしいもののように、彼

ら を苛附《いらつ》かせたりしていた。すると、強《きつ》い言葉で逐《お》い掃《はら》われ、何処《どこ》か路傍に雯《しば》し身を潜《ひそ》めてから、何時《いつ》の間にか亦《また》姿を現した、隻眼の魔鬼のように、世話好きで諂諛遣《おべっかつか》いで狡い奴。そして、一部の弟子は、イエスへ昵着《ちかづ》きたいとの彼の希《ねが》いには、何やら底意《そこい》が潜んでおり、善からぬ肚黒い下心の在ることを、疑わなかった。

けれども、イエスは、彼らの忠告を聆《き》かず、彼らの予言の聲は、その耳に達《とど》かなかった。彼は、見棄てられた者たちや愛されない者たちへ彼を抑え難く惹き着けていた気高い反抗精神を以《もっ》て、ユダを、決然《きっぱり》と受け容れ、選ばれし人の仲間に加えた。弟子たちは、色を失い、ぼそぼそと不平を鳴らしていたが、彼は、舂《うすづ》く夕暉《ゆうひ》へ面《おもて》を向けて静かに坐り、彼らの話しか何か他のものを物想わしげに耳にしていた。風は、已《すで》に十日凪《な》ぎ、繊細で鋭敏で冴《す》んだ空気は、動《ゆる》がず、変わらず、渟《とど》まっていた。風は、その日々に人や鳥や獣に依《よ》って叫ばれ唱われた凡てのものを、乃《すなわ》ち、泪や哀歌や陽気な唄や祈りや咒《のろ》いを、自らの透明な奥処《おくか》に寓《やど》し、それらの玻璃《はり》のような凝《こご》った聲の所爲《せい》で、実に重たく、不安に盈《み》ち、見えざる命で濃厚に充《み》たされているかのようだった。そして、日輪が、亦《また》、沒《しず》もうとしていた。それは、重たげに炎《も》える球となって、空を照らしつつ、轉《まろ》び落ち、イエスの浅黒い顔や家の壁や樹の葉と云った、そちらを向いていた地上の凡《あら》ゆるものが、その遠い非道《ひど》く物想わしげな光りを無心に反射させていた。白い壁は、最《も》う白くなく、赭《あか》い山の上の赭い邑《まち》は、元の白い儘でなかった。

するとユダが、遣《や》ってきた。

彼は、彼を知る者たちが描いて見せた通りに、頭を低《た》れて脊を丸め、醜い凸凹《でこぼこ》の頭を用心深く怕々《こわごわ》と前へ伸ばしながら、遣ってきた。瘦骨《やせぎす》であり、歩きながら考える癖の爲に稍々《やや》前跼《かが》みになる所爲《せい》で背がより矮《ひく》く感じられるイエスと略々《ほぼ》同じくらいの立派な上背《うわぜい》が有り、偉《い》丈夫《じょうふ》に見えるものの何故《なぜ》か虚弱で病気勝《が》ちな容子《ふり》をしており、雄々しく力強かったり夫を罵《ののし》る老婆のそれのように疳走《かんばし》って情け無いほど弱々しくて聞くに堪えなかったりする変わり易い聲を具《そな》えており、朽ちてざらつく棘《とげ》のようにユダの言葉を耳から抜いて了《しま》いたくなることも屢《よ》く有った。短い赤毛の髪は、頭蓋の奇妙で異様な形を隠さず、頭の後ろから二太刀《ふたたち》浴びた後に亦《また》縫い合わされたような頭蓋は、四つの部分に劃然《くっきり》と分かれて不信や不安すら懐《いだ》かせ、そんな頭蓋の裡《なか》では、静寂や和合は、有り得ず、血泥《ちみどろ》の假借《かしゃく》無き戰闘《いくさ》の騒《ざわ》めきが、無間断《のべつ》幕無しに聞こえている。ユダの顔も、二つに分かれ、一方は、黒い犀《するど》く見抜く目を具えて活き活きとし、克《よ》く動いて澤山の曲がった皺が寄り易かった。最《も》う一方は、皺が無く死んだように膩《なめ》らかでのっぺりとして凝《こご》ったようであり、大きさは他方と変わらないものの、睜《みひら》いた盲《めし》いた目の爲に巨《おお》きく感じられた。白濁に覆われて夜も晝《ひる》も瞑《と》じないその目は、光りも闇も同じように迎えていたが、生きた狡猾《ずるがしこ》い相方《あいかた》が隣りに居た所爲か、完全に盲いているとは信じられなかった。ユダが、臆病か不安が嵩《こう》じて生きた目を瞑じて頭を掉《ふ》ると、その目は、頭の動きと共に搖れて無言で見ていた。烱眼《けいがん》とは程遠い人たちですら、イスカリオテを見れば、こんな人は福を招き得ないことが克《よ》く判ったが、イエスは、彼を昵着《ちかづ》けた許《ばか》りか、自分の隣りに、自身の隣りに、ユダを坐らせた。

愛弟子《まなでし》のヨハネ（訳註　十二使徒の一人。ヤコブの弟）は、褻《けが》らわしげに脇へ寄り、他のみんなは、師を愛しつつ、非難がましく目を俯《ふ》せた。一方、ユダは、腰を下ろすと、頭を左右に動かしながら、病《やまい》のことや、夜な夜な胸が疼《いた》むことや、山へ登ると息が切れて崖っ縁《ぷち》に佇《たたず》むと眩暈を覚えて莫迦《ばか》げた身投げ願望を漸《や》っと抑えていることなどを、蚊織《かぼそ》い聲で喞《かこ》ち始めた。そして、病が偶然に人を見舞うのではなく人の行狀《おこない》と神の契約との齟齬に因《よ》って發症することを知らぬかのように、諸々の話しを臆面も無く捏《でっ》ち上げるのだった。この加略《カリオテ》出身のユダは、みんなが黙って目を俯せる中《なか》、大きな掌で胸を摩《さす》って空咳《からぜき》までしてみせた。

ヨハネは、師を見ずに、友人のシモン・ペトロ（訳註　十二使徒の一人。アンデレの兄）に静《そ》っと訊ねた。

「こんな虚言《そらごと》、淹悶《うんざり》しない？　僕は、最《も》う堪えられないから、失敬する」

ペトロは、イエスを見て目が合うと、すっと立った。

「待て！」彼は、友に云った。

そして、亦、イエスを見てから、山を轉げる石の如く、颯《さ》っとイスカリオテのユダの方へ移ると、大らかで暈《くも》りの無い愛想好《あいそよ》さを以て、聲高《こわだか》に告げた。

「ユダ、これで、お前さんも、俺たちと一緒」

対手《あいて》の丸まった脊を手で優しく敲《たた》き、師を見ていなくともその眼差しを感じつつ、水が空気を壓《お》し退《の》けるように一切の反駁《はんばく》を壓し退ける大きな聲で、決然《きっぱり》と云い添えた。

「何でも無いさ、お前さんの醜い顔なんざ。俺たちの網にゃ、もっと非道《ひど》いのが懸かるが、喰ってみりゃ、実に佳味《うま》い。俺たちは、我らが主《しゅ》の漁人《すなどり》であるからして、魚に棘《とげ》が有り眼が隻《ひと》つだからと云うだけで獲物を棄てたりしない。曩日《いつか》、泰爾《ティール》（訳註　古代腓尼基《フェニキア》の海港都市。聖書では「ツロ」「ティルス」「ティル」とも）で地元の漁人たちが獲った蛸《たこ》を見た時にゃ、押《お》っ魂《たま》消《げ》て逭《ずらか》りたかったよ。奴らは、提比里亜《ティベリア》（訳註　加利利《ガリラヤ》湖北西岸の都市。聖書では「テベリヤ」「テイベリアス」「ティワェリアダ」とも）出身の漁人である俺を嗤《わら》って、其物《そいつ》を俺に喰わせたんだが、お代わりしたね、餘りにも佳味《うま》くてさ。師よ、憶えてますか、俺がこの話しをしたら、貴方《あなた》も笑いましたっけ。ユダ、お前さんは、蛸に消《に》てる、半分だけな」

　そして、自分の戯談《じょうだん》に満足し、呵々大笑《かかたいしょう》し始めた。ペトロが、何か云うと、その言葉は、釘を打つように聢《しっか》りと響いた。ペトロが、動くか、何か爲《す》ると、喧噪《さざめ》きが、遠くに聞こえ、最も耳の遠い物たちも、反応し、石の床は、足下《あしもと》で唸《うな》り、扉は、顫《ふる》えてばたばた鳴り、空気も、びくっと戦《おのの》いて騒《ざわ》めいた。その聲は、硲《はざま》では、怒りの谺《こだま》を目醒《めざ》めさせ、朝な朝な漁夫が網を曳く湖畔では、眠たげな晃《きら》めく水面《みなも》を轉がって、幽《かそ》けき曙光を頬笑《ほほえ》ませた。その光りは、屹度《きっと》、それ故《ゆえ》にペトロを愛し、他のどの顔にも、未《ま》だ夜の影が翳《さ》しているのに、彼の大きい頭や、披《はだ》けた寛《ひろ》い胸や、肆《ほしいまま》に投げ出された腕は、最《も》う朝焼けに染まっていた。

　師の心に適《かな》ったらしいペトロの言葉は、みんなの重たい気分を紛らした。けれども、ペトロが実に軽彈みに新弟子をそれに擬《なぞら》えた蛸の異形《いぎょう》は、矢張《やは》り海邊に居たことが有り蛸を目にしたことの有る一部の者を、狼狽《うろた》えさせた。彼らは、憶い出した。巨きな目、幾本もの貪欲な觸腕《しょくわん》、見せ懸けの温和《おとな》しさ、すると、巨きな目を一度も眴《またた》かせず、潑《ぱ》っと抱き着き、浴びせ懸け、壓《の》し懸かり、吸い取るのだった。何ぢゃ、こりゃ？　けれども、イエスは、黙って頬笑《ほほえ》んでおり、蛸のことを尚《なお》も熱く語るペトロを、胡乱《うろん》げに、親しげに、哂《あざわら》うように、瞶《みつ》めており、困惑した弟子たちは、次々とユダに近着いて優しく話し懸けたが、跋《ばつ》が悪そうに匆惶《そそくさ》と離れていった。

ゼベダイの子、ヨハネだけは、頑《かたく》なに口を緘《と》じ、トマス（訳註 十二使徒の一人）も、起きたことに就《つ》いて考え込んで、何も云えずにいるらしかった。彼は、竝《なら》んで坐るキリストとユダを孔の穿《あ》くほど瞶《みつ》めており、神々《こうごう》しい美しさと物《もの》の怪染《けじ》みた醜さの、柔和な眼差しを具《そな》えた人と巨きな静止した虚ろで貪婪な目を具えた蛸の、その奇妙な近しさが、解けぬ謎のように、その頭を悩ませていた。彼は、その方が克《よ》く見えるかと、平らで膩《なめ》らかな額にきゅっと皺を寄せて目を細めたが、ユダに忙《せわ》しなく動く八本の足が本當に生えたらしいことを知り得たに過ぎなかった。けれども、それは、錯覺であり、トマスは、然《そ》うと気附いて、亦《また》、目を凝《こ》らすのだった。

一方、ユダは、徐々に大膽《だいたん》になり、肱《ひじ》の曲がった腕を伸ばし、頤《あご》を緊《し》めていた筋肉を弛《ゆる》め、凸凹の頭を懼《おそ》る懼る明るみへ晒《さら》し始めた。頭は、それまでにも衆目に觸《ふ》れていたが、ユダには、それが何やら目には見えないものの厚くて巧妙な覆《ヴェール》いのようなもので傍目から深く泄《も》れ無く匿《かく》されているような気がしていた。それが、今では、恰《あたか》も窟《あな》から匍《は》い出つつあるかのように、自分の奇妙な頭蓋そして目を明るみで感じており、亻ち停《たど》まると、想い切って顔を悉《そっく》り晒してみた。何一つ、起こらなかった。ペトロは、何處かへ去り、イエスは、頬杖を拄《つ》いて、物想わしげに坐《ざ》し、日灼けした足を静かに搖すり、弟子たちは、四方山話《よもやま》しに花を咲かせ、トマスだけが、採寸中の几帳面な仕立て屋のように、真摯《まじめ》に繁々《しげしげ》と彼を瞶めていた。ユダは、頰笑み、トマスは、それに応じなかったが、恐らく、他の凡てのことと同様に、それを考慮に入れ、尚《なお》も瞶めていた。けれども、何やら不快なものが、ユダの顔の左側を擾《さわ》がせており、振り向くと、美しく純《きよ》らかで雪白《せっぱく》の良心に汚點一つ有《も》たぬヨハネが、冽《つめ》たく美しい眸《ひとみ》で、小暗《おぐら》い隅から彼を見ている。そして、ユダは、みんなと同じように歩きながらも、自分が撲《ぶ》たれた犬宜《よろ》しく足を曳《ひ》き摺《ず》って歩いているかのように感じながら、彼に近着いて、云った。

「ヨハネ、お前さん、何故、黙ってる？ 其方《そなた》の言葉は、宛《さなが》ら透き徹る銀の器に盛られし金の苹果《りんご》（訳註 箴言《しんげん》 第二十五章 第十一節に、金の苹果に就《つ》いての記述）、その一つを、素寒貧《すかんぴん》のユダにお恵み有れ」

ヨハネは、対手《あいて》の静止した瞬《みひら》いた目を凝《ぢ》っと瞶め、黙っていた。そして、ユダが、匍《は》うように遠離《とおざか》り、愚圖々々《ぐづぐづ》と二の足を蹈んでから、展《ひら》いた扉の暗い奥へ消えるのを、目にしていた。

満月が、升《のぼ》り、大勢、散歩に出た。イエスも、出懸け、ユダは、自分の寝床を設《しつら》えた低い屋根から、去りゆく人たちを見ていた。月明かりの中では、どの白い人影も、軽やかで緩《ゆる》やかなものに感じられ、恰《あたか》も、自分の黒い影の前を、歩くのではなく、辷《すべ》るかのようであり、不意に、何か黒いものの中に消えると、その聲が、聞こえた。そして、亦《また》、月下に現れると、白い壁や黒い影や透明で靄《もや》の立ち罩《こ》める夜そのものと同じように、黙《もだ》しているかに想われた。ユダが、帰ってきたキリストの静かな聲を耳にした時には、殆んどみんな、最う眠っていた。家の内と周圍《まわり》は、ものみな、静まり復《かえ》った。牡鶏《おんどり》が、鳴き、何處かで、目を醒《さ》ました驢《ろ》馬《ば》が、肚立たしげに、白晝《ひるま》のように、疳高《かんだか》く嘶《いなな》き出し、渋々と、間を措《お》きながら、静かになった。ユダは、身を潜め、尚も眠らず、凝っと耳を清《す》ましていた。その顔を半分照らした月が、氷《こお》った湖のような瞠《みひら》いた巨きな目に、奇妙に映っていた。

彼は、不意に何かを憶い出すと、毛深い健やかな胸を掌で摩《さす》りながら、周《あ》章《わ》てて呟《しわぶ》き始めた。若《も》しかすると、未《ま》だ眠らずにユダの胸の衷《うち》に聆《き》き耳を立てている者が、居るやも知れぬ。

Ⅱ

みんな、徐々にユダに馴れ、その醜さを気にしなくなった。イエスが、銭函を彼に預けると、一切の活計《くらし》の遣《や》り繰りは、ユダの役目となり、彼は、入り用な衣糧の品を購《もと》めたり、施しものを頒《わ》け與《あた》えたり、巡歴の際の止宿や逗留の場處《ばしょ》を手配したりした。そして、凡てこれを、実に卒《そつ》無く熟《こな》したので、程無《ほどな》く、その骨折りを目に留めていた一部の弟子の共感を獲《え》た。ユダは、常に嘘を吐《つ》いていたが、悪事を労《はたら》く容子も無いので、みんなは、それにも馴れ、嘘は、彼の話しや語らいに独特の生彩《いろどり》を添え、実相を滑稽で時には膽《きも》の冷える物語りめいたものにしていた。

ユダの話しに據《よ》れば、彼は、凡ての人を知っているらしく、彼が識《し》るどの人も、人生に於いて、何らかの悪、若《も》しくは、罪すら犯した、と云うことになった。彼の考えでは、自身の行いと想いを匿《かく》せる人が善人と稱《よ》ばれるが、そんな人を丸め込んで宥《なだ》め賺《すか》して根掘り葉掘り訊き出せば、刺し疵《きず》から膿《うみ》が出るように、その人から凡《あら》ゆる嘘や不実や卑劣さが漓《なが》れ出す。

彼は、時折り嘘を吐くことを認めたが、他の人の方が澤山嘘を吐いており、この世に誰か騙《だま》された人が居るとすれば、それは、他ならぬユダ自身である、と云って、憚《はばか》らなかった。或る者は、あの手この手で、再々、彼を騙したものだった。例えば、或る富裕な貴紳に事《つか》える家令は、或る時、自分に托《たく》された財産を偸《ぬす》みたいと最《も》う十年この方考えているが、貴紳と自分の良心を恐れるが故《ゆえ》にできない、と彼に告白《うちあ》けた。其處《そこ》で、ユダは、彼を信じたが、彼は、不意に偸んで、ユダを騙した。それでも、ユダは、彼を信じたが、彼は、偸んだものをひょいと貴紳へ還《かえ》し、亦《また》、ユダを騙した。みんなが、畜生たちさえも、彼を騙しており、彼が犬を撫でると、犬は、彼の指を噬《か》み、彼が犬を棒で撲《ぶ》つと、犬は、彼の足を舐め、娘のように目を矔《みつ》め反《かえ》す。彼は、この犬を殺《あや》めて深く埋《うず》め、大きな石を据えもしたが、誰が、知ろう？若《も》しかすると、彼がそれを殺めた爲に、それは、却《かえ》って生きたものとなり、最早《もはや》、穴の中で臥しておらず、他の犬たちと陽気に駈け廻っているかも知れない。

みんな、ユダの話しを聆《き》いて、呵々《からから》と笑い、本人も、生きた嘲《あざけ》るような目を細めて、愉快そうに頰笑《ほほえ》んでいたが、笑みを泛《う》かべた儘、少し嘘を吐いたことを直ぐに認めた。自分は、その犬を殺めなかった。とは云え、騙されたくないので、其犬《そいつ》を見附けて必ず殺める。そんなユダの言葉に、みんな、もっと笑った。

けれども、時折り、彼は、自分の話しの中で、有りそうで真《まこと》しやかな話しの枠を踰《こ》え、動物すら具《そな》えていない癖を人間に擦《なす》り着け、決して有り得ないような未曽有の罪を發《あば》いた。そして、その際、極めて尊敬す可《べ》き人たちの名を挙げたので、或る者は、その中傷に憤《いきどお》り、或る者は、巫山戯《ふざけ》ながら、訊ねた。

「なぁ、ユダ、お前の父さんと母さんは、善人ぢゃなかったの？」

ユダは、目を稍《すこ》し細め、笑みを泛かべ、両手を左右に展《ひろ》げた。その凝《こご》った瞬《みひら》いた目は、頭と共に揺れて、無言で瞶《みつ》めていた。

「誰が、父さんだったっけ？　若《も》しかして、私を枝の笞《しもと》で擲《う》った奴、それとも、悪魔か、牡山羊《おやぎ》か、牡鶏《おんどり》か。ユダが、母さんと共寝《ともね》した男を、みんな知ってるって？　ユダには、父さんが澤山居るけど、誰奴《どいつ》のことを云ってるの？」

けれども、みんな、親を深く敬っていたので、頭に血が騰《のぼ》り、聖書に通暁《つうぎょう》するマタイ（訳註　十二使徒の一人）は、ソロモン（訳註　古代以色列《イスラエル》の第三代の王、父はダヴィデ）の言葉で峻《きび》しく告げた。

「己《おの》れの父母《ちちはは》を罵《ののし》る者は、その燈火《ともしび》暗闇《くらやみ》の中に消ゆ可《べ》し。（訳註　箴言　第二十章　第二十節）」

ゼベダイの子、ヨハネは、横柄に麁匆《ぞんざい》に云った。

「ぢゃ、僕たちは？　加略出身《カリオテ》のユダ、お前さん、僕らのことは、如何《どん》なふうに腐《くさ》す？」

けれども、彼は、駭《おどろ》いたふうに、両手を揮《ふ》って脊を丸め、道行く人に徒《いたづ》らに物を乞う丐《かたい》のように、哀れっぽく云った。

「吁《ああ》、哀れなユダが、嘗《こころ》みられる！　ユダが、嗤《わら》われ、哀れな信じ易いユダが、騙される！」

顔の一方は、道化のような渋面《しぶづら》を造り、最《も》う一方は、厳《いか》めしく鹿爪らしく搐れて、決して瞑《と》じ合わされぬ目が瞬《みひら》かれていた。誰よりも旺《さか》んに、誰よりも高らかに、イスカリオテの癲《てん》狂《ごう》を笑っていたのは、シモン・ペトロ。けれども、或る時、彼は、騒《にわ》かに顔を暈《くも》らせ、口数も減って鬱《ふさ》ぎ込み、袖を掔《つか》んでユダをすっと脇へ連れていった。

「ぢゃ、イエスは？　イエスのことは、怎《ど》う想う？——彼は、身を僂《かが》め、大きな耳語《ささや》き聲で訊ねた。——但《ただ》、茶化すなよ、頼むから」

ユダは、悪意を懐《いだ》いて、彼を見た。

「ぢゃ、お前さんは、怎《ど》う想う？」

ペトロは、喫驚《びっくり》し、嬉しそうに耳語《ささや》いた。

「俺は、彼は生きた神の子だと想う」

「ぢゃ、何で訊くの？　牡山羊の父を有《も》つユダが、お前さんに何を云える！」

「でも、お前さんは、彼を愛してるか？　ユダ、お前さんは、誰も愛してないみたいぢゃないか」

イスカリオテは、矢張《やは》り、妙な悪意を懐いて、ぽつんと云った。

「愛してる」

この遣《や》り取りの後、ペトロは、二日ほど、ユダを自分の朋輩《ほうばい》の蛸《たこ》と聲高《こわだか》に稱《よ》び、ユダは、ぎこちなく、矢張り、悪意を懐いて、何處か小暗い隅へと、彼から遁《のが》れようとし、其處で、陰気に坐り、白い瞑《と》じぬ目を炯《ひか》らせていた。

ユダの話しを真摯《まじめ》に聆《き》いていたのは、トマスだけで、彼は、嘘も、戯談も、見せ懸けも、言葉や思考の遊びも、解さず、萬事に於いて、正當なものや、明確なものを、探し索《もと》めていた。そして、悪人や悪行《あくぎょう》を繞《めぐ》るイスカリオテの凡《あら》ゆる話しを、端的《たんてき》な且《か》つ尤《もっと》もな指摘で、間断《かんだん》無く遮《さえぎ》っていた。

「其物《そいつ》は、證明が要る。お前さん、それ、自分で聞いたの？　その時、他に誰が居た？　その名は？」

ユダは、癇癪《かんしゃく》を起こし、みんな自分で見て聞いたと金切り聲を上げるが、一徹なトマスは、ユダが、嘘を認めるか、自分が後刻《あと》でたっぷりと吟味する新しい真《まこと》しやかな嘘を捏《でっ》ち上げるかするまで、尚も、静かにねちねちと問い質《ただ》した。そして、瑕疵《かし》に気附くや、素っ飛んできて、粛々とその嘘を發《あば》いた。総じて、ユダは、彼に強い関心を植え着け、これは、一方では、叫びや笑いや罵《のの》りに盈《み》ちた、他方では、静かな執拗《しつこ》い問いに溢れた、友誼《ゆうぎ》に類《に》たものを、二人の間に芽生えさせた。ユダは、時折り、この変わり種《だね》の友に堪え難い厭悪《えんお》を覚《おぼ》え、強《きつ》い眼差しで対手《あいて》を射抜きつつ、業腹《ごうはら》そうに殆んど祈るように云った。

「一體《いったい》、何がお望み？　洗い浚《ざら》い話したのに、洗い浚い」

「證明しておくれ。怎《ど》うして、牡山羊が、父親になれる？」トマスは、お構い無しに執拗く問い質し、応えを待った。

或る時、そんな問いの後、ユダは、急に黙り込むと、然《さ》も不思議そうに足から頭まで舐めるように対手を瞶《みつ》め、長い寸胴《ずんどう》や、灰色の顔や、清《す》んで明るい真っ直ぐな目や、鼻から剪《き》り揃えた硬い頤鬚《あごひげ》へと迄《いた》る二条《ふたすぢ》の太い皺を目にし、確信を以《もっ》て云った。

「トマス、お前は、正真正銘のお莫迦《ばか》さん！　如何《どん》な夢を見る、樹、壁、驢《うさぎうま》？」

すると、トマスは、何やら妙に狼狽《うろた》え、一言も辯駁《べんばく》しなかった。そして、ユダが最う眠ろうとして生きた忙《せわ》しない目を瞑《と》じつつあった夜闌《よふけ》に、自分の寝床から不意に聲高《こわだか》に告げた。

二人は、その頃には一つ屋根の上《うえ》で寝ていたのだった。

「ユダ、それは違う。私は、非道《ひど》い悪夢を見る。お前さん、怎《ど》う想う、夢って、見る人への報い？」

「自分の他に、誰か夢を見る？」

トマスは、静《そ》っと太息《ためいき》を吐《つ》くと、物想いに沈んだ。一方、ユダは、蔑《さげす》むように莞《にや》りとし、泥坊の目を強く瞑《きつ》じると、心沸き立つ夢や、奇天烈《きてれつ》な空想や、凸凹の頭蓋を八つ擘《ざ》きにする狂気の幻影に、安らかに身を委ねた。

イエスの猶太《ユダヤ》巡歴の際に、一行が何處かの邑《むら》へ近着くと、イスカリオテは、其處《そこ》の住人を悪《あ》し様《ざま》に云って危難を予告した。けれども、大抵、彼が腐《くさ》した人々は、キリストとその仲間を歓迎し、彼らに気を配り、愛を献《ささ》げ、信徒となり、ユダの銭函は、搬《はこ》ぶのに苦労するほど満たされた。すると、みんな、彼の早椽《はやとち》りを笑い、彼は、素直に、両手を左右に展《ひろ》げて、云った。

「然《そ》う！　然《そ》う！　ユダは、彼らを悪人かと想ったけど、彼らは、善人で、直ぐに信じ、金子《かね》を呉《く》れた。詮《つま》り、ユダは、亦、騙された、哀れな信じ易い加略《カリオテ》出身のユダ！」

けれども、或る時、彼らを款待《かんたい》した邑《むら》を最《も》う遠く去ってから、トマスとユダは、激論を始め、白黒着ける可《べ》く引き復《かえ》した。二人は、翌《あく》る日、漸《ようや》く、イエスと弟子たちに追い着き、トマスは、跋《ばつ》が悪そうに悄然《しょんぼり》とし、ユダは、みんなが自分に祝辞を陳《の》べて感謝するのを今か今かと待つかのような、鼻隆々《はなたかだか》な容子だった。トマスは、師へ近着くなり、決然《きっぱり》と云った。

「主よ、ユダの云う通りです。あれは、悪くて愚かな者たち、貴方《あなた》の言葉の種は、石の上へ落ちました。（訳註　マタイに因《よ》る福音書　第十三章　第一節〜第九節、マルコに因る福音書　第四章　第一節〜第九節、ルカに因る福音書　第八章　第四節〜第八節に、種を蒔く人に就《つ》いての記述）」

そして、邑で起きたことを報告した。イエスと弟子たちが其處を去った後、或る老婆が、自分の白い仔山羊が偸《ぬす》まれたと擾《さわ》ぎ出し、偸んだのは去った奴らだと云った。みんなは、それに異を唱えていたが、彼女がイエスの他に偸める者は居なかったと頑《がん》として云い張るので、多くの人が、それを信じ、追っ手を懸けようとさえした。程無く、藪《やぶ》に嵌った仔山羊が見附かったが、邑の衆は、それでも矢張り、イエスは詐欺師《ペテン》か偸人《ぬすっと》ですらあると極《き》め着けた。

「彌早《いやはや》！——ペトロは、鼻の孔を膨らませて、叫んだ。——主よ、お望みなら、俺があの白痴《たわけ》どもの許へ取って復《かえ》し、……」

けれども、ずっと黙《もだ》していたイエスは、彼に峻《きび》しい目を向け、ペトロは、口を噤んで、背後の者の後ろへ隠れた。そして、最う、誰も、何も起こらなかったかのように、ユダが正しくなかったかのように、その件に觸《ふ》れようとしなかった。彼は、分裂した強欲そうな鉤鼻《かぎばな》の顔を虔《つつま》しく見せようと、徒《いたづ》らに顔の向きを変えていたが、それを見る者は、無く、見るとしても、軽蔑すら感じられる劇《はげ》しい敵意を懐《いだ》いてであった。

方《まさ》にその日から、彼に対するイエスの態度が、何やら微妙に変化した。それまでにも、何故《なぜ》か、ユダは、決してイエスと直《ぢ》かに話しをせず、イエスも、決して彼に直かに話し懸けなかったが、その代わり、頻《しき》りに彼に優しい目を向け、彼の諸々の戯談に頰笑み、久《しば》らく姿を見ないと、ユダは何處かと訊いていた。それが、今では、弟子か民《たみ》へ語り始める度《たび》に、これまでと同様に、或いは、これまで以上に執拗《しつよう》に、ユダを目で捜すものの、恰《まる》で見ていないかのように彼を見ていたり、彼に脊を向けて坐って頭越しに言葉を懸けたり、彼に全く気附かぬ容子《ふり》をしたりしていた。そして、イエスが何を語るにせよ、例えば、今日は或ることを、明日は全く別のことを、或いは、ユダの考えと全く同じことを語るにせよ、悉《ことごと》くユダに忤《さから》って語っているようだった。イエスは、みんなにとっては、優しく美しい花であり、黎巴嫩《レバノン》（訳註　地中海に面する西亜細亜《にしアジヤ》の國）の郁《かぐわ》しい薔薇であるが、ユダにとっては、尖《するど》い棘《とげ》しか残さなかった。恰《まる》で、ユダには、心が無く、目も鼻も無く、彼には、優しく垢《けが》れ無き葩《はなびら》の美しさがみんなほど解らないかのように。

「トマス！　お前さん、黝《くろ》ずんだ顔と羚羊《かもしか》みたいな目をした黄色い黎巴嫩《レバノン》の薔薇は、好き？」或る時、彼は、友にそう訊ね、友は、素っ気無く応えた。

「薔薇？　呍《うん》、馥《かお》りはね。でも、薔薇に黝ずんだ顔と羚羊みたいな目が有るなんて、初耳」

「怎《ど》うして？　昨日、お前さんの新しい衣《ころも》を引き裂いた千手《せんしゅ》の仙人掌《サボテン》には、赤い花が一つと眼が隻《ひと》つしか無いのを、知らないの？」

　けれども、トマスは、昨日、慥《たし》かに、仙人掌が、自分の衣に引っ懸かって衣を哀れなほど寸裂《ずたずた》にしたのに、そのことを、知らなかった。彼、このトマスは、何でも訊いていたのに、何も知らず、その清《す》んだ明るい目で、餘りにも真っ直ぐに瞶《みつ》めており、その目を透して、腓《フェ》尼基《ニキア》（訳註　古代の地中海東岸に位置した歴史的地域名）の硝子《ガラス》を透すように、後ろの壁と其處《そこ》に繋がれた俛首《うなだ》れる驢馬《ろば》が、見えていた。

　稍《すこ》し経つと、矢張りユダが正しいと判った最う一つの事件が、出來《しゅったい》した。彼が餘り讃《ほ》めずに迂廻《とおまわ》りを勧めもした或る猶太の邑の衆は、キリストを憎らしげに迎え、彼が訓《おし》えを説いて僞善を發《あば》くと、熱《いき》り立ち、彼と弟子たちを石で擲《う》とうとした。対《むこ》うは、多勢《たぜい》であり、加略《カリオテ》出身のユダが居なかったなら、悪しき意《おも》いを遂げていたに違いない。早くもイエスの白い襯衣《シャツ》に血の涓滴《したたり》を見たかのようにその身を案じて狂おしい恐怖に囚《とら》われたユダは、猛然と闇雲に群衆へ躍り懸かり、威《おど》し、喚《わめ》き、乞い、誹《そし》り、そう爲《す》ることで、イエスと弟子たちに遁《に》げる隙《ひま》と機《しお》を與《あた》えた。十本足で走るが如く驚くほど捷《はしこ》くその憤《いきどお》り愬《うった》える状《さま》が滑稽で恐ろしい彼は、群衆の前で狂奔し、何やら異《あや》しい能《ちから》で群衆を惹き着けていた。彼は、拿撒勒人《ナザレびと》は、決して魔鬼に憑《つ》かれておらず、凡ての弟子や自分と同じように金子《かね》に目が無い詐欺師《ペテン》で偸人《ぬすっと》に過ぎない、と叫び、銭函を搖すり、媚び、平伏《ひれふ》し、乞うていた。すると、群衆の怒りは、徐々に厭悪《えんお》や嘲笑に変わり、石を摑んで揮《ふ》り上げた手も、下ろされた。

「こんな奴ら、真面《まとも》な人間が手に懸けるには及ばない」或る者は、そう云い、或る者は、疾歩《あしばや》に遠離《とおざか》るユダを、物想わしげに見送っていた。

そして、ユダは、亦、祝福や稱讃や感謝を期待し、寸裂《ずたずた》にされた衣を示し、こんなに撲《ぶ》たれたと嘘を吐《つ》いていたが、何故《なぜ》か、亦、裏切られた。激怒したイエスは、無言で潤歩し、ヨハネやペトロさえ、敢えて彼に近寄らず、稍《すこ》し怯《おび》えの残る仕合《しあ》わせな昂奮した面《おも》持ちで弊衣《へいい》を裹《まと》うユダを目にした者は、みんな、短い怒號《どごう》で彼を逐《お》い掃《はら》った。恰《まる》で、みんなを救ったのは、彼でなく、彼らが深く愛する師を救ったのは、彼でないかのように。

「愚か者たちを見たい？——彼は、思案げに後ろを歩くトマスに云った。——ほら、彼らが、羊みたいに群がって、道を漸《すす》んで埃を立ててる。お前さん、賢いトマスは、後ろを鈍々《のろのろ》と歩き、私、気高く美しいユダは、後ろを鈍々と歩く、主人には近着けぬ褻《けが》らわしい奴婢《ぬひ》のように」

「お前さん、何故、自分を美しいだなんて云うの？」トマスは、駭《おどろ》いた。

「だって、美しいもの」ユダは、自信に満ちて応え、如何に自分がイエスの敵を諚《あざむ》いて彼らとその愚かな石を嘲《あざけ》ったかを、滔々《とうとう》と尾鰭《おひれ》を附けて語った。

「でも、お前さんは、嘘を吐いた！」

「吽《うん》、吐いた。——イスカリオテは、素直に認めた。——私は、彼らが欲するものを與《あた》え、彼らは、私に要るものを還《かえ》した。でも、賢いトマス、嘘って、何？　イエスの死の方が、もっと大きな嘘だったんぢゃない？」

「お前さんの行いは、善くなかった。お前の父さんは、矢張り、悪魔。ユダ、彼が、お前さんにそんなことを訓《おし》えたんだ」

イスカリオテの顔が、蒼褪《あおざ》めて、颯《さ》っとトマスへ近着いた。白い雲が、逼《せま》って、道とイエスを覆い隠したかのように。ユダは、靭《しな》やかな動きで、矢張り颯っと彼を抱き寄せ、動けぬように犇《ぎゅ》っと擁《だ》き寄せ、耳元で耳語《ささや》き始めた。

「悪魔が、私に訓えた？　トマス、然《そ》うか、然うか。でも、私は、イエスを救ったろう？　詿《つま》り、悪魔は、イエスを愛してる、詿り、悪魔には、イエスと真実が入り用なの？　トマス、然《そ》うか、然うか。でも、私の父さんは、悪魔ぢゃなくて、牡山羊。萬一《ひょっと》して、牡山羊にも、イエスが入り用なの？　へえ？　お前さんたちには、彼は要らないの、違う？　そして、真実は、要らないの？」

艴然《むっ》として些《いささ》か駭然《ぎょっ》としたトマスは、ユダの搦《から》み着く抱擁から何とか遁《のが》れると、すたすたと歩き出したが、頭の裡《なか》を整理す可《べ》く、程無《ほどな》く、歩を緩めた。

一方、ユダは、静かに鈍々と後ろを歩き、徐々に後れていった。そして、遠くでは、行人《こうじん》が、斑《まだら》な群れを成し、小さな人影のどれがイエスか見別《みわ》けることは、最《も》う無理だった。そして、小さなトマスも、灰色の點と化し、みんな、曲り角の向こうにすっと消えた。ユダは、四圍《しい》を眗《みまわ》し、道を逸《そ》れると、石だらけの涸れ谷の底へ巨《おお》きく跳ねながら下りていった。衣は、颯《はやて》のような疾駈《しっく》の爲に膨らみ、腕は、今にも翔びそうに上がっていた。彼は、崖の上で、ひょいと足を辷《すべ》らし、石に打附《ぶつ》かり、疵《きず》だらけになりながら、灰色の毬のように、瞬く間に轉げ落ち、燹《ぱ》っと撥《は》ね起きるや、憤《いきどお》ろしく拳固で山を威《おど》した。

「お前まで、此畜生《こんちくしょう》！……」

そして、鋭《はや》い動きを重たく凝《こご》った鈍い動きに颯っと切り替えると、大きな石の傍《かたえ》に場處を見附け、緩《ゆっく》りと腰を下ろした。楽な姿勢を探すように體の向きを変え、掌を合わせた手を灰色の石の上へ置き、其處《そこ》に頭を脱然《ぐったり》と倚《もた》せ懸けた。そして、身動《みじろ》ぎもせず、灰色の石のように灰色で不動の儘で鳥たちを瞞《あざむ》きながら、一、二時間、坐っていた。彼の前後、そして、四方八方で、涸れ谷の壁が、鋭《するど》い線で碧落《へきらく》の端を截《た》つように聳《そび》え、至る處で、巨きな灰色の石が、地に刺さるように彳《た》ち、嘗《かつ》て其處に石の雨が降ってその重たい涓《しずく》が盡《つ》きぬ想いの裡《うち》に凝《こご》ったかのようだった。この荒れた人気《ひとけ》の無い涸れ谷は、断ち切られ覆《くつがえ》された髑髏《どくろ》を想わせ、どの石も、凝った思惟《しい》のようであり、夥《おびただ》しい石のどれもが、重苦しく、涯《はて》し無く、弛《たゆ》み無く、考えていた。

　すると、瞞《だま》された蠍《さそり》が、ユダの傍《かたえ》で、心易《こころやす》げにふらふらと蹌踉《よろ》めき歩いた。ユダは、頭を石から離さず、そちらへ目を遣《や》り、二つの静止した、二つの奇妙な白濁に覆われた、二つの盲いているようで恐ろしく克《よ》く見える、彼の目は、亦、何かに直《ぴた》っと留まった。すると、安らかな夜の闇が、地から、石から、罅裂《われめ》から、立ち騰《のぼ》り、微動だにせぬユダを包んで、明るい蒼褪めた空へすっと匍《は》い颺《あ》がり、夜が、自らの想いや夢を伴《つ》れて、遣《や》ってきた。

　その夜、ユダは、宿へ戻らず、飲み喰いの支度の爲に思惟を迾《さえぎ》られた弟子たちは、彼の無《づ》検《ぼ》束《ら》に不平を鳴らした。

Ⅲ

或る日の正午時《まひる》、イエスと弟子たちは、蔭の無い石だらけの山径を通って五時間餘り旅を続けていた爲、イエスは、疲労を愬《うった》え始めた。弟子たちは、足を停め、ペトロは、友のヨハネと共に、自身や他の弟子たちの円套《マント》を地面《ぢべた》に布《し》き、上の方では、二つの隆《たか》い石の間にそれらを渡し、イエスに天幕のようなものを造《こしら》えた。それで、イエスは、炎天から解放され、その中に横たわり、彼らは、陽気な話しや戯談《じょうだん》で師を愉しませていた。けれども、お喋《しゃべ》りも師をげんなりさせているのを察し、自分たちは、疲れも暑さも然《さ》ほど苦にならないので、稍《すこ》し距《はな》れて種々《いろん》な閑潰《ひまつぶ》しに沒頭した。或る者は、山の斜《なぞえ》の石の間に食べられる根を探し出すと、イエスへ持っていき、或る者は、更に上を目指して物想わしげに水色の遠景の極《はて》を窮《きわ》めようとして叶わないと、尖った巓《いただき》の別の石へ登った。ヨハネは、美しい翠《あお》い蜥蜴《とかげ》を石の間に見附けて柔らかい掌に載せると、静かな笑みを泛《う》かべてイエスへ持っていき、蜥蜴は、謎めいた出目《でめ》で彼の目を瞶《みつ》めてから、その温かい腕に冽《つめ》たい胴を颯《さ》っと爬《は》わせ、柔らかな顫《ふる》える尾を何処《どこ》かへすっと運び去った。

静かな気霽《きば》らしを好まないペトロとピリポ（訳註　十二使徒の一人）は、大きな石を山から剝がして下へ抛《ほう》る力競《ちからくら》べをしていた。すると、二人の哄笑に惹き着けられた他の者たちも、周圍《まわり》に鳩《あつ》まって遊びに加わった。彼らは、蹂《ふ》ん張って草生《くさむ》した古い石を地面から剝がし、両手で高々と持ち扛《あ》げ、斜《なぞえ》に抛った。重たい石は、ごつんと當たり、一寸躕《ちょっとためら》ってから、蹈ん切り悪く一つ目の跳躍を行い、地面に觸《ふ》れる度《たび》に疾《はや》さと強さを增しながら、軽快で獰猛で凡てを破砕するものと化す。それは、最早《もはや》、跳ねるのではなく、齒を剝いて飛んでおり、空気は、颼《ひゅう》と鳴り、その角張らぬ丸い巨漢を見送った。そして、石は、突端で最後の滑らかな動きで舞い颺《あ》がり、静かに、重苦しい沈思の裡《うち》に、見えない淵の底へと弧を畫《えが》いて隕《お》ちていった。

「どれ、最《も》う一丁！」ペトロは、號《さけ》んだ。皓《しろ》い齒が、黒い頤鬚《あごひげ》と口髭の間で燦《きら》めき、逞しい胸と腕が、剝き出しにされ、怒った古い石は、自分を擔《かつ》ぎ扛《あ》げる力に呆《ほう》けたように駭《おどろ》きながら、次々と温和《おとな》しく奈落へ運ばれていった。華奢《きゃしゃ》なヨハネさえ、小振りな石を抛り、イエスは、静かな笑みを泛かべて、彼らの気霽《きば》らしを眺めていた。

「ユダ、怎《ど》うした？　あんなに愉しそうなのに、何故、仲間に這入《はい》らん？」トマスは、大きな灰色の石の蔭で凝《ぢ》っとしている変わり種《だね》の友を目にすると、訊ねた。

「胸が疼《いた》いし、招《よ》ばれてないし」

「招ぶも、招ばないも、有るか？　こうして私が招んでるんだから、行け。ほら、ペトロは、あんな石を抛ってやがる」

ユダは、何気無《なにげな》く眄《ながしめ》で彼を見たが、その時、トマスは、加略《カリオテ》出身のユダには二つの顔が在るのに暈《ぼんや》りと気附いた。けれども、それが判然としない内《うち》に、ユダは、媚びて嘲《あざけ》るような例の調子で云った。

「ペトロより強い奴なんて、居る？　彼が號《さけ》ぶと、救い主が來たと想って、耶路撒冷中《イェルサレムぢゅう》の驢馬《ろば》が同じように嘶《いなな》く。トマス、そんな嘶き、聞いたかい？」

ユダは、愛想好《あいそよ》く頰笑《ほほえ》みながら、赤い縮れ毛の生えた胸を羞《は》じらうように衣《ころも》で隠し、遊びの輪へ加わった。みんな、上機嫌だったので、囃し立てながら歓んで彼を迎え、ヨハネさえ、ユダが態《わざ》とらしくおっと叫んで喘《あえ》ぎながら巨《おお》きな石を攫《つか》んだ時には、大らかに頰笑んだ。けれども、ユダは、それを軽々と持ち扛《あ》げて抛り、瞶《みひら》いた盲《めし》いた目は、一寸《ちょっと》搖れてから、ペトロを凝《ぢ》っと見据え、最《も》う一つの狡そうで愉しげな目は、静かな笑いで盈《み》たされた。

「否《いや》、お前さん、もっと抛れ！」ペトロは、口惜《くや》しそうに云った。

すると、二人は、代わる替わる巨きな石を持ち扛《あ》げて抛り、弟子たちは、呆気《あっけ》に取られて見ていた。ペトロが、大きい石を抛れば、ユダは、もっと大きい石を抛る。顔を顰《しか》めた一心不乱のペトロは、蹌踉《よろ》めきながら、怒気を含んで岩の欽片《かけら》を動《ゆる》がし、擔ぎ扛《あ》げて投げ落とし、ユダは、尚も頬笑みながら、もっと大きい欽片を探し出し、長い指で優しく獅嚙《しが》み附き黏《へば》り着いて、共に搖れて蒼褪《あおざ》めながら、それを淵へ送っていた。ペトロは、石を抛ると、後ろへ仰《の》け反《ぞ》って、その落下を目で追い、ユダは、前蹈《かが》みに脊を丸めて、石を追って翔び去りたいかのように、幽《かす》かに搖れ動く長い腕を伸ばしていた。竟《つい》に、初めに、ペトロが、続いて、ユダが、白っぽい古い石を蹔《つか》んだものの、何方《どちら》も、持ち扛《あ》がらなかった。顔に紅《べに》を潮《ちょう》したペトロは、ずかずかとイエスに近着くと、聲高《こわだか》に云った。

「主よ！　ユダが俺より強いなんて、堪《たま》りません。俺があの石を持ち扛《あ》げて抛るのを、援《たす》けてください」

すると、イエスは、彼に何かを静《そ》っと告げた。ペトロは、不服そうに寛《ひろ》い肩を竦《すく》めたが、敢えて駁《ばく》せず、こう独語《つぶや》きながら、戻った。

「師は、云われた、誰がイスカリオテを援ける？」

けれども、ペテロは、肩で息をして齒を喰い縛って手強《てごわ》い石に尚も搦《と》り着いているユダを目にし、愉快そうに笑い出した。

「これが、病人だとさ！　見ろよ、俺たちの病んで哀れなユダが、何を為《し》てるか！」

するとヽひょいと嘘が露見《ばれ》て了《しま》ったユダも、笑い出し、みんなも、笑い出し、トマスさえ、頬笑《ほほえ》んで、唇に懸《か》かる真っ直ぐな灰色の口髭を一寸展《ひろ》げた。そして、みんな、和気藹々《わきあいあい》と談笑しながら、其處《そこ》を發《た》ち、勝者と悉《すっか》り和睦したペトロは、時折り、対手《あいて》の脇を拳固で小突いて、呵々大笑《かかたいしょう》した。

「これが、病人だとさ！」

みんな、ユダを讃《ほ》め、みんな、彼に軍配を上げ、みんな、彼と睦まじく語らっていた。けれども、イエスは、亦《また》しても、ユダを讃める気がしなかった。彼は、拗《むし》った草を嚼《か》みながら、黙然《むっつり》と前を行き、弟子たちは、次々に笑うのを歇《や》め、イエスの方へ身を寄せた。そして、程《ほど》無《な》く、亦《また》しても、みんな、一團《いちだん》を成して前を行き、ユダが、勝ったユダが、強いユダが、埃を嚥《の》みつつ孤《ひと》り鈍々《のろのろ》と後に続く形になった。

軈《やが》て、彼らは、足を停め、イエスは、耶路撒冷《イェルサレム》が靄《もや》の奥から見えてきた遠方を片手で示しつつ、最《も》う片方の手をペトロの肩へ置いた。すると、ペトロの寛《ひろ》く逞しい脊中は、日に灼《や》けた師の纎《ほそ》い手を押し戴いた。

彼らは、伯大尼《ベタニヤ》（訳註　耶路撒冷《イェルサレム》近郊の邑《むら》）のラザロ（訳註　イエスの友人。マルタとマリアの弟。

死後四日目にイエスに依《よ》り甦生《そせい》）の家に逗留した。みんながお喋《しゃべ》りをしに鳩《あつ》まった時、ユダは、ペトロを負かした自分の話しが出るものと近くに陣取った。けれども、弟子たちは、口数も寡《すく》なく、何時《いつ》になく物想わしげだった。來《こ》し方《かた》の映像が、陽も、石も、艸《くさ》も、天幕に臥せるキリストも、快い沈思を齎《もたら》しつつ、日輪の下の無窮動《むきゅうどう》のようなものを繞《めぐ》る朧《おぼろ》げとは云え甘美な夢想を生みながら、静かに脳裡を過《よぎ》っていた。疲れた體は、心地好く憩い、総身が、何やら謎めいて美しい大いなるものを意《おも》い、誰も、ユダのことなど顧《かえり》みなかった。

ユダは、出ていき、そして、戻ってきた。イエスは、語り、弟子たちは、師の話しを静聴していた。彼の足許《あしもと》では、マリアが、彫像宜《よろ》しく身動《みじろ》ぎもせずに坐《ざ》し、頭を反らして師の面《おもて》を瞶《みつ》めていた。傍《そば》へ寄ったヨハネは、師を煩《わずら》わせずにその衣《ころも》に手を觸れようとして觸れると、身が竦んだ。ペトロは、イエスの話しに呼吸で相槌を打つように、荒く息をしていた。

イスカリオテは、閾《しきい》の傍で停まると、一同を蔑《さげす》むように無視し、その眼光は、専《もっぱ》らイエスへ濺《そそ》がれていた。瞶めていると、周圍《まわり》の一切が、消え失せ、闇と静寂に包まれ、手を上げるイエスだけが、輝いていた。けれども、それは、恰《あたか》も宙に浮いて溶けていき沈む月の影の射し込む湖の上の霧で全身が造られているかのようになり、その柔らかな話し聲が、何處か悠《はる》か遠い處《ところ》で優しく響いていた。ユダは、搖れる幻影に視入《みい》りつつ、遠い幻の言葉たちの優しい旋律に聆《き》き入りながら、鐵《てつ》の指で心を丸ごと摑《つか》み、その心の無邊の闇の中で、何か巨きなものを黙々と築き始めた。深い闇の中で、緩《ゆっく》りと、山に肖《に》た何かの巨塊を持ち扛《あ》げ、淀み無く積み上げ、亦、持ち扛《あ》げ、亦、載せると、何かが、闇の中で成長し、音も無く拡がり、領土を殖《ふ》やしていった。すると、彼は、自身の頭を円蓋のように感じ、その円蓋の漆黒の闇の中で、巨きなものが成長を続け、誰かが、黙々と労《はたら》き、山に肖《に》た巨塊を持ち扛《あ》げ、積み上げ、亦、持ち扛げた……。そして、遠い幻の言葉たちが、何処かで優しく響いていた。

彼は、大きな黒い扉を塞ぐ形でそうして彳《たたず》み、イエスは、語り、ペトロの断々《きれぎれ》の荒い息は、喘々《ぜいぜい》とその言葉に相槌を打っていた。けれども、イエスは、音をぷつんと迹切《とぎ》らせて不意に口を緘《と》じ、ペトロは、目醒《めざ》めたように感谷《かんきわ》まって號《さけ》んだ。

「主よ！　貴方《あなた》は永遠の命の言葉を知っておられる！（訳註　ヨハネに因《よ》る福音書　第六章　第六十八節「爾《なんぢ》は永遠の生命《いのち》の言葉を有《たも》つ」）」

けれども、イエスは、黙って何処かを矚めていた。視線の先では、口を洞然《ぽかん》と開けて目が點になったユダが、扉口に彳《た》ち竦んでいた。みんなは、事の次第が呑み込めず、笑い出した。聖書に通暁《つうぎょう》するマタイは、ユダの肩に軽く觸れ、ソロモンの言葉で告げた。

「柔和に見る者は赦《ゆる》され、門で遇《あ》う者は他者を壓《お》す。（訳註　箴言　第十二章　第十三節　括弧内の附記)」

ユダは、ぎくっとし、駭《おどろ》きの聲すら幽《かす》かに泄《も》らし、彼の凡ては、目も、手も、足も、ひょいと頭上に人間の目を見た獣のように、四方八方へ遁《に》げ出したかのようだった。イエスは、ユダの方へ真っ直ぐに歩んで何かを独語《つぶや》き、展《ひら》かれて今は自由な扉へ向かって、ユダの前を素通りした。

最《も》う夜半《よなか》のこと、気に懸《か》かったトマスは、ユダの寝床へ近着き、踞《しゃが》んで訊ねた。

「ユダ、涕《な》いてるの？」

「否《いや》。トマス、あっちへ去《い》っとくれ」

「何故、呻《うめ》いて齒軋《はぎし》りなんかしてるの？　具合いでも、悪いの？」

ユダは、一寸《ちょっと》、黙り、その直後、愁いと怒りに盈《み》ちた重たい言葉が、堰《せき》を切って口から迸《ほとばし》った。

「何故、彼は、私を愛してないの？　何故、彼は、彼らを愛してるの？　私は、彼らより美しくも立派でも力強くもないの？　彼らが負け犬のように腰を抜かして遁《に》げる間に彼の命を救ったのは、私だろ？」

「哀れな友よ、然《そ》うとも云えん。お前さんは、美しくないし、言葉だって、顔と同じくらい忌《い》まわしい。お前さんは、何時《いつ》も嘘を吐《つ》き悪口を云う癖《くせ》に、イエスに愛されたいの？」

けれども、ユダは、対手《あいて》の話しが聞こえないかのように、暗闇《くらがり》でもぞもぞと身動《みじろ》ぎながら、続けた。

「何故、彼は、ユダとでなく、彼を愛してない彼らと、一緒なの？　ヨハネは、彼に蜥蜴を持っていったけど、私なら、彼に毒蛇を持っていく。ペトロは、石を抛ったけど、私なら、彼の爲に山を覆《くつがえ》す！　でも、毒蛇って、何？　歯を抜いたら、只の頸粧飾《くびかざり》。でも、手で崩せて足で蹂《ふ》める山って、何？　私なら、ユダを、雄々しく美しいユダを、彼に献《ささ》げる！　彼は、今に泯《ほろ》び、彼と共に、ユダも泯ぶ」

「ユダ、お前さん、何やら妙なこと云ってるぞ！」

「斧で伐《き》る可《べ》き枯れた無花果《いちじく》（訳註　マタイに因《よ》る福音書　第二十一章　第十八節～第二十二節、マルコに因る福音書　第十一章　第十二節～第十四節　第二十節～第二十四節に、無花果に就《つ》いての記述）、それが私、彼はそう云った。何故、彼は、伐らん？　できないからさ、トマス。私には、お見徹《みとお》し、彼は、ユダが怕《こわ》いんだ！　彼は、雄々しく強く美しいユダから竄《かく》れてる！　彼は、愚か者を、裏切り者を、嘘吐きを、愛してる。お前さんは、嘘吐きだ、トマス、お前さん、それを聞いたこと有る？」

トマスは、喫驚《びっくり》し、辯駁《べんばく》したかったが、ユダは悪態を吐《つ》いているだけと想い、暗闇《くらがり》で首を掉《ふ》る許《ばか》り。ユダは、一層鬱《ふさ》ぎ込んで、呻いて齒軋りし、懸け布の下では、巨軀《きょく》が、もぞもぞと動いていた。

「ユダの何が、こんなに疼《うづ》く？　誰が、この體へ火を壓《お》し着けた？　彼は、倅《せがれ》を犬どもへ献《ささ》げる！　彼は、娘を凌辱の爲に、嫁を淫蕩の爲に、盗賊どもへ献げる。でも、ユダの心は、優しくない？　あっちへ去《い》っとくれ、トマス、あっちへ去っとくれ、白痴《たわけ》。孤《ひと》りにしておくれ、強く雄々しく美しいユダを！」

Ⅳ

ユダは、数第納里《すうデナリ》（訳註　古代羅馬《ローマ》の小額銀貨）を竊《くす》ね、それは、幾干金子《いくらかね》が這入《はい》ったかを見るともなしに見ていたトマスのお蔭で、露見した。ユダが偸《ぬす》みを労《はたら》くのは初めてでないことが察せられ、みんな、熱《いき》り立った。激昂したペトロは、衿を拏《つか》んで曳《ひ》き摺《ず》らん許《ばか》りにしてユダをイエスの許へ連れていき、怯《おび》えて蒼褪《あおざ》めたユダは、手対《てむか》わなかった。

「師よ、ご覧有れ！　此奴《こいつ》は、巫山戯《ふざけ》た野郎です！　此奴は、狐鼠泥《こそどろ》です！　貴方《あなた》は、奴を信じましたが、奴は、俺たちの金子をちょろまかしています。偸人《ぬすっと》！　陸《ろく》でなし！　貴方がお許しなら、この俺が……」

けれども、イエスは、黙《もだ》していた。そして、ペトロは、彼を凝《ぢ》っと見ると、顔を颯《さ》っと赧《あか》らめ、拏《つか》んでいた手を衿から離した。ユダは、極《き》まり悪げに衣《ころも》を直し、ペトロを閃《ちら》っと睇《ぬすみみ》ると、悔いた罪人のように温和《おとな》しく打ち沈んだ風態《そぶり》を見せた。

「彌早《いやはや》！」ペトロは、憤然とそう云うと、ばたんと矍《かしがま》しく扉を閉めて、出ていった。みんなは、不満を抑え切れず、ユダとは断じて袂を訣《わか》つと告げていたが、ヨハネは、何やらぴんと來るものが有り、イエスの静かで優しくすらあるような聲が泄《も》れ聞こえる扉の内《なか》へ辷り込んだ。そして、稍々《やや》有って出てきた時には、蒼褪めており、俯《ふ》せた目が、泣き脹《は》らしたように赤かった。

「師は、云われた……。ユダは、好きなだけ金子を取って可《い》い、と」

ペトロは、肚立たしげに笑い出した。ヨハネは、咎めるように彼を見ると、急に顔を真っ紅にし、忿怒と泪を、泪と怡悦《いえつ》を、綯《な》い交ぜて、聲高に叫んだ。

「誰も、ユダが幾干金子《いくら》を受け取ったか、算《かぞ》えてはならぬ。彼は、私たちの兄弟であり、凡《すべ》ての金子は、私たちのものであると共に彼のものであり、澤山要るなら、彼は、誰にも告げず、誰にも訊かず、好きなだけ取るが可《い》い。ユダは、私たちの兄弟であり、お前たちは、彼を非道《ひど》く疵《きず》附けた、師は、そう云われた……。兄弟たち、僕らは、愢《は》づ可《べ》きだ！」

扉口には、蒼褪めて苦笑《にがわら》いを泛《う》かべたユダが彳《た》っており、ヨハネは、軽やかな動きで近着くと、三度、彼に接吻《くちづ》けした。続いて、ヤコブ（訳註　十二使徒の一人。ヨハネの兄）、ピリポ、その他の者が、顔を見合わせ、跋《ばつ》が悪そうに近着いた。ユダは、接吻の度《たび》に口を拭《ぬぐ》ったが、恰《まる》でその音が快感であるかのように、ちゅっと大きな音をさせて、接吻した。最後に、ペテロが、近着いた。

「ユダ、俺たちは、みんな、愚かで、みんな、盲《めし》い。彼だけが、見えて、彼だけが、賢い。俺も、接吻して可《い》いか？」

「怎《ど》うしてさ？　爲《す》れば可《い》い！」ユダは、許した。

ペトロは、劇《はげ》しく唇を襲《かさ》ね、耳元で我鳴《がな》った。

「おっと、お前さんの息の根を停める處《ところ》だった！　彼らは、あんなふうだが、此方《こっち》は、吭《のどぶえ》を扼《し》めたからな！　疼《いた》くなかったか？」

「一寸」

「彼の許へ行って、悉《すっか》り話すよ。逆《むか》っ肚《ぱら》、立て了《ちま》ったからな」ペトロは、静《そ》っと音を立てずに扉を排《あ》けようとしながら、悲しげに云った。

「トマス、お前さん、怎《ど》うする？」弟子たちの言動を見戌《みまも》っていたヨハネは、峻《きび》しい調子で訊ねた。

「未《ま》だ分からん。考えてみないと」

そして、トマスは、永いこと、殆んど日がな一日、考えていた。弟子たちは、各々の用を達《た》しに散り、ペトロは、早くも、何處《どこ》か壁の向こうで、陽気な聲を張り上げていたが、トマスは、尚も、遅疑《ちぎ》していた。もっと早く答えを出せたろうが、嘲《あざけ》るような目で執拗《しつこ》く容子を偵《うかが》いながら時折り真顔でこう訊ねるユダが、烟《けむ》たかった。

「トマス、怎《ど》う？　如何《どん》な塩梅《あんばい》？」

それから、ユダは、自分の銭函を搬《はこ》んでくると、硬貨をじゃら附かせ、大聲で、態《わざ》とトマスの方を見ずに、金子《かね》を算《かぞ》え始めた。

「二十一、二十二、二十三……。ほら、トマス、亦、贋の硬貨。吁《ああ》、誰奴《どいつ》も、此奴《こいつ》も、飛《と》んだ詐欺師《ペテン》、贋金を寄進するとは……。二十四……。その内《うち》に、亦、ユダが偸《ぬす》んだ、なんて云うんだ……。二十五、二十六……」

そして、最《も》う暮色《ぼしょく》の逼《せま》る頃、トマスは、臍《ほぞ》を固め、彼に近着き、こう云った。

「ユダ、彼の云う通り。接吻させてくれ」

「然《そ》うなの？　二十九、三十。無駄さ。私は、亦、偸む。三十一……」

「自分のものも、他人のものも、無いのに、怎《ど》うして、偸める。兄弟、お前さんは、要るだけ取れば可《い》い」

「お前さん、彼の言葉を反覆《くりかえ》すのに、こんなに時間が懸かったの？　賢いトマス、お前さんは、時間を大切にしないんだね」

「兄弟、お前さん、私を調戯《からか》ってるな？」

「でも、有徳のトマス、彼の言葉を反覆《くりかえ》すのが、善いこと？　だって、《自分のもの》と云ったのは、彼であり、お前さんぢゃないんだから。私に接吻したのは、彼であり、お前さんたちは、私の口を汚《よご》しただけ。お前さんたちの沾《ぬ》れた唇が、未《ま》だ爬《は》ってる感じ。善良なトマス、竦然《ぞっ》とするぜ。三十八、三十九、四十。四十第納里《デナリ》、トマス、検《あらた》める？」

「だって、彼は、私たちの師。師の言葉を反覆《くりかえ》して、何処《どこ》が悪い？」

「ユダの衿は、脱《と》れ了《ちま》ったの？　今や、彼は、丸裸で拏《つか》みようが無いの？　師が家を留守にして、ユダが亦ひょいと三第納里《デナリ》を竊ねても、お前さんたちは、衿を拏《つか》まないの？」

「ユダ、私たちには、最《も》う解ってる。私たちは、解ったんだ」

「如何《どん》な弟子も、忘れっぽいんぢゃないの？　如何な師も、弟子たちに騙《だま》されたんぢゃないの？　師が笞《むち》を揮《ふる》うと、弟子たちは、叫ぶ。師よ、解りました！　師が寝了《ねちま》うと、弟子たちは、こう云う。師が教えてくれたのは、これぢゃないのでは？　それと同じこと。今朝、お前さんは、私を泥坊と稱《よ》んだ。今晩、お前さんは、私を兄弟と稱ぶ。明日、お前さんは、私を何と稱ぶ？」

ユダは、笑い出し、じゃら附く重たい函を片手でひょいと持ち上げながら、続けた。

「強い風が吹くと、芥《ごみ》が舞う。すると、愚か者たちは、芥を見て云う。ほら、風！　でも、それは、只の芥、善良なトマス、足で蹂《ふ》まれた驢馬《ろば》の糞《まり》。それは、壁に當たって静かに落ちるが、風は、更に流れる、風は、更に流れる、善良なトマス！」

ユダは、深切《しんせつ》にも壁を踰《こ》える容子を手で擬《ま》ねると、亦、笑い出した。

「お前さんが陽気なのは、結構。――トマスは、云った。――でも、その陽気さが悪意に盈《み》ちてるのは、実に残念」

「こんなに接吻されてこんなに役に立つ人間が、陰気で居られる？　私が三第納里を竊ねなければ、ヨハネは、怡悦《いえつ》ってものを知った？　ヨハネが自分の濕った美徳を、トマスが自分の蝕《しみ》に喰われた知性を、蟲干しの爲に吊るす鉤《かぎ》であること、これが、愉快でない筈《はず》が、有る？」

「私は、最《も》う去《い》った方が、可《よ》さそうだな」

「戯談。戯談だよ、善良なトマス、私は、お前さんが、爺《じじ》むさく忌《い》まわしいユダに、三第納里を竊ねて淫賣《いんばい》に呉《く》れてやった泥坊に、本當に接吻がしたいのか、知りたかっただけ」

「淫賣に？——トマスは、仰天した。——それ、師に話した？」

「ほら、トマス、お前さん、亦、疑ってる。然《そ》う、淫賣に。でも、トマス、何て不仕合《ふしあ》わせな女だったか、解って欲しい。女は、二日、何も食べてなかった……」

「それは、慥《たし》か？」トマスは、狼狽《うろた》えた。

「吽《うん》、勿論。何せ、私が、二日、女と共に居て、女が何も食べずに赤葡萄酒許《ばか》り飲んでるのを、この目で見てたんだから。女は、へろへろ、ふらふら、此方人等《こちとら》も、倶仆《ともだお》れ……」

トマスは、すっと立ち上がり、颯っと何歩か離れると、麁匆《ぞんざい》に云った。

「ユダ、お前さん、魔王《サタン》に憑《つ》かれたな」

そして、逼《せま》る夕闇の中を遠離《とおざか》りつつ、ユダの腕の中で銭函が立てる哀れっぽい音を耳にしていた。ユダは、笑っているかのようだった。

けれども、早くも、翌《あく》る日、トマスは、自分がユダを誤解していたことを、イスカリオテが実に正直で温柔《おんじゅう》であると共に真摯《まじめ》であったことを、認めざるを得なかった。ユダは、媚びず、毒舌を弄さず、阿《おもね》らず、辱《はずかし》めず、自分の爲事《しごと》を黙々と人知れず熟《こな》していた。相変わらず、捷《はしこ》く、みんなのように足が二本でなく十本有るかのようだったが、それまで何を爲《す》るにも附いて廻った鬣狗《ハイエナ》のような泣き聲も叫び聲も笑い聲も上げずに、音も無く、駈け廻っていた。イエスが語り出すと、静かに隅に坐を占め、両の手足を畳み、大きな目で衿を正して見ていたので、多くの人が、目を瞠《みは》った。他人の悪口も已《や》め、口数も寡《すく》なかったので、峻《きび》しいマタイですら、感心し、ソロモンの言葉で告げた。

「その隣《とな》りを侮《あなど》る者は智慧《ちえ》無し、聡《さと》き人はその口を噤《つぐ》む。（訳註　箴言　第十一章　第十二節）」

そして、ユダの過去の毒舌を匂わすように、指を一本、樹《た》てた。みんなも、程無《ほどな》く、ユダのそんな変化に気附いて喜んだが、イエスだけは、嫌悪を直《ぢ》かに何かで表わすことは決して無いものの、相変わらず、他處々々《よそよそ》しく彼を見ていた。ユダがイエスの愛弟子《まなでし》そして三第納里の一件に於ける自分の味方として深い敬意を表していたヨハネは、彼に幾干《いくら》か温和に接するようになり、時には会話を交わすことさえ有った。

「ユダ、お前さん、怎《ど》う想う、――或る時、彼は、鷹揚《おうよう》に云った。――キリストの天の王國で彼の一番傍《そば》に來るのは、ペトロと僕の何方《どっち》？」

ユダは、一寸《ちょっと》考え、応えた。

「お前さん」

「でも、ペトロは、自分だと想ってる」ヨハネは、莞《にや》りとした。

「否《いや》。ペトロは、あの大聲で天使をみんな逐《お》い散らしちゃう、お前さん、彼が號《さけ》ぶのを聞いてるだろ？ 勿論、彼は、自分もイエスを愛してるって云うんだから、お前さんに異を唱え、我先に席を占めようとする。でも、彼は、最《も》う年齒《とし》、お前さんは、未《ま》だ若い。彼は、足が重く、お前さんは、足が駿《はや》い。キリストと共に向こうへ一番乗りするのは、お前さん。違う？」

「呍《うん》、僕は、イエスを置いてかない」ヨハネは、點頭《うなづ》いた。

そして、その日、シモン・ペトロも、ユダに同じことを訊いた。けれども、自分の大聲を他人《ひと》に聞かれるのを憚《はばか》り、ユダを建て物の裏の一番奥の隅まで連れていった。

「ぢゃ、お前さん、怎《ど》う想う？――彼は、懼《おそ》る懼る訊ねた。――お前さんは、賢く、師ですら、賢いお前さんを讃《ほ》め、お前さんは、真実が云える」

「勿論、お前さん」イスカリオテが、淡《あっさ》り応えると、ペトロは、色を作《な》して號《さけ》んだ。

「奴にもそう云ってんだ！」

「でも、勿論、彼は、あの世でもお前さんから一番の席を簒《うば》おうとする」

「無論！」

「でも、お前さんが先手を打ったら、奴に何ができる？　だって、お前さん、イエスと共に向こうへ一番乗りするだろ？　お前さん、彼を一人置いてかない？　彼が石と稱《よ》んだのは、お前さんのことだろ？」

ペトロは、ユダの肩に手を置き、語気暴《あら》く云った。

「なぁ、ユダ、お前さんは、俺たちの内《うち》で一番賢い。但《ただ》、何でそんなに皮肉屋で意地悪なんだ？　師は、それを愛されない。でなければ、お前さんも、ヨハネに負けぬ愛弟子になれるのに。但《ただ》、俺は、お前さんにも、――ペトロは、威《おど》すように手を上げた。――イエスの隣りの席は遜《ゆず》らん、地上でも、天上でも！　可《い》いな！」

ユダは、そんなふうに対手《あいて》が喜ぶことを誰にでも爲《し》ていたが、その際、何かを侂《たく》らんでいた。そして、何時《いっ》も変わらず僾《つつま》しく扣《ひか》えめで目立たない存在でありながら、対手が特に悦に入るようなことを誰にでも云えた。例えば、トマスには、こんなことを。

「拙《つたな》き者は凡ての言葉を信ず、賢き者はその行《あゆみ》を慎《つつし》む。（訳註　箴言　第十四章　第十五節）」

過度の飲食に悩まされてそれを恥《は》ぢていたマタイには、彼が崇める賢者ソロモンの言葉を引いた。

「義《ただ》しき者は食を得て飽《あ》く、されど悪しき者の腹《はら》は空《むな》し。（訳註　箴言　第十三章　第二十五節［露西亜語の聖書では、第二十六節］）」

けれども、対手を喜ばせることも、有り難みを増す爲に滅多に口にせず、寧《むし》ろ、黙り勝《が》ちで、凡ゆる話しに耳を清《す》まし、何かしら考えていた。とは云え、考えるユダの姿は、不快で滑稽であると同時に、恐怖を懐《いだ》かせた。彼は、生きた狡そうな目が動いている時には、実直な善人に見えたが、両目が直《ぴた》っと静止して秀でた額の皮が奇妙な瘤や皺を造《こしら》える時には、何か極めて特異な意《おも》いが頭蓋の裡《うち》を運《めぐ》っているのではと云う重苦しい憶測が生じた。極めて異質で極めて特殊で全く言葉を有《も》たぬそれらの意いは、考えるイスカリオテを死のような謎の沈黙で包み、早く喋《しゃべ》って身動《みじろ》いで嘘を吐《つ》いて欲しいとさえ想われた。何故《なぜ》なら、そうした希望も応答も無い死のような沈黙を前にしては、人間の言葉で語られる嘘ですら、真実や光明《こうみょう》に想われたのだから。

「ユダ、亦、考えごとか？——ペトロは、意《おも》いに耽るユダの死のような沈黙をその朗らかな聲と顔で不意に破り、それらの意いを何處か暗い隅へ逐《お》い遣《や》るように聲高に云った。——何、考えてる？」

「諸々《もろもろ》」イスカリオテは、静かに頬笑《ほほえ》んで応えた。彼は、自分の沈黙が他人に好からぬ影響を及ぼしているのに気附いたらしく、弟子たちから距《はな》れていることが多くなり、孤《ひと》りで散歩をして多くの時を過ごしたり、傾斜の緩い屋根に升《のぼ》って静かに坐《ざ》していたりしていた。トマスは、最《も》う幾度か、暗闇《くらがり》で灰色の堆《やま》のようなものにひょいと出喰わして其處からユダの手足が忽然《ぬっ》と現れて道化《どうけ》めいた聲が聞こえたのに些か駭《おどろ》いたことが有った。

或る時、ユダは、何やら極めて鮮烈に且《か》つ奇妙に嘗《かっ》てのユダを彷彿させたが、それは、方《まさ》に天の王國に於ける上席を繞《めぐ》る口論の場でのことだった。ペトロとヨハネは、師の面前でイエスの隣席を劇《はげ》しく争って啀《いが》み合い、自分の手柄を列《なら》べ立ててイエスへの自分の愛の程《ほど》を示し、激昂し、喚《わめ》き散らし、想わず罵《ののし》りさえし、怒りで顔に紅《べに》を潮《ちょう》するペトロは、低音《バス》を轟《とどろ》かせ、蒼褪めて寡黙なヨハネは、手を顫《ふる》わせて喰って懸かっていた。二人の諍《いさか》いが、最早《もはや》、目に餘るものとなり、師が、眉を顰《ひそ》め出すと、ペトロは、ひょいとユダに目を遣《や》り、得意げに哄笑《たかわら》いを始め、ヨハネも、ユダに目を向け、矢張《やは》り、莞《にや》りとした。何方《どちら》も、賢いイスカリオテが自分に告げたことを憶い出したのだった。そして、二人は、目前の勝利の美酒に酔いながら、暗黙の諒解の裡《うち》にユダを審判に招《よ》び、ペトロは、聲高に切り出した。

「さぁ、賢いユダ！　云ってくれ、何方《どっち》が、イエスの一番傍に來るか、奴か、俺か？」

けれども、ユダは、黙《もだ》し、荒く息をし、貪婪な目でイエスの穏やかな深い眼差しに何かを問うていた。

「然《そ》うとも、——ヨハネも、鷹揚に反覆《くりかえ》した。——彼に云って遣《や》れ、何方《どっち》が、イエスの一番傍に來るか」

ユダは、イエスから目を離さずに徐《おもむ》ろに立ち上がると、静かに勿體《もったい》振《ぶ》って応えた。

「私！」

イエスは、徐《そ》っと目を俯せた。イスカリオテは、骨張った指で静《そ》っと胸を敲《たた》きながら、厳《いか》めしく重々しく反覆《くりかえ》した。

「私！　私が、イエスの傍に來る！」

そして、出ていった。その大膽不敵《だいたんふてき》な振る舞いに駭《おどろ》いた弟子たちは、二の句が接《つ》げず、ペトロだけが、何かをひょいと憶い出すと、意外にも小さな聲でトマスに耳語《ささや》いた。

「奴の意《おも》いは、其處《そこ》か！……。お前さん、聆《き》いたか？」

V

方《まさ》にその時、イスカリオテのユダは、背信への水端《みずはな》となる運命の一歩を踏み出し、大祭司アンナスを密《こっそ》り訪ねた。彼は、非道《ひど》く邪慳に遇《あしら》われたが、狼狽《うろた》えず、一対一の永い面談を求めた。そして、垂れた重たい瞼の下から蔑《さげす》むように彼を見ていた無愛想《ぶあいそう》で儼《いか》めしい老翁《ろうおう》と相《さし》対《むかい》になると、彼、敬虔なユダは、詐欺師《ペテン》を摘發して法の手に委ねると云う唯一つの目的で拿撒勒人《ナザレびと》イエスの弟子になった、と告げた。

「で、その拿撒勒人《ナザレびと》とは、何者？」アンナスは、イエスの名を初めて耳にする容子《ふり》をし、侮《あなど》るように訊ねた。

ユダも、大祭司の妙な不案内を信じる容子《ふり》をし、イエスの説教や奇蹟、彼の法利賽人《ファリサイびと》や聖堂への嫌悪、彼の絶えざる律法破《おきてやぶ》り、更には、聖職者の手から権力を簒《うば》って独自の王國を樹《た》てる彼の野望のことを、悉《つぶさ》に語った。実に巧みに虚実を綯《な》い交ぜたので、アンナスは、更に目を凝《こ》らして彼を一瞥し、懶《ものう》げに云った。

「猶太《ユダヤ》には、詐欺師《ペテン》や気狂《きちが》いが寡《すく》ないとでも?」

「否《いや》、彼は、険呑《けんのん》な人物。――ユダは、向きになって駁《ばく》した。――彼は、法に背《そむ》いています。萬人《ばんにん》よりも一人が泯《ほろ》ぶ方が、好《い》いでしょう」

アンナスは、黠頭《うなづ》いた。

「だが、彼には、弟子が大勢居るらしいが?」

「唯《ええ》、大勢」

「而《しか》も、彼らは、彼を深く愛してるようだが?」

「唯《ええ》、愛してる、と云っています。深く愛してる、我が身よりも、と」

「だが、彼を捕《と》らえようとすれば、彼らは、黙っちゃいないのでは? 騒擾《ごたごた》を起こすのでは?」

ユダは、一頻《ひとしき》り、意地悪そうに笑った。

「彼ら? あれは、石を拾おうと身を僂《かが》めただけで遁《に》げていく臆病な犬ども。彼らは!」

「そんなに悪い奴らなのか?」アンナスは、冷ややかに訊ねた。

「善人が悪人からでなく、悪人が善人から遁げます? へぇ! 彼らは、善人だから、遁げるんです。善人だから、竄《かく》れるんです。彼らは、善人なので、イエスを柩《ひつぎ》へ納める段になって、のこのこ現れるんです。そして、彼らは、自分たちで納棺しますから、お前さんは、処刑するだけで可《い》い！」

「でも、彼らは、彼を愛してるんだろう？　お前さんは、自分でそう云ったが」

「彼らは、師を恒《つね》に愛してますが、生ける師よりも、死せる師を。師が生きてると、問答を仕懸けられ兼ねず、具合いが悪い。けれども、師が亡くなれば、自分たちが師となり、具合いが悪いのは、最早《もはや》、別の者たち！　へぇ！」

アンナスは、見透《みす》かすように裏切り者を一瞥し、その凋《しぼ》んだ唇に皺が寄ったが、それは、彼が頬笑《ほほえ》んでいる徴《しるし》だった。

「お前さん、彼らに怨《うら》みでも有るのか？　そう見えるが」

「賢いアンナス、お前さんの慧眼《けいがん》を免れ得るものが、在りましょうか？　お前さんは、ユダの心をずばりと見抜きました。然《しか》り。彼らは、哀れなユダを虚假《こけ》にしました。そして、奴は三第納里《デナリ》を竊《くす》ねた、と曰《のたま》いました。恰《まる》で、ユダが、以色列《イスラエル》で一番の正直者でないかのように！」

そして、二人は、更に永いこと、イエスと弟子たちのことや以色列の民《たみ》への彼の致命的な影響に就《つ》いて語らっていたが、慎重で狡猾《ずるがしこ》いアンナスは、その時は、確答を避けた。彼は、夙《と》うに、イエスに目を着けており、夙うに、縁者や朋輩《ほうばい》及び長官や撒都該人《サドカイびと》との密談に於いて、加利利《ガリラヤ》出身の預言者の運命を決していた。けれども、予《かね》てより悪人で嘘吐《つ》きとの噂を耳にしていたユダを、信じておらず、弟子や民の小心さへ寄せる彼の浅慮《あさはか》な期待を、信じていなかった。アンナスは、自分の力を信じていたが、流血を惧《おそ》れ、血気熾《けっきさか》んな耶路撒冷《イェルサレム》の順《まつろ》わぬ民が事も無く惹き起こす恐ろしい暴動を惧れ、更には、羅馬《ローマ》の官憲の峻《きび》しい干渉を惧れていた。抵抗に依《よ》って煽られ、それを浴びる凡《あら》ゆるものに命を与《あた》える民の紅い血に依って肥大した、邪宗は、益々、勢いを増し、靭《しな》やかな環で、アンナスをも、権力をも、彼の凡《すべ》ての朋輩をも、扼《し》め殺す。そして、イスカリオテが二度目に彼の扉を敲いた時、アンナスは、気が動顛《どうてん》して、会わなかった。けれども、晝《ひる》となく夜となく開かずの扉を敲いて隙間へ息を吹き込む風のように執拗《しつこ》いイスカリオテは、再々、彼の許へ歩を運んだ。

「お見受けする處《ところ》、賢いアンナスは、何かを惧れてらっしゃる」漸《ようや》く大祭司への面会を許されたユダは、云った。

「私は、豪《つよ》い、何も惧れぬ。——アンナスは、横柄に応え、イスカリオテは、双手《もろて》を差し伸べ、諛《へつら》うように頭を下げた。——何を望んどる？」

「拿撒勒人《ナザレびと》を、お前さんたちに、引き付《わた》したい」

「奴など、要らん」

ユダは、頭を下げ、恭《うやうや》しく大祭司を瞶《みつ》め、待った。

「失せよ」

「でも、亦《また》、伺《うかが》います。尊敬するアンナス、違います？」

「お前さんは、通されん。失せよ」

けれども、加略《カリオテ》出身のユダは、再々、扉を敲き、老いたアンナスの許へ通された。無愛想《ぶあいそう》で悪意に盈《み》ちて心労で滅入《めい》っている彼は、裏切り者へ黙って目を遣《や》り、対手《あいて》の凸凹の頭の毛を算《かぞ》えていたかのようだった。とは云え、ユダも、口を締《むす》んで、大祭司の疎らな白い頤鬚の毛を算えていたかのようだった。

「何だ？　亦、此處に？」怒ったアンナスは、対手の頭へ唾を吐くように、横柄に麁匆《ぞんざい》に云った。

「拿撒勒人《ナザレびと》を、お前さんたちに、引き付《わた》したい」

二人は、瞶《みつ》め合い、黙り込んだ。尤も、ユダは、冷静に見ていたが、アンナスは、早くも冬の昧爽《まいそう》の霜のように冷たく乾いた静かな憎悪にちくちく螫《さ》され始めた。

「イエスの代償に、幾干《いくら》、欲しい？」

「幾干《いくら》、呉《く》れます？」

アンナスは、愉快そうに、嘲《あざけ》るように、云った。

「恰《まる》で、詐欺師《ペテン》の一味。與《や》れるのは、銀貨三十枚」

そして、足が二本でなく十本有るかのように捷《はしこ》いユダが全身をぴく附かせて動き出し駈け廻り始めたのを目にし、北叟笑《ほくそえ》んだ。

「イエスの代償に？　銀貨三十枚？――彼は、アンナスを欣《よろこ》ばせた驚歎の聲で、喚《わめ》き始めた。――拿撒勒人《ナザレびと》のイエスの代償に！　銀貨三十枚でイエスを購《あがな》う心算《つもり》？　銀貨三十枚でイエスを賣《う》り渡せると想ってるの？」

ユダは、ひょいと壁の方を向くと、長い腕を上げながら、白く平らな面に向かって、哄笑《たかわら》いを始めた。

「聞いた？　銀貨三十枚とは！　イエスの代償に！」

アンナスは、矢張《やは》り、北叟笑むように、素っ気無く云った。

「厭なら失せよ。もっと廉《やす》く賣る者を探す」

そして、二人は、穢《きたな》い広場で役立たずの襤褸《ぼろ》を手から手へ投げ渡したり叫んだり請《う》け合ったり罵《ののし》ったりする古着商のように、熱くて凄まじい値段の交渉に這入《はい》った。ユダは、奇妙な法悦に涵《ひた》ったり駈け巡ったりくるくると廻ったり叫んだりしながら、彼が賣り渡す人の美點を指折り算《かぞ》え上げていた。

「彼が善人であり病人を癒《なお》すこと、お前さんに云わせると、これが何にも値《あたい》しないの？　えっ？　否《いや》、正直に云ってください！」

「若《も》しも、お前さんが……」ユダの激した言葉に冷たい憎悪が一気に掻《か》き立てられて顔を真っ紅にしたアンナスは、喙《くち》を容《い》れようとしたが、対手は、お構い無しに遏《さえぎ》った。

「彼が沙崙《シャロン》の水仙や谷の百合（訳註　雅歌　第二章　第一節）のように美しくて若いことが？　えっ？　これが何にも値《あたい》しないの？　それとも、彼はよぼよぼの役立たずで、ユダは老い耄《ぼ》れた牡鶏《おんどり》を賣り附ける、とでも云うの？　えっ？」

「若《も》しも、お前さんが……」アンナスは、叫ぼうとしたが、ユダの嵐の如き必死の辯舌《べんぜつ》が、その年寄り染みた聲を風に舞う羽のように運び去っていた。

「銀貨三十枚！　それぢゃ、一滴の血は、一奥波勒斯《オボルス》（訳註　古代希臘《ギリシャ》などの小額銀貨）もしない！　一顆《ひとつぶ》の泪は、半奥波勒斯《オボルス》もしない！　呻《うめ》きは、四分の一奥波勒斯！　叫びは！　痙攣は！　心の臟が停まるのは？　目が瞑《と》じるのは？　只《ロハ》ってこと？」イスカリオテは、大祭司に詰め寄り、手や指や怒濤《どとう》の言葉の狂おしい動きで対手の全身を包圍しつつ、捲《まく》し立てた。

「全部で！　全部で！」アンナスは、喘《あえ》いでいた。

「それで、幾干《いくら》、儲かるの？　へぇ？　ユダから悉《すっか》り捲《ま》き上げて、その子供たちから一片《ひときれ》の麵麭《パン》を捥ぎ取る心算《つもり》？　餘《あんま》りだ！　広場へ行って、こう叫びます、アンナスは、哀れなユダの身包《みぐる》みを褫《は》ぎました！　お救《たす》け有れ！」

へとへとになったアンナスは、柔らかい短靴で床を強く踏み鳴らし、腕を揮《ふ》り始めた。

「出てけ！……。出てけ！……」

けれども、ユダは、鰥《にわ》かに鞠躬如《きっきゅうじょ》として遜《へりくだ》り、温和《おとな》しく両手を左右に展《ひろ》げた。

「でも、お前さんが、そんなに……。お前さんは、何故《なぜ》、我が子の仕合わせを希《ね》う哀れなユダに肚を立てるんです？　お前さんにも、子が有りますよね、麗しき若い衆《しゅ》たちが……」

「私たちは、他の者を……。私たちは、他の者を……。出てけ！」

「でも、譲歩しないなんて、云いました？　私は、他の者ならイエスを十五奥波勒斯《オボルス》で賣り渡すと云うお前さんを、信じないでしょうか？　二奥波勒斯で？　一奥波勒斯で？」

そして、ユダは、更に低く腰を僂《かが》め、阿《おもね》り諛《へつら》いながら、示された額に温和《おとな》しく同意した。顔を真っ紅にしたアンナスは、顫《ふる》える筋張った手で阿堵《あと》を渡すと、黙って外方《そっぽ》を向き、ユダがその銀貨をみんな齒で検《あらた》めるのを、口をもぐもぐさせて待っていた。そして、時折り、振り向いては、灼傷《やけど》したように、亦《また》、天井を振り仰ぎ、頻《しき》りに口をもぐもぐさせていた。

「輓近《ちかごろ》、贋金が矢鱈《やたら》多い」ユダは、冷静に云った。

「それは、敬虔な人が聖堂へ寄進した浄財」アンナスは、剽《すばや》く振り向くと、紅らんだつるつるの脰《うなじ》をもっと剽くユダの目に晒《さら》し、そう云った。

「でも、敬虔な人は、真贋を甄《みわ》けられます？　それができるのは、詐欺師《ペテン》だけ」

ユダは、手にした金子《かね》を家へ運ばずに城外の石の下に匿《かく》すと、死闘の末に暗い窠《あな》へ鈍々《のろのろ》と匍《は》い戻る傷負《てお》いの獣《けもの》宛《さなが》らに、重たく鈍《にぶ》い足取りで静かに帰ってきた。けれども、ユダには、窠でなく、家が有り、家の中には、イエスが居た。法利賽人《ファリサイびと》や毎日聖堂で自分を囲繞《いにょう》する者たちの白く燿《かがよ》う秀でた額の壁との断えざる闘いに身を虐《さいな》まれ劬《つか》れて痩せた彼は、ざらつく壁に頬を密着《くっつ》け、坐った儘、熟睡しているらしかった。展《ひら》いた窗《まど》から街の喧騒《けんそう》が流れ込み、壁の向こうでペトロが新しい卓子《テエブル》を造える為《こしら》に釘を打ったり静かな加利利《ガリラヤ》の歌を口遊《くちずさ》んだりしていたが、イエスは、何も耳に這入らず、すやすやと眠っていた。そして、それが、銀貨三十枚で彼らが購《あがな》った人だった。

ユダは、音を立てずに前へ漸《すす》み、病める我が子の目を醒《さ》ますのを惧《おそ》れる母親の優しい気遣いと窠を出て白い花にひょいと心を奪われた獣の駭《おどろ》きを以《もっ》て、その柔らかな髪に静《そ》っと觸《ふ》れ、すっと手を引っ込めた。最《も》う一度、觸れ、音を立てずに出ていった。

「主よ！――彼は、云った。――主よ！」

そして、後架《こうか》へ出ると、悶えて身を捩《よじ》り、胸を爪で抓《か》き毟《むし》り、肩を噬《か》みながら、一頻《ひとしき》り、哭《な》いていた。想い泛《う》かべたイエスの髪を撫で、優しい言葉や可笑《おか》しい言葉を静《そ》っと独語《つぶや》き、齒軋《はぎし》りしていた。それから、哭いて呻いて齒軋りするのをぱたっと歇《や》め、耳を欹《そばだ》てる人のように涕《な》き沾《ぬ》れた顔を横へ傾《かし》げ、深い物想いに沈んだ。苦しく毅然として何ものにも無縁な彼は、永いこと、運命そのもののように佇《た》っていた。

……ユダは、不幸なイエスを、その儚《はかな》い生涯の最後の日々に、静かな愛や濃《こま》やかな気配りや優しさで包んでいた。初めて戀をする處女《おとめ》のように内気で臆病で殊《こと》の外《ほか》纎細で敏感な彼は、イエスの口に出さない仄《ほの》かな希《ねが》いを読み取り、師の、感受や、哀しみの一閃《いっせん》や、疲労の辛い瞬刻の、秘かな奥底に通じていた。イエスの足は、何處《どこ》へ向かおうとも、柔らかなものに出合い、眼差しは、何處へ向けられようとも、心地好いものを見出だした。ユダは、以前は、イエスの傍に侍《はべ》る抹大拉《マグダラ》（訳註　以色列《イスラエル》北東部、加利利《ガリラヤ》湖北西岸の町）のマリアやその他の女たちを好かず、彼女らを非道《ひど》く調戯《からか》って些か不愉快な目に遭わせていたが、今では、彼女らの朋輩《ほうばい》そして滑稽で鈍臭《どんくさ》い盟友となった。何時《いつ》までも執拗《しっこ》く同じことを訊ねながら、深い興味を以て、イエスの小さな愛す可《べ》き癖に就《つ》いて彼女らと語らい、仔細有りげに金子《かね》を手や掌に把《にぎ》らせると、彼女らは、龍涎香《りゅうぜんこう》やイエスが迚《とて》も好んだ郁《かぐわ》しい高價《こうか》な沒薬《もつやく》を買ってきて、師の足を拭いた。自分は、値切りに値切ってイエスの爲に高價《たか》い葡萄酒を購《もと》めたり、それをペトロが量のことしか念頭に無い人間の無頓着さで殆んど空にして了《しま》うと青筋を立てて怒ったり、樹や花や緑の殆んど無い石勝《いしが》ちの耶路撒冷《イェルサレム》で嫩《わか》い春の花や緑の草を何處からか手に入れて彼女らにイエスへ届けてもらったりしていた。穉子《おさなご》を何處か中庭か通りで捕《つか》まえて、泣かれぬように仕方無く接吻しつつ、生まれて初めて腕に擁《だ》いてきて、髪が縮れて鼻の汚《よご》れた何やら小さくて黒っぽいものが、物想いに沈むイエスの膝へひょいと飜《は》い上がって愛撫を強請《ねだ》る、と云ったことも、屢《よ》く有った。そして、二人が睦み合っている間、ユダは、春に囚人《めしうど》の許へ蝶を放ち入れて今は規律の紊《みだ》れを喞《かこ》つ容子《ふり》をする怖い看守《かんしゅ》のように、嚴《いか》めしくその邊を徜徉《ぶらつ》いていた。

闇と共に不安も窗邊《まどべ》に居坐る晩には、イスカリオテは、加利利《ガリラヤ》へと、自分には無縁ながらイエスにとっては愛す可《べ》き水静かにして岸緑なる加利利へと、話柄《わへい》を巧みに導いた。そして、ペトロの衷《うち》で干涸《ひから》びた憶い出が目を醒《さ》まし、凡てが賑やかで華やかで濃《こま》やかだった鮮明な情景と共に愛しい加利利の生活が耳目《じもく》に泛《う》かんでくるまで、重たいペトロを揺り動かしていた。イエスは、童子《どうじ》のように口を半開きにし、聆《き》く前から最《も》う目で笑いながら、彼の熱の罩《こ》もった朗々たる愉快な話しを喰い入るように聆《き》き、時には、彼の戯談《じょうだん》に餘りにも笑い過ぎて、何分《なんぷん》か話しを中断することさえ有った。けれども、ペトロよりも語りが巧《うま》かったのは、ヨハネであり、彼の話しには、滑稽なものや奇を衒《てら》うものこそ無かったが、凡てが、実に沁み沁みとして味わいが有り韶《うつく》しかったので、イエスは、目に泪を泛かべ、静《そ》っと太息《ためいき》を吐《つ》き、ユダは、抹大拉《マグダラ》のマリアの脇を小突き、感谷《かんきわ》まって耳語《ささや》いた。

「あの話しっ振《ぷ》り！　聆《き》いてる？」

「勿論、聆いてなくってさ」

「否《いや》、もっと克《よ》く聆いて。女子《おなご》ってのは、克く聆けた先蹤《ためし》が無いんだから」

その後、みんな、静かに寝床へ散り、イエスは、感謝を罩《こ》めて、ヨハネに優しく接吻《くちづ》けし、丈高いペトロの肩を優しく撫でた。

ユダは、羨望でなく鷹揚《おうよう》な侮蔑の念を懐《いだ》いて、その愛撫を眺めていた。彼が、加略《カリオテ》出身のユダが、石の間で産まれた赤毛の醜い猶太人が、知っていることと比べたら、そんな話しや接吻や太息など、屁《へ》でも無い！

Ⅵ

ユダは、片方の手でイエスを裏切りつつ、最《も》う片方の手で自身の倊《たくら》みを何とか挫《くじ》こうとしていた。彼は、女たちのように耶路撒冷《イェルサレム》への最後の険呑《けんのん》な道行きを断念させようとはせず、寧《むし》ろ、耶路撒冷の征服は御業《みわざ》の成就《じょうじゅ》に虧《か》かせないと考えていたイエスの弟子や縁者たちの側に附いてさえいた。けれども、危険に就《つ》いて執拗《しつこ》く口を酸っぱくして警《いまし》め、法利賽人《ファリサイびと》のイエスへの凄まじい憎悪や、罪を犯して加利利《ガリラヤ》出身の預言者を隠密に或いは公然と殺《あや》める彼らの肚積《はらづ》もりを、活寫《かっしゃ》していた。彼は、毎日、毎時、これを説き、ユダがその前に彳《た》って威《おど》すような指を樹《た》てて峻《きび》しく誡《いまし》める口調でこう云わないような信徒は、一人も無かった。

「イエスを戍《まも》らねば！　イエスを戍らねば！　その刻限《とき》が至れば、イエスを庇《かば》わねば」

けれども、弟子たちの、師の能《ちから》へ寄せる絶大な信頼の所爲《せい》か、正當性の自覺、乃至《ないし》、単に無分別の所爲か、ユダの臆した言葉は、失笑を買い、止め處《ど》無い忠告は、不平すら惹《まね》いた。

ユダが二口《ふたふり》の劍を何處《どこ》かで手に入れてきた時、ペトロだけが、それを欣《よろこ》んで劍とユダを讃《ほ》め、他の者たちは、不満げに云った。

「俺たちは、剣を佩《は》かねばならん兵士？　イエスは、預言者でなく司令官《たいしょう》？」

「でも、彼らが、彼を殺《あや》めようとしたら？」

「民《たみ》が挙《こぞ》って彼に味方するのを見たら、そんな真似は為《す》まい」

「為《し》たら？　怎《ど》うなる？」

ヨハネは、蔑《さげす》むように云った。

「ユダ、お前さん一人、師を愛してるみたいぢゃないか」

ユダは、毫《すこ》しも肚を立てず、その言葉に喰らい着くと、熱心に、とことん執拗く、問い質《ただ》し始めた。

「でも、お前さんたちは、彼を愛してる、然《そ》うだろう？」

そして、イエスの許へ通っていた信徒の内《うち》で、彼が反覆《くりかえ》しこう訊ねないような者は、一人も無かった。

「彼を愛してる？　深く愛してる？」

すると、誰もが、愛してると応えた。

彼は、頻《しき》りにトマスと語らい、長くて垢《よご》れた爪の生えた骨張って克《よ》く䦆《つか》める指を警告するように樹《た》て、仔細《しさい》有りげに釘を刺した。

「トマス、恐ろしい刻限《とき》が逼《せま》ってる。お前さんたち、備えは萬全《ばんぜん》？　お前さんは、何故《なぜ》、私が持ってきた剣を把《と》らなんだ？」

トマスは、冷静に応えた。

「私たちは、武器の扱いに熟《な》れとらん。羅馬《ローマ》兵と闘えば、鏖《みなごろし》にされる。それに、お前さんは、剣を二口《ふたふり》しか持ってこなかったが、二口の剣で何ができる？」

「もっと手に這入《はい》る。兵士たちから鹵獲《ぶんど》る」ユダは、愌《じ》れったそうに駁《ばく》し、四角四面のトマスでさえ、真っ直ぐに垂れた口髭の間から笑みを泄《も》らした。

「吁《あぁ》、ユダ、ユダ！　其物《そいつ》は、何處《どっ》から？　羅馬兵の剣のようだが」

「偸《ぬす》んだ。もっと偸めたけど、擾《さわ》がれたんで、逭《ずらか》った」

トマスは、想いに沈み、悲しげに云った。

「ユダ、亦、善からぬことを。何故、偸む？」

「だって、他人のものなんて、無いんだろ！」

「吽《うん》、でも、明日、兵士らは、お前たちの剣は何處か、と訊かれるだろ？　そして、見附からなければ、謂《い》われも無く罰《ばつ》を喰らう」

後日、イエス亡き後、弟子たちは、ユダのこの話しを想い復《かえ》し、奴は自分たちをも勝ち目の無い死闘へ捲《ま》き込んで師諸共《しもろとも》に滅ぼそうとした、と結論した。そして、更《あらた》めて、裏切り者の加略《カリオテ》出身のユダの憎き名を咒《のろ》った。

そんな遣《や》り取りの度《たび》に、肚の蟲が治まらぬユダは、女たちの許を訪ね、愚痴を喞《こぼ》した。そして、彼女らは、喜んで彼の話しに耳を欹《かたむ》けた。ユダのイエスへの愛に見られる女性的なものや優しいものは、双方を昵着《ちかづ》け、彼の彼女らに対する態度には、未《ま》だ幾干《いくら》か侮蔑が滲んでいたものの、彼女らの目には、彼が正直で心が通じ合い美しくさえある人物に映っていた。

「あれが、人間？——彼は、盲《めし》いた静止した目を心易《こころやす》げにマリアへ向け、弟子たちのことを苦々《にがにが》しく愚痴った。——あれは、人間ぢゃない！　奴らの血管《ちくだ》には、一奥波勒斯《オボルス》分も血が無い！」

「でも、貴郎《あんた》、何時《いつ》だって、他人《ひと》のこと、悪く云ってたぢゃない」マリアは、云い反《かえ》した。

「何時か、他人のこと、悪く云った？——ユダは、駭《おどろ》いた。——慥《たし》かに、奴らのこと、悪く云ったけど、奴らだって、最《も》う一寸優《ちょっとまし》でも可《よ》かったろう？　吁《ああ》、マリア、愚かなマリア、怎《ど》うして、お前さんは、男ぢゃなくて、剣を佩《は》けないいんだろう！」

「重た過ぎて、持ち上がんない」マリアは、頰笑《ほほえ》んだ。

「男が極悪なら、持ち上がる。お前さん、私が山で見附けた百合、イエスに渡してくれた？　晨起《はやお》きして見附けたけど、今日は、朝暉《あさひ》が真っ赫だったよ、マリア！　彼、喜んでた？　頰笑《ほほえ》んだ？」

「唯《ええ》、喜んでたわ。花は加利利《ガリラヤ》の馥《かお》りがする、って」

「で、お前さん、豈夫《まさか》、これは、ユダが摘んできました、加略《カリオテ》出身のユダが、なんて云わなかった？」

「貴郎《あんた》が、云うなって、云った癖に」

「否《いや》、可《い》いんだ、別に可いんだ。――ユダは、太息《ためいき》を吐《つ》いた。――でも、女子《おなご》ってのは、矢鱈《やたら》口が軽いから、迂濶《うっか》り口を辷らせたかも。でも、辷らせなかった？　聢《しっか》りしてた？　然《そ》う、然う、マリア、お前は、好《い》い女だ。実はね、私には、女房が何處《どっ》かに居るんだ。会ってみたい、萬一《ひょっと》して、悪くない女かも。判んないけど。ユダは嘘吐《つ》き、シモンのユダは意地悪、なんて抜かすから、棄て了《ちま》った。でも、萬一して、好い女かも、お前さん、判らん？」

「貴郎《あんた》の奥さんに会ったことも無いのに、何で判るの？」

「然《そ》う、然う、マリア。で、お前さん、怎《ど》う想う、銀貨三十枚って、大した金子《かね》？　それとも、端《はし》た金子？」

「端た金子だわ」

「勿論、勿論。で、お前さん、娼婦《あそびめ》だった頃、幾干《いくら》、貰ってた？　銀貨五枚、否《いや》、十枚？　お前さん、高價《たか》かった？」

抹大拉《マグダラ》のマリアは、赧《あか》くなって項低《うなだ》れ、顔は、房々《ふさふさ》の金髪に悉《すっか》り埋もれ、丸くて皎《しろ》い頤《おとがい》だけが覗いていた。

「ユダ、貴郎って、何て意地悪！　そんなこと、妾《あたし》は忘れたいのに、貴郎は憶い出すのね」

「否《いや》、マリア、忘れるこたぁない。怎《ど》うして？　お前さんが娼婦《あそびめ》だったことを、みんなは忘れても、お前さんは憶えとくんだ。みんなは匆々《さっさ》と忘れる可《べ》きだけど、お前さんが忘れるこたぁない。怎《ど》うして？」

「だって、罪だもの」

「怕《こわ》がるのは、未《ま》だ罪を犯してない人。最《も》う罪を犯した人に、怕《こわ》いものが有る？　生者でなく死者が、死を恐れる？　死者は、生者やその怯《お》じ気《け》を嗤《わら》ってるよ」

二人は、そうやって睦まじく坐って何時間も語らい、彼は、凸凹の頭と非道《ひど》く分裂した顔を有《も》つ已《すで》に老いて筋張った醜い男であり、彼女は、夢やお伽噺《とぎばなし》に魅せられるように人生に魅せられた若く羞《は》ぢらう優しい女だった。

一方、時は、淡々と流れ、銀貨三十枚は、石の下に横たわり、恐ろしい裏切りの日が、避け難く逼《せま》っていた。イエスは、最《も》う驢馬《ろば》の仔に騎《の》って耶路撒冷《イェルサレム》へ入城し、民は、その行く手に衣《ころも》を布《し》きつつ、歓呼して迎えた。

「救《ホ》い給《サ》え《ナ》！　救《ホ》い給《サ》え《ナ》！　主の御名《みな》に由《よ》りて來《きた》る者！」

歓喜が餘りにも大きく、歓呼の中に彼への愛が餘りにも抑え難く溢れていたので、イエスは、涕《な》いており、弟子たちは、矜《ほこ》らかにこう云っていた。

「俺たちと一緒に居るのは、神の子？」

そして、自分たちも、歓呼していた。

「救《ホ》い給《サ》え《ナ》！　救《ホ》い給《サ》え《ナ》！　主の御名に由《よ》りて來《きた》る者！」

その晩は、みんな、慶《よろこ》ばしく晴れやかな歓迎を顧《ふりかえ》り、永いこと、寝に就かなかったが、ペトロは、気が狂《ふ》れたようであり、愉楽と驕慢の魔鬼《まき》に憑《つ》かれたようであり、他人《ひと》の話しを悉《ことごと》く掻《か》き消しながら、獅子吼《ししく》し、哄笑を丸くて大きい石のような他人《ひと》の頭へ投げ懸けながら、呵々大笑《かかたいしょう》し、ヨハネに接吻し、ヤコブに接吻し、ユダにさえも接吻していた。そして、自分がイエスの身を甚く案《いた》じていたものの民のイエスへの愛を目の當たりにしたので、最《も》う何も怕《こわ》くない、と云い觸らしていた。イスカリオテは、生きた克《よ》く見える目を駭《おどろ》いたふうに颯《さ》っと動かしながら、方々《ほうぼう》を眺めたり、物想いに沈んだり、亦《また》、見たり聆《き》いたりし、それから、トマスを脇へ連れていき、銛《するど》い眼差しで壁に釘附けにすると、疑念や恐怖や漠とした希望のようなものを懐《いだ》いて、訊ねた。

「トマス！　彼が正しいとしたら、怎《ど》うなる？　彼の足下《あしもと》に石が有り、私の足下に砂しか無かったら？　そしたら、怎うなる？」

「誰の話し？」トマスは、訊ねた。

「そしたら、加略《カリオテ》出身のユダは、怎うなる？　そしたら、私は、真実を行う爲に、彼の息の根を止めねばならん。誰が、ユダを騙《だま》してるんだ、お前さんたち、それとも、ユダ自身？　誰が、ユダを騙してるんだ？　誰が？」

「ユダ、私には、お前さんの云うことが、解らん。お前さんの云うことは、些《ちっ》とも解らん。誰が、ユダを騙してるんだ？　誰が、正しいんだ？」

すると、ユダは、頭を搖すりながら、谺《こだま》のように反覆《くりかえ》した。

「誰が、ユダを騙してるんだ？　誰が、正しいんだ？」

次の日も、ユダが拇《おやゆび》を反らして手を上げたりトマスを見たりする際に、その奇妙な問いが發せられた。

「誰が、ユダを騙してるんだ？　誰が、正しいんだ？」

そして、夜半《よなか》に、不意に、ユダの喜ぶかのような大聲が響き始めた時、トマスは、一層駭《おどろ》いて、不安を覺《おぼ》えさえした。

「そしたら、加略出身のユダは、居なくなる。そしたら、イエスは、居なくなる。そしたら……。トマス、愚かなトマス！　お前さんは、大地を摑《つか》んで持ち扛《あ》げたいと想ったことが有る？　そして、萬一《ひょっと》して、その後刻《あと》で抛《ほう》りたいと」

「そんなこと、できん。ユダ、お前さん、何を云う！」

「そんなこと、できる。――イスカリオテは、確信を以《もっ》て云った。――そして、愚かなトマス、私たちは、何時《いつ》か、お前さんが眠ってる時に、其物《そいつ》を持ち扛《あ》げるんだ！　眠れ！　トマス、実に愉快！　お前さんが眠ってる時には、その鼻の中で加利利《ガリラヤ》の笛が鳴る。眠れ！」

けれども、信徒たちは、最《も》う耶路撒冷《イェルサレム》の邑《まち》に散って家の中や壁の向こうに消え、道で行き合う人たちの顔は、得體の知れぬものとなった。歓喜は、失せた。そして、危険に就《つ》いての雲を摑むような噂が、何かの隙間へ匍《は》い込み、鬱《ふさ》ぎ込んだペトロは、ユダに貰った剣を験《ため》していた。そして、師の顔は、益々、哀しく険しくなっていった。時は、迚《とて》も迅《すみ》やかに流れ、恐ろしい裏切りの日が、避け難く逼《せま》っていた。哀しみと漠とした恐怖に盈《み》ちた最後の晩餐も、済《す》み、自分を裏切る者を繞《めぐ》るイエスの不可解な言葉も、已《すで》に發《はな》たれた。

「お前さん、誰が彼を裏切るか、知ってる?」トマスは、真っ直ぐで明るく殆んど透明な目でユダを見ながら、訊ねた。

「呍《うん》、知ってる。——ユダは、峻《きび》しくずばりと応えた。——トマス、お前さんが、彼を裏切る。でも、彼は、自分の云うことを、自分でも信じてない! 時、至れり! 時、至れり! 彼は、何故、強く美しいユダを、自分の許へ招《よ》ばない?」

……避け難い時は、最早、日数《ひかず》でなく、迅やかに流れる短い時間で、測られていた。晩が有り、晩の静寂が有り、哀しく峻《きび》しい聲が響いた時には、長い影たち——來る可《べ》き大戰の夜の鏃《するど》い嚆矢《こうし》が、地に臥していた。彼は、云った。

「主よ、貴方《あなた》は、私が何處へ行く處《ところ》か、ご存じですか? 私は、貴方を敵たちの手に引き付《わた》しに行く處《ところ》です」

そして、永い沈黙、晩の静寂、そして、鏃《するど》い黒い影たち。

「主よ、貴方は、黙《もだ》しているのですか? 貴方は、私に行けと命じるのですか?」

そして、亦《また》、沈黙。

「私を留《とど》まらせてください。でも、貴方は、できませんか? それとも、敢えて爲《し》ないのですか？　それとも、爲たくないのですか？」

　そして、亦、永遠の眸《ひとみ》のように巨《おお》きな沈黙。

「でも、貴方は、私が貴方を愛してるのを、ご存じではありませんか。貴方は、何も彼《か》も、ご存知です。貴方は、何故、ユダをそんなふうに見るのです？　貴方の美しい目の秘密は、大きいですが、私のそれは、もっと小さいですか？　私を留まらせてください！……。でも、貴方は、黙《もだ》してる、貴方は、尚も黙してるのですか？　主よ、主よ、その爲に私は生涯ずっと愁いと苦しみの中で貴方を探し覓《もと》めて探し覓めて見附けたのでしょうか！　私を解き放ってください。重荷を脱《と》り去ってください、山よりも、鉛よりも、それは重い。貴方には、加《カリ》略《オテ》出身のユダの胸がめりめりとその下で音を立てているのが、聞こえないのですか？」

　そして、最後の、永遠の眼差しのように底知れぬ、最後の沈黙。

「私は、行きます」

　晩の静寂は、目醒《めざ》めもせず、叫び出さず、泣き出さず、自分の薄い玻璃《はり》の静かな音を響かせ始めず、遠離《とおざか》る跫音は、迚《とて》も小さかった。一頻《ひとしき》り騒《ざわ》めいてから、鳴り歇《や》んだ。そして、晩の静寂は、物想いに沈んで幾つもの長い影となって伸びて暗くなり、その全體が、不意に懶《ものう》く撥《は》ね上がる葉の摩《す》れる音の形で太息《ためいき》を吐《つ》き、太息を吐き、夜を迎えつつ、鳴りを潜《ひそ》めた。

他の聲が、誰かが生きた克《よ》く響く聲の塡《つ》まった嚢《ふくろ》の紐を解いたかのように、犇《ひし》めき出し、ばたばた鳴り出し、かたかた響き出し、それらは、一つづつ、二つづつ、或いは、一塊り《ひとかたま》になって、其處《そこ》から地へ溢《こぼ》れ落ちた。それは、弟子たちの話し聲だった。ペトロの毅然とした居丈高《いたけだか》な聲が、それをみんな搔き消しながら、樹々や壁に打附《ぶつ》かりながら、自身に降り懸かりながら、轟《とどろ》き出し、彼は、決して師を置き去りにしない、と盟《ちか》っていた。

彼は、愁いと怒りを胸に云った。「主よ！　主よ、我爾《われなんぢ》と偕《とも》に獄《ひとや》にも死にも往《ゆ》かんことを備《そな》へたり。（訳註　ルカに因《よ》る福音書　第二十二章　第三十三節）」

すると、容赦無い応えが、誰かの遠離《とおざか》る跫音の柔らかい谺《こだま》のように、静かに響《どよ》めいた。

「ペトロ、我爾《われなんぢ》に語《つ》ぐ、今日《こんにち》鶏《にはとり》の鳴かざる先に爾《なんじみ》三次《たびわれ》我を諱《い》みて識《し》らずと云《い》はん。（訳註　ルカに因る福音書　第二十二章　第三十四節）」

Ⅶ

イエスが自身の最後の夜々《よよ》を過ごしていた橄欖山《オリーヴ》へ赴《おもむ》かんとした時には、已《すで》に月が升《のぼ》っていた。けれども、彼は、何故《なぜ》か踟躕《ちちゅう》し、出懸ける支度のできた弟子たちに急かされると、不意に云った。

「金嚢《かねぶくろ》有る者は、これを取れ、行袋《たびぶくろ》も亦然《またしか》り、劍《つるぎ》なき者は、衣《ころも》を賣《う》りてこれを買へ。蓋我《けだしわれ》爾《なんぢ》らに語《つ》ぐ、録《しる》して、罪犯者《ざいはんしゃ》と偕《とも》に算《かぞ》へられたりと云《い》へることも、我に於《おい》て應《かな》ふ可《べ》し。（訳註　ルカに因る福音書　第二十二章　第三十六節　第三十七節）」

弟子たちは、駭《おどろ》き、狼狽《うろた》え、顔を見合わせ、ペトロが、こう応えた。

「主よ、視《み》よ、此處《ここ》に二《ふた》つの劍《つるぎ》有り。（訳註　ルカに因る福音書　第二十二章　第三十八節）」

彼は、彼らの優しい顔を透かすように見ると、點頭《うなづ》いて、静かに云った。

「足《た》れり。（訳註　ルカに因る福音書　第二十二章　第三十八節）」

弟子たちは、窄《せま》い路に音高く谺《こだま》する自分たちの跫音に怯《おび》え、月に照らされた白い壁に伸びる自分たちの黒い影に怯えていた。そうして、彼らは、眠る耶路撒冷《イェルサレム》を無言で通り、早くも城門を抜け、異《あや》しい動かぬ影に盈《み》ちた深い窪地で汲沦《ケデロン》の谷（訳註　ヨハネに因る福音書　第十八章　第一節）を目にした。今や、何も彼《か》もが、彼らを怯えさせていた。静かな瀞《せせら》ぎや石の上の水音《みおと》は、忍び寄る人の聲に想われ、行く手を阻む岩や樹の彎《ゆが》んだ影は、その斑《はだら》で不安がらせ、それらの夜の静止は、動きに想われた。けれども、彼らは、山へ登り、安寧と静寂の裡《うち》に已《すで》に幾夜も過ごした客西馬尼《ゲッセマネ》（訳註　耶路撒冷東部の橄欖《オリーヴ》山西麓の園）へ近着くに伴《つ》れて、意を強くしていった。そして、後《あと》にした月下で白一白《はくいっぱく》の耶路撒冷を時折り眄《ふりかえ》りながら、過ぎ去りし恐怖に就《つ》いて語らい、後ろを行く者たちは、イエスの静かな言葉を片々《きれぎれ》に聞いていた。師は、凡ての者が自分を見棄てる、と告げていた。

　彼らは、園の入り口で、足を停めた。大半は、その場に留《とど》まり、影と月影の透明な網目の中に円套《マント》を布《し》き、低聲《こごえ》で話しながら、寝支度を始めた。不安に苛《さいな》まれるイエスと四人《よたり》の股肱《ここう》の弟子は、更に先へと、園の奥へと、歩を運んだ。彼らは、晝《ひる》の熱《ほとぼ》りが未《ま》だ残る地面《ぢべた》に坐り、イエスが黙《もだ》している間、ペトロとヨハネは、殆んど意味の無い言葉を懶《ものう》げに交わしていた。二人は、草臥《くたび》れて呿呻《あくび》をしながら、夜が冷えることや耶路撒冷では肉が高價《たか》くて魚は全く手に這入《はい》らないことなどを話していた。祭日に都に雲集《うんしゅう》した参詣者の確かな数を判じようとし、ペトロは、聲高な呿呻で言葉を引き伸ばして、二萬、と告げ、ヨハネとその兄のヤコブは、矢張《やは》り、懶《ものう》げに、一萬以下、と云い張っていた。イエスが、不意にすっと立ち上がった。

「我が靈《たましひ》憂《うれ》ひて死に近づけり、爾《なんぢ》ら此處《ここ》に在《あ》りて儆醒《けいせい》せよ。（訳註　マタイに因る福音書　第二十六章　第三十八節）」こう云うと、疾歩《あしばや》に蓁《しげ》みへ去り、程無《ほどな》く、影と光りの不動の中に消えた。

「何処《どこ》へ？」ヨハネは、肱《ひじ》を拄《つ》き、半身《はんしん》を起こして、そう云い、ペトロは、去りし人の方へ頭を向けて、気懈《けだる》げにこう応えた。

「さぁ」

そして、亦《また》、聲高に呿呻をすると、仰《あおの》けに仆《たお》れて、静かになった。他の者も、静かになり、健やかな疲労に因《よ》る深い眠りが、彼らの動かぬ體を擒《とら》えた。ペトロは、重苦しい微睡《まどろ》みを透して、自分へ覆い被さる何やら白いものを暈《ぼんや》りと目にし、誰かの聲が、響《どよ》めき、溷濁《こんだく》した彼の意識に痕を残さずに消えた。

「シモンよ、爾《なんぢ》、寝《い》ぬるか。（訳註　マルコに因る福音書　第十四章　第三十七節）」

そして、亦、彼は、眠り、亦、何やら静かな聲が、彼の耳に觸れ、痕を残さずに消えた。

「爾《なんぢ》ら、斯《か》く一時《いちじ》も我と偕《とも》に儆醒《けいせい》する能《あた》はざりしか。（訳註　マタイに因る福音書　第二十六章第四十節）」

《吁《あぁ》、主よ、私が如何《どん》なに眠いか、貴方《あなた》が、ご存じだったなら》彼は、夢現《ゆめうつつ》にそう想ったが、自分が大聲でそう云ったように感じられた。そして、亦、寝入り、イエスの姿が不意に傍に顕《あらわ》れて、目醒《めざ》めさせる大聲が彼と他の者たちを眴《また》く間に起こした時には、可成《かな》り時が経っていたかのようだった。

「爾《なんぢ》ら、尚《なお》寝《い》ねて休むか、已《や》みぬ、時至れり、視《み》よ、人の子は罪人《ざいにん》の手に付《わた》さる。（訳註マルコに因る福音書　第十四章　第四十一節）」

弟子たちは、取り乱し、自分の円套を引っ掔《つか》むと、不意に目醒《めざ》める時の寒さに顫《ふる》えつつ、燬《ぱ》っと撥《は》ね起きた。兵士と聖堂の聖職者の一群が、樹林を抜け、迅《すみ》やかに流れる炬火《たいまつ》の焔《ほのお》で彼らを照らしつつ、跫音や騒《ざわ》めきを伴って、武器のがちゃつく音や枝の折れる音を立てながら、近着いてきた。別の方からは、寒さに顫える弟子たちが、駭《おどろ》いた寝惚《ねぼ》け面《づら》で馳《は》せ参じ、何事《なにごと》か未《ま》だ判らずに、忙《せわ》しなく訊ねていた。

「何事？　炬火を秉《と》るは、何者？」

蒼褪《あおざ》めて真っ直ぐな口髭の片方が脇へ反ったトマスは、寒さに歯を搗々《かちかち》云わせて、ペトロに告げた。

「私たちを捕《つか》まえに來たらしい」

兵士の一群は、彼らを囲繞《いにょう》し、焔の烟《けむ》たく不穏な灿《きら》めきは、静かな月影を何處か脇や上へ逐《お》い遣《や》った。兵士らの前では、加略《カリオテ》出身のユダが、急々《せかせか》と動き廻り、生きた目を怯々《きょろきょろ》然と動かしながら、イエスを捜していた。そして、彼を見附け、その丈高く痩せた姿に霎《しば》し目を留めると、聖職者たちに早口に耳語《ささや》いた。

「私が接吻《くちづ》けするのが、その人。彼を捕《と》らえ、気を附けて、連れていってください。呉々《くれぐれ》も、気を附けて、可《い》いですね？」

それから、黙って彼を待ち受けていたイエスにすっと近着くと、その穏やかで翳りを帯びた目の中へ自分の銛《するど》く真っ直ぐな眼差しを匕首《あいくち》のように沈めた。

「夫子《ラビ》、慶《よろこ》べよ。（訳註　マタイに因る福音書　第二十六章　第四十九節）」彼は、平常《ふだん》の挨拶に奇妙な恐ろしい意味を罩《こ》めて、聲高に云った。

けれども、イエスは、何も云わず、弟子たちは、如何にして人の心がそれほど夥多《かた》なる悪を懐《いだ》けるものかと怪《あや》しみながら、裏切り者を怕々《こわごわ》と見ていた。イスカリオテは、狼狽《うろた》える彼らを颯《さ》っと眴《みまわ》し、歯の根も合わぬ驚愕の顫えに今にも変わりそうな身顫《みぶる》いを認め、蒼褪めた容子や意味の無い頬笑《ほほえ》みや小手《こて》に鐵《てつ》の枷《かせ》を嵌められたかのような腕の力無い動きを看て取ると、キリストがそれまでに感じていたのと同じような死の哀しみが、胸に込み上げた。彼は、大音聲《だいおんじょう》で號哭《ごうこく》する百本の絃のように身を伸ばしてイエスへ向かって熸っと駈け出すや、その洌《つめ》たい頬に優しく接吻《せっぷん》した。餘りにも静かで、餘りにも優しく、餘りにも苦しい愛と愁いが罩《こ》もっていたので、イエスが繊《ほそ》い茎の花だったとしても、それは、ユダのその接吻で搖れることも、清い葩《はなびら》から珠の露を払い落とすことも、無かったろう。

「ユダ。ユダよ、爾《なんぢ》、接吻《せっぷん》を以《もっ》て人の子を付《わた》すか。（訳註　ルカに因る福音書　第二十二章　第四十八節）」イエスは、そう云うと、身構える影たちが累々たる異《あや》しい堆《やま》を成すイスカリオテの心を、自身の眼差しの一閃《いっせん》で照らしたが、その底無しの奥處《おくか》を窮《きわ》めることは、できなかった。

そして、その異《あや》しい渾沌全體が身顫いして動き出すのを、目にしていた。加略《カリオテ》出身のユダは、自らの威容を矜《ほこ》る死のように無言で嚴《いか》めしく佇《た》ち、彼の裡《うち》では、渾《すべ》てが、嵐のような焱《ほのお》のような百千《ももち》の聲となって、呻《うめ》き、轟《とどろ》き、唸《うな》っていた。

《唯《ええ》！　私たちは、愛の接吻で貴方を引き付《わた》します。私たちは、愛の接吻で貴方を引き付《わた》します、侮辱の爲に、拷問の爲に、死の爲に！　私たちは、愛の聲で暗い窖《あなぐら》から處刑人たちを招《よ》び集め、十字架を樹《た》て、私たちは、愛に依《よ》って十字架に釘《てい》せられし愛を、地の闇の上に高々と掲げます》

ユダは、そうして死のように無言で冷たく佇《た》ち、その心の號《さけ》びに、イエスの周圍《まわり》で起こった叫びや喧《ざわ》めきが応えていた。兵士らは、武力の行使をぎこちなく躊《ためら》って、克《よ》く判らぬ目的に気《き》不味《まず》さを覚《おぼ》えつつも、已《すで》に彼の腕を拏《つか》み、自分たちの逡巡を抵抗と看做《みな》し、自分たちの怯《お》じ気《け》を自分たちへの愚弄や嘲笑と看做して、彼を何處かへ縛曳《しょっぴ》いていった。弟子たちは、怯えた仔羊の群れのように何かを礙《さまた》げることは無いものの、自分たちを含めたみんなの邪魔になりながら犇《ひし》めいており、その場を離れてみんなと行動を別《わか》とうとする者は、寡《すく》なかった。四方八方から壓《お》されるシモン・ペトロは、悉《すっか》り力が脱《ぬ》けて了《しま》ったかのように、何とか鞘《さや》を払って、劍を一人の聖職者の頭へ力無く斜《はす》に揮《ふ》り下ろしたものの、何の害も與《あた》えなかった。これに気附いたイエスが、無用な劍を棄てるよう彼に命じると、鐵《てつ》は、幽《かす》かにちゃりんと鳴って足許《あしもと》へ落ちたが、殺《あや》め傷《そこ》なう力は、全《まる》で感じられず、拾い上げようとする者も、無かった。それは、足許に轉がった儘となり、幾日も経ってから、遊ぶ童子《どうじ》らが、其處《そこ》で見附けて、翫《おも》具《ちゃ》にした。

兵士らは、弟子たちを壓《お》し退《の》け、弟子たちは、亦《また》、蝟集《いしゅう》し、虚ろな容子で足許に纏わり、それは、蔑《さげす》むような怒りが兵士らを捉えるまで、続いていた。竟《つい》に、兵士の一人が、叫んでいるヨハネの方へ眉を攢《あつ》めて向かい、別の一人が、自分に何かを説得しているトマスの手を肩から乱暴に撥《は》ね退《の》けて、対手《あいて》の清《す》んで真っ直ぐな目の前に巨《おお》きな拳固を突き附けると、ヨハネが、遁《に》げ出し、トマスとヤコブが、遁げ出し、その場に居た凡《すべ》ての弟子が、イエスを置いて、遁げ出した。彼らは、円套を失くし、樹に打《ぶ》つ附かり、石に跌《つまづ》いて轉げながら、恐怖に駈られて、山へ遁げ、地面は、月夜の静寂の裡《なか》で、幾つもの跫音を高く響かせていた。毛布一つに包まっているだけなので起き抜けと判る何者かが、兵士と聖職者の群れの中を昂奮して歩き廻っていた。けれども、拘束する爲に毛布を掔《つか》まれると、駭然《ぎょっ》として悲鳴を上げ、兵士らの手に自分の衣《ころも》を残して、みんなと同じく泡を喰って遁げ出した。彼は、素裸々《すっぽんぽん》で必死に跳び撥《は》ね、その珍奇な裸身が、月下にちろめいていた。（訳註　マルコに因る福音書　第十四章第五十一節、第五十二節。この人物はマルコ自身との説も）

ペトロは、イエスが連れ去られると、竄《かく》れていた樹の蔭から出て、稍《すこ》し距《はな》れて師の後に跟《つ》いていった。黙って歩く人影を前方に見懸けると、ヨハネかと想い、静《そ》っと聲を懸けた。

「ヨハネ、お前さん？」

「お前さん、ペトロ？――その男は、イち停《たど》まって応え、ペトロは、その聲で裏切り者と判った。――ペトロ、お前さん、怎《ど》うして、みんなと一緒に遁げなんだ？」

ペトロは、足を停め、褻《けが》らわしげに云った。

「離れよ、魔王《サタン》！」

ユダは、笑い出し、最《も》うペトロを顧《かえり》みず、晌《また》く炬火《たいまつ》が烟《けむ》りを颺《あ》げていて武器のがちゃ附く音と劃然《くっきり》とした跫音が糅《ま》じり合う方へ、向かった。ペトロも、徐《そろ》り徐りと後に続き、二人は、略々《ほぼ》同時に大祭司の内庭《うちにわ》へ這入ると、焚き火で煖を採る聖職者の群れに雑《ま》じった。ユダは、黙然《むっつり》とし、骨張った手を火に翳《かざ》して温めながら、背後でペトロが喚《わめ》き出すのを耳にしていた。

「否《いや》、奴など、識《し》らん」

けれども、ペトロが一際《ひときわ》大きな聲で反覆《くりかえ》したので、彼が其處《そこ》でみんなからお前はイエスの弟子だと難詰《なじ》られているらしいことが判った。

「違うって、何を仰《おっしゃ》る！」

ユダは、周圍《まわり》を見ずに北叟笑《ほくそえ》みながら、點頭《うなづ》くように首を掉《ふ》って、もごもごと云った。

「然《そ》う、然う、ペトロ！　イエスの傍の席を、誰にも遜《ゆず》りなさんな！」

彼は、悉《すっか》り怯えたペトロが最《も》う戻らない心算《つもり》で内庭から去りゆくのを見ていなかった。そして、その晩から、イエスが死ぬまで、一人の弟子も師の傍に見懸けることが無く、この群衆の中には、死ぬまで離れずに苦しみに依《よ》って膠《かた》く結ばれた彼ら二人、乃《すなわ》ち、侮辱と苦悩に引き付《わた》された者とその彼を引き付《わた》した者しか、居なかった。彼ら二人、乃ち、裏切られし者と裏切りし者は、兄弟宛《けいていさなが》らに一つの苦盃から飲み、火の水（訳註　酒）は、純《きよ》らな口と穢《けが》し口を同じように灼《や》いた。

手と足そして搖らめく影と光りが縺れ合う中で全身の輪廓《りんかく》が暈《ぼや》けたイスカリオテは、目を熱する焚き火の焔を瞶《みつ》め、搖れ動く長い腕を焔へ伸ばしつつ、哀れっぽい擦《かす》れ聲で、もごもごと云った。

「何て寒いんだ！　吁《あぁ》、何て寒いんだ！」

漁人《すなどり》たちが燻《くす》ぶる焚き火を岸に殘して夜半《よなか》に海へ出る時には、屹度《きっと》、そんなふうに、何ものかが、海の暗い奧底より匍《は》い出て、焔へ躄《いざ》り寄り、怕々《こわごわ》とそれを瞶め、體の凡ゆる部分をそれへ伸ばし、哀れっぽい擦《かす》れ聲で、もごもごと云うであろう。

「何て寒いんだ！　吁《あぁ》、何て寒いんだ！」

ユダは、眠い爲に烈《はげ》しい憎悪を募《つの》らせた兵士らの大聲や叫び聲や笑い聲が洪《ど》っと沸き起こるのを、そして、生身の體がぴしっぴしっと短く擲《う》たれるのを、不意に背後に聞いた。一瞬、凡ての骨と全身に疼《いた》みが迸《はし》り、振り向くと、イエスが擲たれていた。

これか！

そして、兵士らがイエスを哨舎へ連れ去るのを、目にしていた。夜は、過ぎ、焚き火は、消えて灰を被ったが、哨舎からは、尚も、籠《くぐ》もった叫び聲や笑い聲や罵《ののし》り聲が、聞こえていた。イエスが擲《う》たれているのだった。イスカリオテは、蹈み迷ったかのように、焚き火や壁に衝《つ》き當たっては駭《おどろ》きつつ、人気《ひとけ》の絶えた内庭を剽《すばや》く駈け廻ったり、碯《はた》と足を停めたり、頭を擡《もた》げたり、亦、奔《はし》ったりしていた。それから、哨舎の壁に貼り着き、窗《まど》や扉の隙間に吸い着き、中の容子を喰い入るように見ていた。窄苦《せまくる》しく、息苦しく、床は唾だらけで、壁は其《そ》處《こ》で歩いたか寝轉んだかしたかのように膏塗《あぶらまみ》れで染みだらけの、世界の凡ゆる哨舎と同じように汚《きたな》らしい部屋を、目にしていた。そして、擲たれる人を、目にしていた。その人は、顔や頭を擲たれ、柔らかい梱包のように端から端へ投げ渡され、叫びも抗《あらが》いもしない爲、目を凝《こ》らすと、それが生きた人間でなく骨も血も無い柔らかな人形か何かであるように、想われもした。それは、人形のように奇妙に曲がり、仆《たお》れて床の石に頭を打つ時にも、硬いもの同士が打附《ぶっ》かる印象は無く、矢張り、柔らかく痛みを感じないもののようである。そして、永いこと見ていると、何やら限《き》りの無い奇妙な遊戯に、時には、殆んど完全な瞞《まやか》しにすら、想えてくるのだった。人間、若《も》しくは、人形は、どんと撞《つ》かれると、坐《ざ》せる兵士へ撓垂《しなだ》れ懸かり、突き退《の》けられると、飜筋斗《もんどり》を打って、次の兵士の許へ坐《ざ》し、盥《たらい》廻しにされた。哄笑が、洪《ど》っと沸き起こり、ユダも、莞《にや》りとした、誰かの勁《つよ》い手が、鐵の指でその口を擘《さ》いたかのように。それは、ユダの口が騙《だま》されたのだった。

夜は、続き、焚き火は、尚も燻《くす》ぶっていた。ユダは、壁を離れ、焚き火の一つへ徐《そ》っと近着くと、炭を熾《おこ》して調《ととの》え、最《も》う寒さを感じなかったものの、幽《かす》かに顫える手を火に翳《かざ》した。

そして、心淋《うらさび》しげに独語《つぶや》き始めた。

「吁《ああ》、疼《いた》かろう、嘸《さぞ》、疼かろう、私の坊や、坊や、坊や。疼かろう、嘸、疼かろう！……」

その後、朧《おぼろ》な焔で黒い格子の目が黄色く見える窗へ向かい、亦、イエスが擲たれる容子を、眺め始めた。縺れた荊棘《おどろ》髪に埋まるその浅黒く今や醜く歪んだ顔が、ユダの目交《まなか》いに閃附《ちら》いた。すると、誰かの手が、髪を拏《つか》んで體を仆《たお》し、頭の向きをあっちへこっちへ拍子を取って変えながら、唾だらけの床を顔で拭き始めた。窗の直ぐ下では、兵士が、皓《しろ》い歯の燿《かがよ》う口を開けて眠っていたが、太い露わな頸《くび》の据わった誰かの寛《ひろ》い脊中で窗が塞がれ、最う何も見えなくなった。そして、不意に静まり復《かえ》った。

これは、何？　彼らは、何故、黙ってる？　彼らは、不意に察したのか？

一瞬、ユダの頭全體が、百千《ももち》の狂った想いの唸り聲や叫び聲や吼え聲に隙間無く盈たされる。彼らは、察したのか？　彼らは、それが最も善き人であることを暁《さと》ったのか？　それは、実に単純であり、実に明白である。これから、怎《ど》うなる？　人々は、その前に跪《ひざまづ》き、その足に接吻《くちづ》けし、歔欷《すすりな》く。すると、彼は、此處《ここ》へお出坐《でま》しになる、彼らは、静々《しずしず》とその後に尾《つ》いて簇《は》ってくる、彼は、此處へ、ユダの許へ、お出坐しになる、勝利者として、偉丈夫《いじょうふ》として、真実の君主として、神として、お出坐しになる……

「誰が、ユダを騙してるんだ？　誰が、正しいんだ？」

否《いや》、違う。亦、叫びと喧《ざわ》めき。亦、擲《う》っている。人々は、暁らず、察せず、更に強く擲ち、更に痛く擲っている。焚き火が、灰を被って燃え盡《つ》きんとしており、その上の烟りが、空気のように青く透き徹り、空が、月のように皎《あか》るい。日が、訪れている。

「日とは、何？」ユダは、問う。

ほら、凡てが、炎《も》え出し、燿い出し、若復《わかがえ》り、上の烟りは、最《も》う青くなく、撫子《なでしこ》の色。陽が、升《のぼ》っている。

「陽とは、何？」ユダは、問う。

Ⅷ

ユダは、指を差され、或る者は、蔑《さげす》むように、或る者は、憎らしげに、怕々《こわごわ》と、告げた。

「ほら、裏切り者のユダ！」

彼が永遠《とわ》に背負うことになる汚名が、早くも呱々《ここ》の聲を上げていた。善人や悪人が蔑むように怕々《こわごわ》と口にする言葉は、幾千年が過ぎて民《たみ》が湌《か》わろうと宙に響《どよ》めく。

「裏切り者のユダ……。裏切り者のユダ！」

けれども、彼は、旺盛な且《か》つ無敵な好奇心に盈《み》ちて、自身に就《つ》いて語られることを冷静に聆《き》いていた。打ち仆《のめ》されたイエスが哨舎から連れ出された朝から、ユダは、その後に跟《つ》いていき、何故《なぜ》か、不思議と、愁いも疼《いた》みも喜びも感じず、凡てを目にし耳にすると云う打ち克ち難い希《ねが》いが在るだけだった。彼は、徹宵《よっぴて》、微睡《まんじり》ともしなかったものの、身を軽く感じており、前へ行けずに壓《お》し戻されると、民を壓し分け、颯《さ》っと先頭へ脱《ぬ》け出て、生きた捷《はしこ》い目は、一分《いっぷん》も静止していなかった。カヤパに依《よ》るイエスの審問の際には、一言も聆《き》き泄《も》らすまいと、耳に手を添え、もごもごと云いながら、點頭《うなず》くように首を掉《ふ》っていた。

「然《そ》う！　然う！　聞こえますね、イエス！」けれども、彼は、自由でなく、絲に結わえられた蠅のようであり、吽々《うんうん》と羽音を立てながら、あちらこちらへ飛んでいるが、靱《しな》やかで頑《かたく》なな絲は、それを一刻も自由にしない。何やら石のような想いが、ユダの瓸《うなじ》に臥せり、彼は、それに聢《しっか》りと結わえられており、如何《どん》な想いか知らぬかのようであり、それに觸《ふ》れたくないものの、それを常に感じていた。そして、それは、時折り、不意に彼に襲い懸かり、石の洞窟の円蓋が徐々に恐ろしく頭上へ下りてくるかのように、想像を絶する重さで壓《の》し懸かってきた。すると、彼は、手で心《しん》の臓《ぞう》を爴《つか》み、凍《こご》えた人のように身動《みじろ》ごうとし、目を怯々然《きょろきょろ》させていた。そして、イエスがカヤパの許から連れ出された時、師の疲れた眼差しに間近で出合うと、何となく、無意識に、幾度か愛想好《あいそよ》く點頭《うなづ》いた。

「私は、此處《ここ》、坊や、此處！」彼は、早口にもごもごとそう云うと、行く手を遮《さえぎ》る彌次馬《やじうま》らしき人の脊中を、憎らしげに壓《お》し退《の》けた。今や、みんなが、喚《わめ》き叫ぶ大きな群れを成し、ピラトの許へと、最後の審問と裁判へと、移動しており、ユダは、例の鼻持ちならぬ好奇心を懐《いだ》いて、数を増す民の顔を𤏋《ぱ》っ𤏋っと貪欲に見《み》別《わ》けていた。大方は、赤の他人であり、一度も見たことが無かったが、イエスに《救い給え《ホサナ》！》と叫んでいた人の姿も有り、その数は、一足毎《ごと》に殖《ふ》えていくかのようだった。

《然《そ》う、然う！——ユダは、𤏋っと考えると、酔漢のように眩暈《めまい》がした。——凡《すべ》ては、畢《お》わった。ほら、今に、彼らは、叫び出す、これは我々の輩《ともがら》、これはイエス、お前さんたちは何を爲《し》てる？　そして、みんなが、暁《さと》り……》

けれども、信徒たちは、黙って歩いていた。或る者は、他人事《ひとごと》のように作り笑いを泛《う》かべ、或る者は、何やらぼそぼそと話していたが、その静かな聲は、人濤《ひとなみ》の喧《ざわ》めきやイエスの敵たちの凄まじい怒號《どごう》に悉《すっか》り掻《か》き消されていた。すると、亦《また》、気分が楽になった。ユダは、人濤を用心深く掻き分けていたトマスを近くでひょいと見附け、直ぐに何かを想い着いて、そちらへ行こうとした。トマスは、裏切り者を目にすると、駭然《ぎょっ》として、身を隠そうとしたが、ユダは、窄《せま》く穢《きたな》い小路《こうじ》の二つの壁の間で、追い着いた。

「トマス！ 待て！」

トマスは、足を停めると、両手を前へ伸ばし、嚴《いか》めしく云った。

「離れよ、魔王《サタン》」

イスカリオテは、性急《せっかち》に手を揮《ふ》った。

「トマス、お前さん、何て愚かなの、みんなより賢いと想ってたのに。魔王！ 魔王って！ それを證明《しょうめい》してくれなくちゃ」

トマスは、手を下ろし、駭《おど》いて、訊ねた。

「だって、師を裏切ったのは、お前さんだろ？ 兵士を率《したが》えてイエスを指差したのを、この目で見た。これが裏切りぢゃなくて、何が裏切り？」

「別のもの、別のもの。──ユダは、間髪を容《い》れずに云った。──可《い》いか、お前さんたちは、大勢。一つに纏まり、イエスを還《かえ》せ、彼は我々の輩《ともがら》、と大聲で愬《うった》えれば可《い》いのさ。拒まれはしまい、そんな真似はできん。彼らは、自ら曉る……」

「途《と》んでも無い！　途んでも無い、——トマスは、強く手を揮《ふ》った。——武装した兵士や聖堂の聖職者がどれほど居るか、見なかったのか。それに、裁判はこれからだし、その邪魔になっては不可《いかん》。裁判は、イエスを無実と認めないだろうか、師を直ちに放免するよう命じないだろうか」

「矢《や》っ張《ぱ》り、そう想う？——ユダは、思案げに訊ねた。——トマス、トマス、でも、それが、本當なら？　そしたら、怎《ど》うなる？　誰が、正しいんだ？　誰が、ユダを騙《だま》したんだ？」

「私たちは、今日、徹宵《よっぴて》、話し合い、裁判は、無実の者を有罪とは認めまい、と結論した。有罪と認めたら……」

「怎うなんだい！」イスカリオテは、急《せ》かした。

「……それは、裁判ぢゃない。そして、彼らは、真の審《さば》き手の前に孑《た》たされた時、危《やば》いことになる」

「真の！　真のも、居るのか！」ユダは、噴飯《ふきだ》した。

「そして、私たちは、みんな、お前さんを呪《のろ》ったが、お前さんが、裏切り者は自分ぢゃないと云うのだから、私は、お前さんを審《さば》く可《べ》きだと想う……」

ユダは、了《しま》いまで聆《き》かずに、發っと踵《きびす》を反《かえ》すと、遠離《とおざか》る群衆を追って、小路《こうじ》を一散に駈け下りた。けれども、直ぐに歩度を緩め、大勢だと鈍々《のろのろ》と漸《すす》むので一人なら屹度《きっと》追い着けると想い、急がずに歩いていった。

ピラトがイエスを宮殿から連れ出して民の前に彳《た》たせた時、兵士らの重い脊中で円柱へ壓《お》し着けられて二つの煌々《ぴかぴか》の兜の間から何かを見ようと頻《しき》りに首を動かしていたユダは、凡てが畢わったことを不意に瞭乎《はっきり》と感じた。彼は、日輪の下の群衆の頭上高くに、血に塗《まみ》れて蒼《あお》褪《ざ》めて額に棘《とげ》の刺さる荊《いばら》の冠冕《かんむり》を戴いたイエスを見た。師は、頭から日灼けした小さな足までの総身を晒《さら》し、丘の縁《ふち》に彳ち、餘りにも穏やかに待ち、餘りにもその清廉や潔白が瞭《あき》らかだったので、それが見えないのは、陽の目の見えぬ盲人だけであり、それが判らないのは、狂人だけであったろう。そして、民は、黙《もだ》し、餘りにも静かなので、ユダには、前に彳つ兵士が息をする度《たび》に身に着けた革帯が何處《どこ》かで軋るのが、聞こえていた。

《さて。凡ては、畢わった。今、彼らは、暁る》ユダが、そう想うと、涯《はて》し無く喬《たか》い山から碧《あお》く燿《かがよ》う奈落へと墜《お》ちる目眩《めくる》めく喜びに類《に》た何やら奇妙なものが、不意にその心臓を停めた。

ピラトは、毛を剃った丸い頤《あご》へ唇を蔑むように垂らし、生き血や顫《ふる》える生肉への渇きを紛らそうと飢えた犬の群れへ骨を投げるように、素っ気無い短い言葉を群衆へ投げる。

「爾《なんぢ》ら、この人を以《もつ》て、民を惑はすものと爲《な》して、我に曳き至れり、視《み》よ、我、爾《なんぢ》らが訟《うった》ふる處を以て爾《なんぢ》の前に審《しら》べて、この人に一《いつ》も罪有るを見ざりき。（訳註　ルカに因る福音書　第二十三章　第十四節）」

ユダは、目を瞑《と》じた。待っている。

すると、萬人《ばんにん》が、千の獣や人の聲となって、叫び出し、喚き出し、唸《うな》り出した。

「彼に死を！　彼を磔刑《はりつけ》に！　彼を磔刑に！」

そして、その同じ民が、自らを嘲《あざけ》るかのように、堕落や狂気や恥辱の極《きわ》みを瞬時に味わい竭《つ》くそうとするかのように、千の獣や人の聲で、叫び、喚き、愬《うった》えている。

「バラバ（訳註　猶太人《ユダヤ》の盗賊・囚人）を我らに釋《と》き放て！　彼を磔刑に！　磔刑に！」

けれども、羅馬人《ローマびと》は、最後の断を下しておらず、その剃毛した不遜な顔には、厭悪《えんお》と忿怒の痙攣が迸《はし》っている。彼は、暁っており、彼は、暁ったのだ！　ほら、彼は、下僕たちに静かに話しているが、その聲は、群衆の咆哮に掻き消されている。彼は、何と云っているのか？　剣を把ってこれらの気狂《きちが》い共《ども》を擲《う》つように、命じているのか？

「水を持ってきてくれ」

水を？　何の水を？　何の爲に？

ほら、彼は、手を雪《すす》ぎ、何故か、白く清く宝石入りの指環で飾られた手を雪ぎ、その双手《もろて》を上げながら、駭《おどろ》いて啞然とする民へ狡そうに叫んでいる。

「我、この義人の血に対して罪無し、爾《なんぢ》ら、自《みづか》ら顧《かへり》みよ。（訳註　マタイに因る福音書　第二十七章　第二十四節）」

水が指から大理石《なめいし》の舗石《しきいし》へ未《ま》だ滴《したた》り落ちている時、何かが、ピラトの足許《あしもと》へふわりと臥せり、熱い尖った唇が、力無く抗《あらが》う彼の手に接吻《くちづ》けし、触腕《しょくわん》のように吸い着き、血を啜り、殆んど嚙《か》んでいる。彼が嫌悪と恐怖を感じて下を向くと、大きな彎《ま》がった圖體《づうたい》や、非道《ひど》く分裂した顔や、餘りにも肖《に》ていない二つの巨《おお》きな目玉が見え、一疋《ぴき》ではなく、何疋もの生き物が、彼の手足に搦《から》み着くかのようである。すると、毒を含んだ熱い耳語《ささや》きが、片々《きれぎれ》に聞こえる。

「お前さんは、賢い！……。お前さんは、潔《いさぎよ》い！……。お前さんは、賢い、賢い！……」

そして、竦然《ぞっ》とするその顔は、餘りにも魔王《サタン》めいた悦《よろこ》びに輝いているので、ピラトは、悲鳴を上げ、対手《あいて》を足蹴《あしげ》にし、ユダは、仰《あお》のけに仆《たお》れる。そして、彼は、投げ仆された悪魔のように舗石に臥せり、去り行くピラトへ尚も手を伸ばし、狂おしく愛する者のように叫ぶ。

「お前さんは、賢い！　お前さんは、賢い！　お前さんは、潔い！」

それから、ひょいと起き上がり、兵士らの哄笑に送られて駈けていく。未だ凡てが畢わってはいない。彼らは、十字架を目にしたら、釘を目にしたら、暁るかも知れず、そしたら……。そしたら、怎《ど》うなる？　呆然として蒼褪めたトマスを閃《ちら》っと目にし、何故か安心させるように彼に點頭《うなづ》き、刑場へ曳き立てられるイエスに追い縋る。歩くのが辛度《しんど》く、足下《あしもと》から礫《こいし》が轉げ落ち、ユダは、洪《ど》っと疲れを覺《おぼ》える。足の遣《や》り場に気を取られ、四方を虚ろに眴《みまわ》し、涕《な》いている抹大拉《マグダラ》のマリアを、涕いている澤山の女を、その乱れ髪や赤い目や歪んだ口を、凌辱へ献《ささ》げられた優しい女心の計り知れぬ哀しみの凡てを、目にする。急に元気附くと、一瞬の隙を捉え、イエスへ駈け寄る。

「私は、貴方《あなた》と共に」彼は、急いで耳語《ささや》く。

兵士らは、彼を笞《むち》で逐《お》い掃《はら》い、彼は、笞を躱《かわ》そうと身を僂《かが》め、兵士らに齒を剝きながら、颯《さ》っと告げる。

「私は、貴方と共に。其處へ。可《い》いですか、其處へ！」

彼は、顔の血を拭い、嗤《わら》いながら振り向いて彼を他の者たちに指し示す兵士を、拳固で威《おど》す。何故かトマスを捜すが、見送る群衆の中には、彼も一人の弟子も居ない。亦、疲れを覺え、白い尖った散らばる礫を愼重に見別《みわ》けながら、重い歩を運ぶ。

……イエスの左手《ゆんで》を木へ釘で打ち附ける鎚《つち》が揮《ふ》り上げられた時、ユダは、目を瞑《つむ》り、可成《かな》り永いこと、息をせず、見ておらず、生きておらず、只管《ひたすら》、聞いていた。けれども、ほら、鐵《てつ》と鐵が軋りながら打附《ぶつ》かり、鈍く低く短い音が立て続けにし、尖った釘が軟らかい木の奥へ組織を壓《お》し分けながら這入《はい》っていくのが、聞こえる……

一つの手。未だ、晩くない。

最う一つの手。未だ、晩くない。

足、最《も》う一つの足、凡ては、畢わったのか？　怕々《こわごわ》と目を開くと、十字架が、搖々《ゆらゆら》と起こされて、穴の中へ据えられている。イエスの手が、ぴくぴくと攣《ひきつ》りながら、苦しそうに伸び、疵口《きずぐち》が、拡がり、凹《へこ》んだ腹が、肋《あばら》の下へひょいと隠れる。手は、伸びて伸びて、纖《ほそ》くなり、白くなり、肩の邊りで捩《ねじ》れ、釘の下の疵《きず》は、赤らみ、拡がり、劈《さ》けん許《ばか》り……。否《いや》、止まった。凡ては、止まった。深い短い呼吸で膨らむ肋だけが、動いている。

十字架が、地の巓《いただき》に聳《そび》えイち、磔刑のイエスが、其處に居る。恐怖と自身の夢が、実現し、ユダは、何故かそんな姿勢になっていた膝立ちから起き上がり、周圍《まわり》を冷ややかに眴《みまわ》す。凡てを破壊と死に委ねる決意を已《すで》に鞏《かた》めて、未《ま》だ活気と喧騒《けんそう》を帯びるものの已に死の冷たい手の下で幻と化した異郷の花の都を見納めに眺める、儼《いか》めしい勝利者は、そのように見ている。そして、ユダは、自分の恐ろしい勝利を認めるのと同じように瞭乎《はっきり》と、その勝利の不気味な覺束無《おぼつかな》さを不意に認める。彼らが、暁るなら？　未だ、晩くない。イエスは、未だ生きている。ほら、師は、愬《うった》えるような愁いに盈《み》ちた目で見ている……

餘りにも薄いので存在しないかのような、人々の目を暈《くも》らせる薄い膜を、破裂から衛《まも》れるものなど、有ろうか？　彼らが、暁るなら？　突然、彼らは、男女《なんにょ》と子らの恐る可《べ》き大群を成し、黙って叫ばずに前進し、兵士らを剿滅《そうめつ》して血の海に沈め、呪《のろ》わしい十字架を地から引き抜いて、生き残った者たちの手で自由の身のイエスを地の巓《いただき》へ高々と掲げる。救《ホ》い給《サ》え《ナ》！　救《ホ》い給《サ》え《ナ》！

救い給え？　否《いや》、ユダは、地へ臥した方が可《い》い。否、ユダは、犬のように地面《ぢべた》に横たわり、齒を搗々《かちかち》云わせて容子を偵《うかが》い、みんなが起《た》ち上がるまで待っていた方が可《い》い。けれども、時は、怎《ど》うした？　或いは、それは、殆んど止まり、故に、それを懶《ものぐさ》な驢馬のように手で押したり足や笞《むち》で擲《う》ったりしたくなり、或いは、それは、何處かの山から狂奔し、息は、窒《つ》まり、手は、徒《いたづ》らに支えを探す。ほら、抹大拉《マグダラ》のマリアが、涕いている。ほら、イエスの母が、涕いている。涕くが可《い》い。今、彼女の泪に、凡ての母の泪に、世界の凡ての女の泪に、何の意味が在ろう！

「泪とは、何?」ユダは、そう問い、止まった時を、狂ったように押し、拳固で擲《う》ち、奴隷を叱咤《しった》するように叱咤する。それは、自分のものでなきが故、儘ならぬ。吁《ああ》、ユダのものだったなら、けれども、それは、凡てのあの泣く者の、笑う者の、市場で語らうように語らう者のものであり、それは、日輪のものであり、それは、十字架の、そして、こうして緩《ゆっく》りと死にゆくイエスの心のものである。

ユダの心は、何て浅猿《さも》しい! 彼がそれを手にしていると、それは、みんなに聞こえるほど大きな聲で、《救《ホ》い給《サナ》え!》と叫ぶ。彼がそれを地へ壓し着けても、それは、聖なる秘密を通りで打《ぶ》ち撒《ま》ける金棒引《かなぼうひ》きのように、《救《ホ》い給《サナ》え! 救《ホ》い給《サナ》え!》と叫ぶ……。黙れ! 黙れ!

突然、ぷつんと迹切《とぎ》れた大きな泣き聲、籠《くぐ》もった叫び聲、十字架へ向かう遑《あわただ》しい動き。これは、何? 暁ったのか?

否《いや》、イエスは、死につつある。そんなことが、有り得ようか? 然《そ》う、イエスは、死につつある。蒼褪めた手は、動かぬが、短い痙攣が、顔や胸や足に迸《はし》る。そんなことが、有り得ようか? 然《そ》う、死につつある。呼吸が、間遠《まどお》になる。止まった……。否、未《ま》だ、息は、有り、未だ、イエスは、地上に在る。そして、未だ? 否《いや》……。否……。否……。イエスは、逝《い》った。

果たされた。救い給《ホサナ》え！　救い給《ホサナ》え！

恐怖と夢が、実現した。最早《もはや》、誰が、イスカリオテの手から勝利を捥ぎ取ろう？　果たされた。地上の凡ての民が、髑髏《ゴルゴダ》の丘へ麕集《くんしゅう》し、百千《ももち》の吭《のど》を嗄《か》らして、《救い給《ホサ》え《ナ》！　救い給《ホサ》え《ナ》！》と大聲で叫び、血と泪の海が、その麓《ふもと》へ流れるとしても、彼らは、恥《は》づ可《べ》き十字架と亡きイエスしか見出ださない。

イスカリオテは、死者を静かに冷ややかに眺め、前日に訣《わか》れの接吻《くちづ》けをした許《ばか》りの頬に屡《しば》し目を留め、徐《おもむ》ろに遠離《とおざか》る。今や、凡ての時は、彼のものであり、彼は、悠然と進み、今や、凡ての地は、彼のものであり、彼は、君主のように、皇帝のように、この世に於いて涯《はて》し無く喜ばしく孤独な人のように、搖るぎ無く歩む。イエスの母を目にし、峻《きび》しい調子で云う。

「母よ、涕いてるの？　涕くが可《い》い、涕くが可い、地上の凡ての母が、更に永いこと、お前さんと共に涕くだろう。私とイエスが遣《や》ってきて死を滅ぼす、その時まで」

彼は、何か、この裏切り者は、気狂《きちが》いか、それとも、巫山戯《ふざけ》ているのか？　けれども、彼は、真摯《まじめ》で、その顔は、嚴《いか》めしく、その目は、以前のように游《およ》いでいない。彼は、足を停め、新たな小さな地を冷ややかに眺める。それは、小さくなり、彼は、その凡てを足下《あしもと》に感じ、青い口を洞然《ぽかん》と開けた空を眺め、徒《いたづ》らに身を焦がし目を暈《くら》まそうとする円っこい日輪を眺め、空も日輪も足下に感じている。涯し無く喜ばしく孤独な彼は、世界で活《はたら》く凡ゆる力の虚《むな》しさを得意げに感じ、それらをみんな淵へ抛《ほう》り込んだ。

そして、彼は、静かな尊大な足取りで、先へ進む。そして、時は、温和《おとな》しく、前でも後ろでもなく、彼と共に歩んでいる、目に見えぬ巨塊となって。

果たされた。

IX

裏切り者、加略《カリオテ》出身のユダは、老いた詐欺師《ペテン》宛《さなが》らに、軽く咳《しわぶ》きつつ、追従笑いをして、ぺこぺこ頭を下げながら、最高法院《サンヘドリン》の前に罷《まか》り出た。それは、イエスが殺《あや》められた翌《あく》る日の正《ま》午時《ひる》。其處《そこ》には、みんなが、彼を審《さば》いた者と殺めた者たちが、乃《すなわ》ち、老いたアンナスと父親酷似《そっくり》の肥《ふと》って厭らしいその息子たちも、その女婿《じょせい》で名誉欲に悩まされているカヤパも、人々の記憶から自身の名稱を掠《かす》め取った他の凡《すべ》ての最高法院の成員、乃ち、自分の能《ちから》と律法の知識を鼻に懸ける裕福で高名《こうめい》な撒都該人《サドカイびと》たちも、居た。彼らは、裏切り者を無言で迎え、彼らの不遜な顔は、何も這入《はい》ってこなかったかのように、ぴくりともしなかった。そして、彼らの内《うち》で最も小っぽけで塵泥《ちりひじ》の如く餘人《よじん》から一顧《いっこ》だにされぬ者ですら、禽《とり》のような顔を仰向《あおむ》け、見て見ぬ容子《ふり》をしていた。ユダは、頭を下げ、頭を下げていたが、彼らは、眺め、黙っていた、恰《あたか》も、人間でなく、目に見えぬ穢《けが》れた蟲螻《むしけら》が、匍《は》い込んだに過ぎないかのように。けれども、加略出身のユダは、それで怯《ひる》むような人でなく、彼らは、黙り、彼は、勝手に頭を下げ、晩までと云うなら晩まででも、頭を下げる心算《つもり》でいた。

遂々《とうとう》、気の短いカヤパが、訊ねた。

「何用《なによう》？」

ユダは、亦《また》、頭を下げ、聲高《こわだか》に云った。

「私は、加略出身のユダ、お前さんたちに拿撒勒人《ナザレびと》のイエスを引き付《わた》した者です」

「それで？　お前さんは、貰うものは貰っとる。失せよ！」アンナスは、命じたが、ユダは、命令が聞こえなかったかのように、頭を下げ続けていた。すると、カヤパが、彼を一瞥し、アンナスに訊ねた。

「幾干《いくら》、與《や》りました？」

「銀貨、三十枚」

カヤパは、薄笑いし、白髪《はくはつ》のアンナスも、薄笑いし、凡ての不遜な顔に、嬉しそうな頰笑《ほほえ》みが閃《ちら》っと泛《う》かび、禽のような顔をした者は、噴飯《ふきだ》しさえした。すると、ユダは、目に見えて蒼褪《あおざ》めながら、颯《さ》っと引き取って云った。

「然《そ》う、然う。実に些少《さしょう》とは云え、ユダは、不服でしょうか、ユダは、搾《しぼ》り取られたなんて喚《わめ》いていますか？　否《いぇ》、満足しています。彼が與《くみ》したのは、聖なる行いにではないですか？　聖なる。今、ユダの話しを聆《き》いて、彼は我々の仲間、加略出身のユダ、彼は我々の兄弟、我々の朋輩、加略出身のユダ、この裏切り者は、と想っているのは、頗《すこぶ》る附きの賢人たちではないですか？　アンナスは、跪《ひざまず》いてユダの手に接吻したいと想ってないでしょうか？　但《ただ》、ユダは、そう爲《さ》せません、臆病で怕《こわ》いんです、噬《か》み附かれるのが」

カヤパは、云った。

「逐《お》い出せ、この犬を。奴は、何を吠《ほざ》いとるのか？」

「失せよ、此處《ここ》から。お前さんの寝言を聆《き》いてる閑《ひま》など、無い」アンナスは、素っ気無く云った。

ユダは、居住まいを正し、目を瞑《と》じた。生涯を通じて軽々と身に裹《まと》ってきた欺瞞が、急に堪え難い重荷となり、彼は、眴《まばた》き一つでそれを揮《ふ》り払った。そして、亦《また》、アンナスへ目を向けた時には、その眼差しは、正直で真っ直ぐで剝き出しの誠実さが恐ろしかった。けれども、それも、一顧だにされなかった。

「棒で逐《お》っ掃《ぱら》われたいか？」カヤパは、聲を暴《あら》げた。

ユダは、審《さば》き手らの頭へ投げ附ける可《べ》く愈々《いよいよ》高く搴《かか》げていた恐ろしい言葉の重みに喘《あえ》ぎつつ、聲を嗄《か》らして訊いた。

「でも、ご存じですか……、ご存じですか……、昨日お前さんたちが審《さば》いて磔刑《はりつけ》にしたあの人が、誰か？」

「知っておる。失せよ！」

今、彼が、彼らの目を覆っている薄い膜を一言で破れば、全地が、假借《かしゃく》無き真実の重みに慄《わなな》く！　彼らには、心が在ったが、彼らは、それを奪われ、彼らには、命が在ったが、彼らは、それを失い、彼らの目の前には、光りが在ったが、永遠《とわ》の闇と恐怖が、彼らを覆う。救《ホ》い《サ》給《ナ》え！　救《ホ》い《サ》給《ナ》え！

そして、ほら、吭《のど》を引き擘《さ》くこれらの恐ろしい言葉たち。

「彼は、詐欺師《ペテン》ぢゃなかった。彼は、無実で潔白でした。可《い》いですか？　ユダが、お前さんたちを騙《だま》したのです。ユダが、無実の人をお前さんたちに引き付したのです」

待っている。すると、アンナスの素っ気無い年寄り染みた聲が、聞こえる。

「で、云いたいことは、それだけか？」

「私の云うことが、解《わか》ってもらえなかったらしい。——ユダは、蒼褪めながらも、威厳を以《もっ》て云う。——ユダが、お前さんたちを騙したのです。彼は、無実でした。お前さんたちは、無実の人を殺《あや》めたのです」

禽《とり》のような顔をした者は、莞《にや》けていたが、アンナスは、風馬牛《ふうばぎゅう》、退屈で、呿呻《あくび》をしている。

そして、カヤパも、釣られるように呿呻をしており、淹悶《うんざり》したように云う。

「加略出身のユダは賢い、と聞いていたが？　此奴《こいつ》は、只の阿呆《あほう》、実に充《つま》らん阿呆」

「何を！——ユダは、暗い忿怒を満腔《まんこう》に漲《みなぎ》らせて、號《さけ》ぶ。——貴郎《あんた》ら、何様、お悧巧《りこう》さんたち！　ユダは、お前さんたちを騙しました、可《い》いですか！　ユダが引き付したのは、彼でなく、ユダは、お前さんたち、賢い人たちを、お前さんたち、強い人たちを、永遠に畢《お》わらぬ耻《は》づ可《べ》き死に委ねたのです。銀貨、三十枚！　然《そ》う、然う。でも、それは、女子《おなご》たちが家の門の外へ打《ぶ》ち撒《ま》ける汚水のように穢《けが》れたお前さんたちの血の價値《ねうち》なんですよ。吁《ああ》、アンナス、律法をたっぷりと呑《の》み込んだ老いた白髪《しらが》の愚かなアンナス、お前さんは、何故《なぜ》、銀貨一枚、一奥波勒斯《オボルス》、餘計に出さなかったんです！　お前さんは、永遠にその價値の儘になるんですよ！」
「出てけ！」カヤパが、顔を真っ紅にし、號《さけ》んだ。けれども、アンナスは、手で制し、尚《なお》も素っ気無くユダに訊ねた。

「これで、凡てか？」

「私が、荒れ野へ行き、獣たちよ、人間が自分たちのイエスに如何《どん》な値を附けたか聞いたか、と叫んだら、怎《ど》うなります？　窠《あな》から出て、怒って吼え出し、人間への恐怖を忘れ、みんな、お前さんたちを啖《く》らいに、此處《ここ》へ來ます！　海よ、人間が自分たちのイエスに如何な値を附けたか知ってるか、と云ったら？　山よ、人間がイエスに如何な値を附けたか知ってるか、と云ったら？　海も、山も、遠古より鎮坐する場處《ばしょ》を後にし、此處へ來て、お前さんたちの頭の上へ落ちます！」

「ユダは、預言者になりたがっているのでは？　あんなに聲を張り上げていますぜ！」禽のような顔をした者は、嘲《あざけ》るようにそう云うと、阿《おもね》るようにカヤパを見た。

「今日、私は、蒼褪めた日輪を見ました。それは、恐れを爲《な》して地を眺め、云いました、一體《いったい》、人間は、何處に居るの？　今日、私は、蠍《さそり》を見ました。それは、石の上に居り、笑いながら云いました、一體、人間は、何處に居るの？　私は、近着き、その目を瞶《みつ》めました。それは、笑いながら云いました、一體、人間は、何處に居るの、私には、見えません！　ユダは、盲《めし》いたのかも、哀れな加略出身のユダは！」

そして、イスカリオテは、號哭《ごうこく》した。彼は、数分間、気が狂《ふ》れたようであり、カヤパは、顔を背《そむ》け、蔑《さげす》むように手を揮《ふ》った。アンナスは、一寸《ちょっと》考えて、云った。

「ユダ、お前さんは、澤山《たんと》貰えずに、お冠晃《かんむり》らしい。ほら、これも取っとけ、子供らに與《や》るが可《い》い」

彼は、何やらちゃりんと甲高く響くものを投げた。その音が鳴り歇《や》まぬ内に、それと類《に》た音が妙な具合いに続いたが、それは、ユダがイエスに対する代償を還《かえ》す可《べ》く、大祭司や判事たちの顔へ一握りの銀貨と奥波勒斯《オボルス》を投げ附けたのだった。硬貨は、横毆《よこなぐ》りの雨のように曲がって飛び、顔や机に當たり、床を方々《ほうぼう》へ轉がった。判事の内《うち》、或る者は、掌を外へ向けて顔を衛《まも》り、或る者は、燦《ぱ》っと立ち上がって罵《ののし》り喚《わめ》いていた。ユダは、顫《ふる》える手で永いこと嚢《ふくろ》の中を弄《まさぐ》って摑み出した最後の硬貨をアンナス目懸けて投げ附けると、怒って唾を吐き、出ていった。

「然《そ》うか、然《そ》うか！――彼は、小路《こうじ》をずんずん歩いて童子《どうじ》らを怯《おび》えさせながら、こう独語《つぶや》いていた。――ユダ、お前さん、泣いてたな？　加略出身のユダは阿呆だと云うカヤパは、矢張《やは》り、正しいのか？　ユダ、お前さん、大いなる復讐の日に泣く者は復讐に値しないのを知ってるか？　自分の目に自分を瞞《だま》させるな、自分の心に嘘を吐《つ》かせるな、火を泪で消すな、加略出身のユダ！」

イエスの弟子たちは、悵然《ちょうぜん》として鳴りを潜《ひそ》め、家の外の容子に耳を清《す》ましていた。敵の報復が、イエス一人に止《とど》まらぬ惧《おそ》れが有り、みんな、警備隊の襲來を、更には、新たな處刑をすら、予想していた。愛弟子《まなでし》なだけに師の召天が一層徹《こた》えたヨハネの傍では、抹大拉《マグダラ》のマリアとマタイが、坐って静かに彼を慰めていた。顔を泣き脹《は》らしたマリアは、彼の房々《ふさふさ》の捲《ま》き毛を手で静《そ》っと撫で、マタイは、訓《おし》え諭《さと》すようにソロモンの言葉を口にした。

「怒《いかり》を遅くする者は勇士《ますらを》に愈《まさ》り、己《おの》れの心を治《おさ》むる者は城を攻め取る者に愈る。（訳註　箴言　第十六章　第三十二節）」

その時、イスカリオテのユダが、ばたんと音高く扉を閉めて、這入ってきた。みんな、駭《おどろ》いて爔っと立ち上がり、直ぐにはそれが誰か判らなかったが、憎らしい顔と赤毛の凸凹《でこぼこ》の頭を見るなり、叫び聲を上げた。ペトロは、両手を上げ、我鳴《がな》り出した。

「失せよ！　裏切り者！　失せよ、然《さ》もないと、殺す！」

けれども、みんな、裏切り者の顔と目を更に克《よ》く見ると、仰天して耳語《ささや》きながら静かになった。

「構うな！　奴に構うな！　魔王《サタン》に憑《つ》かれてる」

ユダは、静まるのを待ってから、聲を張り上げた。

「加略出身のユダの目よ、喜べ！　今、お前さんたちは、冷たい殺し屋たちを目にしている、ほら、臆病な裏切り者たちが、お前さんたちの目の前に！　イエスは、何処だ？　訊いてんだよ、何処だ、イエスは？」

その嗄《しゃが》れ聲には、有無を云わさぬものが在り、トマスは、温和《おとな》しく応えた。

「ユダ、お前さん、師が昨晩《ゆうべ》磔刑にされたのを、知ってるだろう」

「お前さんたちは、何故、それを縦《ゆる》した？　お前さんたちの愛は、何処に在った？　愛弟子（訳註　ヨハネ）よ、石（訳註　ペトロ）よ、友が木に磔刑にされた時、お前さんたちは、何処に居た？」

「何ができたと云うんだ、私たちに」トマスは、両手を左右に展《ひろ》げた。

「トマス、お前さんは、訊いてるのか？　然《そ》うか、然うか！——加略出身のユダは、頭を横へ傾《かし》げると、悍《たけ》り立って喰って懸かった。――愛する者は、何を爲可《すべ》きかなんて訊かない！　彼は、行って何でも爲《や》る。泣き、噬《か》み、敵の頸《くび》を扼《し》め、骨を壓《へ》し折る！　愛する者は！　お前さんは、息子が溺れてるのに、水へ飛び込まずに、息子と一緒になって溺れずに、邑《まち》へ行って道行く人に《怎《ど》う爲《す》れば可《い》い？　息子が溺れてるんだが！》なんて訊くか。愛する者は！」

ペトロは、眉を顰《ひそ》め、ユダの熱辯《ねつべん》に応えた。

「俺は、剣を抜いたが、彼は、止《よ》せと云った」

「止せと？　で、お前さん、そう爲《し》たの？――イスカリオテは、噴飯《ふきだ》した。――ペトロ、ペトロ、彼の云うことを聆《き》くなんて！　彼には、世間や争闘《あらそい》のことなんか、従頭《てんで》分かっちゃいないのに！」

「彼に順《したが》わない者は、焦熱の地獄へ行く」

「お前さんは、何故、行かなかった？　ペトロ、何故、行かなかった？　焦熱の地獄、地獄って、何？　それでも、行けば可《よ》かったんだ、欲する時に火へ投げ込めぬなら、心は何の爲《ため》に在る！」

「黙れ！――ヨハネは、立ち上がって、號《さけ》んだ。――師自ら、犠牲を欲しておられた。そして、師の犠牲は、美しい！」

「愛弟子さん、お前さん、何云ってんの、美しい犠牲なんて、在る？　犠牲の在る處《ところ》、處刑人も居り、裏切り者も居る。犠牲とは、一人にとっての苦痛であり、萬人《ばんにん》にとっての恥辱《ちじょく》なのだ。裏切り者たち、裏切り者たち、お前さんたちは、地に何を爲《し》た？　今、萬物が、上から、下から、それを眺め、大笑いし、叫んでる、あの地を見よ、其處《そこ》でイエスが磔刑にされた！　そして、其處へ唾を吐いてる、この私のように！」

ユダは、怒って地へ唾を吐いた。

「師自ら、人間の凡ての罪を負われた。師の犠牲は、美しい！」ヨハネは、云い張った。

「否《いや》、お前さんたちが、凡ての罪を負ったんだよ。愛弟子さん！　お前さんから、裏切り者の一族や小心者や嘘吐《うそつ》きの一門が、始まるんぢゃないの？　盲《めし》いたち、お前さんたちは、地に何を爲《し》た？　お前さんたちは、地を滅ぼしたくなり、自分たちがイエスを磔刑にした十字架に、程無《ほどな》く接吻するだろう！　然《そ》う、然う、お前さんたちが十字架に接吻するのを、ユダが請《う》け合うぜ！」

「ユダ、侮辱するな！——ペトロは、顔を真っ紅にし、呶鳴《どな》った。——師の敵を、怎《ど》うやって、みんな仆せる？　あんなに大勢なのに！」

「ペトロ、お前さんまで！――ヨハネは、怒って叫んだ。――奴が魔王に憑《つ》かれたのが、判らんのか？　悪魔よ、去れ。お前さんは、偽《いつわ》りだらけ！　師は、殺《あや》めることを命じられなかった」

「でも、彼は、死ぬのを禁じた？　何故、お前さんたちは、彼が死んでるのに、生きてるの？　何故、お前さんたちの足は、歩き、お前さんたちの舌は、冗《くだ》らぬことを喋《しゃべ》り、お前さんたちの目は、眴《まばた》きしてるの、彼が死んで動かず物云わぬ時に？　ヨハネ、何故、頰を紅くしてられるの、彼の頰が蒼褪めてる時に？　ペトロ、何故、叫べるの、彼が黙ってる時に？　お前さんたちは、ユダに訊くの、何を爲可《すべ》きかと？　然《しか》らば、ユダが、加略出身の美しく雄々しきユダが、申し上げよう、死ぬことだと。お前さんたちは、道に仆れて、兵士らの剣《つるぎ》や腕《かいな》を摑む可《べ》きだった。彼らを血の海に沈めて、死ぬ可きだった！　假令《たとえ》、お前さんたちが、みんな、あの世へ行った時に、彼の父が、腰を抜かして叫ぶとしても！」

ユダは、片手を上げて黙り込むと、卓上の食べ残しにひょいと気附いた。そして、生まれて初めて食べ物を目にしたかのように、妙に駭《おどろ》いて好奇の目を向け、徐《おもむ》ろに訊ねた。

「これ、何？　お前さんたち、食べてたの？　萬一《ひょっと》して、寝てもいた？」

「俺は、寝てた。――ペトロは、命じることのできる何者かをユダの内《うち》に感じながら、素直に點頭《うなづ》いて、応えた。――寝てもいたし、食べてもいた」

トマスは、決然《きっぱり》と瞭然《はっきり》と云った。

「ユダ、其物《そいつ》は、全《まる》でお門違い。だって、みんな、死んだら、誰が、イエスのことを語る？ ペトロも、ヨハネも、私も、みんな、死んだら、誰が、師の訓《おし》えを人々に傳《つた》える？」

「でも、裏切り者たちが口にする真実って、何？ それって、偽《いつわ》りぢゃないの？ トマス、トマス、お前さんには、自分が、最早《もはや》、死せる真実の墓守《はかも》りに過ぎないことが、解《わか》らないの。墓守りは、眠り痴《こ》け、泥坊が、真実を持ち去る、ぢゃあ、真実は、何處？ トマス、お前さんは、呪《のろ》われよ！ お前さんは、永遠に子無しで貧しい、そして、呪われた者たち、彼と共に、お前さんたちも！」

「魔王、自分が、呪われよ！」ヨハネは、號《さけ》び、ヤコブも、マタイも、他の凡ての弟子も、その號びを反覆《くりかえ》した。ペトロだけが、黙っていた。

「私は、師の許へ行く！――ユダは、命じるような手を上へ伸ばしながら、云った。――イエスの許へとイスカリオテに続く者は？」

「俺！ 俺は、お前さんと共に！」ペトロは、立ち上がりながら、叫んだ。けれども、ヨハネと他の者たちは、こう云って、恐れを爲《な》して、彼を制《と》めた。

「気狂《きちが》い！　奴が師を敵の手に付《わた》したのを、忘れたのか！」

ペトロは、自分の胸を拳固で敺《たた》くと、潸々《さめざめ》と泣き出した。

「俺は、何處へ行けば可《い》いんだ？　主よ！　俺は、何處へ行けば可いんだ！」

ユダは、予《かね》てより、孤《ひと》り漫ろ歩く折りに、イエス亡き後に自盡《じじん》する場處を定《き》めていた。それは、耶路撒冷《イェルサレム》を低く瞰《みお》ろす山の上に在り、其處《そこ》には、四方から吹き寄せる風に虐《さいな》まれて半ば枯れて彎《ま》がった樹が、孑然《ぽつねん》と彳《た》っていた。それは、邑《まち》を祝《ことほ》ぐか、何かで威《おど》すかのように、折れ曲がった枝の一つを耶路撒冷の方へ差し伸べており、ユダは、輪索《わなわ》を懸ける枝に、それを択《えら》んだ。けれども、樹まで歩くのは、遠くて辛度《しんど》く、加略出身のユダは、非道《ひど》く草臥《くたび》れた。例の尖った礫《こいし》は、足下《あしもと》から轉げ落ちて、彼を後ろへ曳き摺るかのようであり、喬《たか》い山は、四方から風が吹き附けて、不機嫌で意地悪そうだった。ユダは、最《も》う幾度か腰を下ろして休み、荒く息をしており、山が、石の罅裂《われめ》からその脊中へ冷気を吹き込んでいた。

「お前まで、こん畜生！」ユダは、蔑むようにそう云い、最早一切の想いが化石した重たい頭を搖すりながら、荒く息をしていた。それから、ひょいと頭を擡《もた》げると、凝《こご》った目を赫《か》っと瞬《みひら》いて、怒って独語《つぶや》いていた。

「否《いや》、彼らは、ユダにとって悪過ぎる。イエス、貴方《あなた》は、聞こえますか？　今、貴方は、私を信じますか？　私は、貴方の許へ参ります。私を優しく迎えてください、私は、劬《つか》れました。私は、非道《ひど》く劬れました。何時《いつ》か、私たちは、兄弟のように擁《だ》き合って、地上へ戻りましょう。可《い》いですね？」

亦、化石する頭を搖すり、亦、目を赫っと睜《みひら》いていた、こう独語きながら。

「でも、萬一《ひょっと》して、貴方は、そちらでも加略出身のユダのことをお怒りになりますか？　そして、信じませんか？　そして、私を地獄へ送りますか？　可《い》いですとも！　私は、地獄へ参ります！　そして、私は、貴方の地獄の業火《ごうか》で鐵《てつ》を鍛えて、貴方の天を毀《こわ》します。可いですか？　そしたら、貴方は、私を信じますか？　そしたら、イエス、私と地上へ戻りますか？」

ユダが、山の巓《いただき》の彎《ま》がった樹に漸《よう》く辿り着くと、風が、彼を虐《さいな》み始めた。けれども、彼が、諫《いさ》めると、風は、柔らかく静かに唸《うな》り始め、訣《わか》れを告げながら、何處かへ去っていった。

「好矣《よし》、好矣！　奴らなんて、犬どもさ！」ユダは、輪索を造《こしら》えながら、それに応えた。そして、切れることも想定し、縄を崖の上に吊るした。其處《そこ》なら、假令《たとえ》、切れても、石の上で必ず命を絶てる。加略出身のユダは、ぽんと蹴って縁《ふち》を離れて吊り下がる前に、最《も》う一度、心配そうにイエスに釘を刺した。

「イエス、私を優しく迎えてください、私は、非道く劬れました」

そして、跳ねた。縄は、ぴんと張ったものの、何とか保《も》ち堪《こた》え、ユダの首は、繊《ほそ》くなり、手足は、窄《すぼ》まり、沾《ぬ》れたように垂れ下がった。逝《い》った。こうして、両日の間に、拿撒勒人《ナザレびと》のイエスと、裏切り者の加略出身のユダが、前後して地を去った。

ユダは、畸體《きたい》な果実の如く、徹宵《よっぴて》、耶路撒冷《イェルサレム》の上で搖曳《ぶらぶら》し、風は、その顔の向きを、或いは、邑《まち》へ、或いは、荒れ野へ、轉じていた、ユダを邑へも荒れ野へも晒《さら》そうとするかのように。けれども、死に歪んだ顔が、何方《どちら》を向こうと、充血して今は兄弟のように肖《に》ている赤い双眸《そうぼう》は、執拗に天を仰いでいた。翌《あく》る朝、目敏《めざと》い誰かが、邑の上に吊り下がるユダを目にし、悲鳴を上げた。遣《や》ってきて彼を丅《お》ろした人々は、それが誰か判ると、馬や猫やその他の獣畜の尸《かばね》を棄てる人気《ひとけ》の無い涸れ谷へ、彼を遺《す》てた。

その日の晩の内《うち》に、早くも、凡ての信徒が、裏切り者の恐ろしい死を知り、翌《あく》る日には、それが、耶路撒冷に洽《あまね》く識《し》れ亙《わた》った。石の猶太《ユダヤ》が、それを知り、緑の加利利《ガリラヤ》が、それを識り、裏切り者の訃音《ふいん》は、一つの海、更に遠くの別の海まで、達《とど》いた。それは、迅《はや》くもなく鈍《のろ》くもなく時と共に傳《つた》わり、時に畢《お》わりが無いように、ユダの裏切りとその恐ろしい死を繞《めぐ》る物語りにも、畢わりが無い。そして、萬人《ばんにん》が、善人も、悪人も、同じように、彼の耻《は》づ可《べ》き記憶を咒《のろ》い、過去に在り今在る凡ての民の間で、彼は、その苛酷な運命に於いて、孤《ひと》りで在り続ける――加略《カリオテ》出身のユダ、裏切り者。

一九〇七年二月二十四日　カプリ

訳者あとがき

作家について

十九世紀末から二十世紀初頭の〈銀の時代《セレーブリャヌイ・ヴェーク》〉を代表する作家で、露西亜及び世界の文學に鮮烈な光芒を放った、レオニード・ニコラーエヴィチ・アンドレーエフ Леонид Николаевич Андреев（一八七一〜一九一九）。「露西亜の知識階級《インテリゲーンツィヤ》の怪神《スフィンクス》」と呼ばれ、露西亜の表現主義《エクスプレシオニズム》の始祖と目され、写実主義《リアリズム》、印象主義《イムプレシオニズム》、象徴主義《シムボリズム》など、多彩な傾向を具える、この作家の創作は、生と表裏一體を成し、作品では、生と死、光りと影、現実と幻想が、双生児のように羽搏き、様式の三稜玻璃《プリズム》を透して乱反射するかのよう。一昨年は、歿後百年、今年は、生誕百五十年。

アンドレーエフは、一八七一年八月二十一日（旧暦九日）、露西亜西部のオリョールに生まれました。同年には、詩人のポール・ヴァレリーや土井晩翠、作家のマルセル・プルーストや国木田獨歩、畫家のジョルジュ・ルオー、劇作家の島村抱月、革命家のローザ・ルクセンブルク、思想家の幸徳秋水なども、生を享けています。作家のイヴァーン・トゥルゲーネフやボリース・ザーイツェフ、作曲家のヴァシーリイ・カリーンニコフ、思想家のミハイール・バフチーンも、同市の出身、詩人のフョードル・チューッチェフ、作家のニコラーイ・レスコーフやミハイール・プリーシヴィンも、同県の出身。

父ニコラーイ・イヴァーノヴィチ・アンドレーエフは、土地測量査定官、母アナスタシーヤ・ニコラーエヴナ・アンドレーエヴァ（旧姓パッツコーフスカヤ）は、波蘭《ポーランド》の地主の息女。レオニードは、幼時より読書を好み、ヴェルヌやディケンズやメイン・リードに親しみ、オリョール古典中學校《ギムナージヤ》で學び、ショーペンハウアーやハルトマンに傾倒。十七歳の時には、意志の力を試そうと蒸気機関車の逼る軌条《レール》の間に臥し、事無きを得たことも。當時は、作家を夢見ることも無く、絵を描くことに熱中。

中學を卒え、ペチェルブールグ大學法學部へ進むも、父が早逝して家運が傾くと、酒に湎《おぼ》れ始め、餓えることも。ネヴァー河畔の町では、短篇を創作して編輯部に持ち込むも、一笑に附されます。學費未納で退學すると、モスクヴァ大學法學部へ移り、ニーチェを耽読。一八九四年、失戀して自死を試みるも未遂に了わり、教会で懺悔、その不首尾な發砲は、死因となる心臓の慢性疾患を招くことに。その後、モスクヴァへ移住した家族を養わねばならず生活が逼迫し、単發の労働や教師の仕事や肖像畫の註文で糊口を凌ぎ、政治活動には参加しませんでした。

一八九七年、大學を好成績で卒え、弁護士業への道が拓け、モスクヴァ司法管区の弁護士の助手に。新聞『モスクヴァ報知《モスコーフスキィ・ヴェースニク》』及び『使者《クリエール》』の記者となり、ジェームズ・リンチ James Lynch の筆名で時事戯評《フェリエトーン》を執筆。一八九八年、短篇「バルガモートとガラーシカ」が後者に掲載され、本人曰く、それはディケンズの模倣でしたが、マクシーム・ゴーリキイに注目され、多くの新進作家を擁する出版社『知識《ズナーニエ》』へ招かれ、一九〇二年、雑誌『生《ジーズニ》』に短篇「昔々」が掲載され、作家としての地歩が固まります。同年、ウクライナの詩人タラース・シェフチェーンコの姪孫《てっそん》アレクサーンドラ・ヴェリゴールスカヤと結婚。婚礼の数日前、新婦に處女短篇集を贈呈。『使者』の編輯者となるも、革命を目指す學生らと接觸していた爲、警察へ定住所不離誓約書を提出。ゴーリキイの推奨で作品集の第一巻が大部数刊行され、この時期に作家の創作の傾向と文學の手法が瞭《あきら》かに。

一九〇五年、第一次革命を歓迎し、社会民主労働党の潜伏中の党員らを自宅に匿《かくま》い、二月十日、前日に同党の中央委員会の秘密会合を自宅で開いたとしてタガーンスカヤ刑務所に収監されるも、十五日後、企業家で後援者《パトロン》のサーッヴァ・モローゾフが用意した保釈金で釈放。同年、社会主義者《エス》・革命家党《エル》の党員で詩人のイヴァーン・カリャーエフに依るモスクヴァ総督セルゲーイ・アレクサーンドロヴィチ大公の暗殺に取材した短篇「県知事」を執筆。この作品は、一九九一年にヴラヂーミル・マケラーニェツ監督が映畫化し、大佛次郎の短篇「詩人」も、この事件を題材にしているそうです。

一九〇六年、獨逸への出国を余儀無くされ、彼の地で、後に作家となり宗教的哲學的作品「世界の薔薇」を著す次男のダニイールが誕生。十二月、妻が産褥熱で他界してモスクヴァのノヴォヂェーヴィチイ修道院の墓地に葬られると、伊太利亜《イタリヤ》のカプリ島へ移り、翌春までゴーリキイの許に寄寓。

一九〇七年、反動期に入ると革命に失望し、ゴーリキイを中核とする革命的気運の作家たちから離れ、五月、芬蘭《フィンランド》の小さな町ヴァムメルスウ（現　露西亜の町セレーヴォ）に地所を購《もと》め、若き建築家アンドレーイ・オーリが、彼の爲にそこに二階建ての宏壮《おおき》な木造の家を建て始めます。

一九〇八年、アーンナ・イリイーニチナ・ヂェニーソヴィチ（前姓カルニーツカヤ）と再婚してヴァムメルスウへ移り、版元からの前払い金で建てられたので「前払い《アヴァーンス》」と名附けられたその別荘《ヴィーッラ》で最初の戯曲を執筆。アンドレーエフは、百近い短篇、三つの中篇、四つの長篇と云う小説の他、二十八の戯曲を遺しています。

一九〇九年より、現代主義《モダニズム》的な文藝作品集を刊行する出版社『野薔薇《シポーヴニク》』と旺んに協力、第一次大戦中は、ジノーヴィイ・グルジェービンの雑誌『祖国《オチェーチェストヴォ》』へ寄稿、一九一七年の二月革命後は、反動的な新聞『露西亜の意志《ルースカヤ・ヴォーリヤ》』の編輯協議会員に。十月革命は受け容れず、芬蘭の露西亜からの分離後に亡命。『悪魔の日記』など、晩年の作品は、厭世主義とボリシェヴィキー政権への憎悪に彩られています。

一九一九年九月十二日、知己である醫師で文學者のフョードル・ファリコーフスキイのムスタミャーキ（現　芬蘭との国境附近の露西亜の町ゴーリコフスコエ）の別荘《ダーチャ》で心臓麻痺の爲に急逝、詩人フセーヴォロド・クレストーフスキイの息女で作家のマリーヤ・クレストーフスカヤの墓の隣りに埋葬されました。享年、四十八。一九五六年、レニングラードのヴォールコヴォ墓地の文學の歩道に改葬され、同年より、著作がソ連で頻繁に再版され、一九九一年には、生地オリョールにレオニード・アンドレーエフ旧居記念館が開かれ、二〇一五年には、同館のサイト http://www.leonid-andreev.ru/ が設けられました。

初期の作品は、自身の貧困状態を色濃く反映し、現代社会の批判的な分析が目立ちますが（「バルガモートとガラーシカ」「都邑」）、早い時期から、極度の懐疑主義や理性への不信と云ったこの作家の基本的な主題《モチーフ》が現れ（「壁」「ヴァシーリイ・フィヴェーイスキイの生」）、宗教や心霊主義《スピリチュアリズム》への関心も窺えます（「イスカリオテのユダ」）。短篇の「県知事」や「イヴァーン・イヴァーノヴィチ」、戯曲の「星々へ」は、革命への共感を示していますが、一九〇七年に反動期を迎えると、大衆の暴動は夥多《かた》なる犠牲と艱苦しか齎さないとして一切の革命思想を放棄（「七死刑囚物語」）。短篇「赤い笑い（邦題　血笑記）」では、露日戦争の地獄絵を書きましたが、主人公が懐《いだ》く周圍の世界や秩序への不満は、退嬰主義や無政府主義的な擾乱《じょうらん》へと轉化します。最晩年の作品は、不条理な力の捷利《しょうり》を繞る思想や憂愁に満ちています。際立つ象徴性を帯びた靭《しな》やかで表情豊かなアンドレーエフの文體は、作品の悲愴感にも拘らず、革命前の露西亜の文化人や知識人の間で好評を博し、詩人のブローク、作家のチェーホフやゴーリキイ、畫家のレーピンやリョーリフも、賞讃を悋《お》しみませんでした。

アンドレーエフの作品は、日本でも明治末期の一九〇六年から翻訳され、二十世紀初期には、上田敏（「旅行」「これはもと」「心」「沈黙」）、二葉亭四迷（「血笑記」）、山本迷羊（「嘘」）、森鷗外（「犬」「人の一生」「歯痛」）、昇曙夢（「深淵」「靄の中へ」）、相馬御風（「七死刑囚物語」）、大杉栄（「石垣」）、中村白葉（「書物」）らが、翻訳を手懸け、魯迅は、中国語へ翻訳しています（「謾（嘘）」「默（沈黙）」

「靄の中へ」「書物」)。夏目漱石の「それから」の「四の一」には、「七刑人（訳註　七死刑囚物語）」を洋書で読み了えた場面が畫かれています。

アンドレーエフは、露西亜に於ける彩色寫眞《カラー》の草分けでもあり、オートクローム・リュミエール技法を用いたその作品には、オレーグ・エゴーロフ氏の記事（『ロシア・ビヨンド』二〇一八年五月十九日 https://jp.rbth.com/arts/80217-leonid-andreev-no-shashin）で觸れることができます。

作品について

底本としましたアンドレーエフ著『凡ての死者の復活』Андреев Л. Воскресение всех мёртвых: Повести, рассказы. – СПб.: Азбука-классика, 2005. の巻末に添えられているヴィークトル・アンドレーエフ氏の註を参照しつつ、記させていただきます。

「天使」（初出：新聞『使者《クリエール》』一八九九年十二月二十五日）

作家の最初の妻となり、二人の子息ヴァヂームとダニイールの母となる、アレクサーンドラ・ヴェリゴールスカヤに、献呈。〈銀の時代〉の詩人アレクサーンドル・ブロークは、論文「不遇の時期《ベズヴレーメニエ》」（一九〇六年）にこう記しました。「私がこの短篇について書くのは、それが瞭かにドストエーフスキイの「キリストの樅の木祭り《ヨールカ》に召された少年」と重なるから。大きな硝子の向こうを覗くその少年にとって、樅の木祭りや家庭の慶事は、新たな輝ける生活、祝典、天國だった。アンドレーエフの少年サーシカは、硝子越しに、樅の木を見ず、音楽を聴かない。彼は、単に樅の木祭りへ連れてこられ、無理に祝祭の天國へ導かれた。一體、新しい天國に、何が在ったろう？……」この作品は、二〇〇八年にザリーナ・ベチェーエヴァ監督に依り動畫化されています。

「沈黙」（初出：月刊誌『萬人向け雑誌《ジュルナール・ドリャー・フセーフ》』一九〇〇年　第十二號）
アンドレーエフ家の人々が通うオリョールの大天使聖ミカエル教会の聖職者アンドレーイ・カザーンスキイ（一八三〇〜一九〇三）の息女の自死と云う実話に基づいています。レーフ・トルストーイは、この作品を絶讃。一九〇九年に魯迅と周作人の兄弟が東京で出版した翻訳集『域外小説集』（全二冊）の第一冊には、アンドレーエフの「謾（嘘）」と「黙（沈黙）」が収められ、竹内好著『魯迅』には、周作人のこんな言葉が引用されています。「『域外小説集』二冊には全部で英米仏各一人一篇、ロシア四人七篇、ポオランド一人三篇、ボスニア一人二篇、フィンランド一人一篇を収めた。この割当から見て、その特徴がほぼ分ろう。すなわち、一はスラヴ系統の偏重であり、一は被圧迫民族の偏重である。この中で、アンドレエフの二篇と、ガルシンの一篇（訳註「四日間」）は、予才（訳註　魯迅の字《あざな》）がドイツ語から訳したものである。予才は何故かアンドレエフを深く愛した。」藤井省三著『ロシアの影　夏目漱石と魯迅』では、この作品が、上田敏訳を引用して紹介されています。

「深淵」（初出：新聞『使者《クリエール》』一九〇二年一月十日）

當時の読者や評者に強烈な印象を残し、文學的な醜聞《スキャンダル》を捲き起こしました。ゴーリキイは、こう回想しています。「「深淵」が招いた醜い騒ぎは、彼（訳註　アンドレーエフ）を落膽させた。常に大衆に迎合する者たちは、アンドレーエフについて下劣なことをあれこれ書き始めた、滑稽なまでに中傷を捏《でっ》ち上げて……。「僕（訳註　アンドレーエフ）はね、読者への恭順この上無い要望書を刷って塀に貼って廻ることにしたよ、こんな短い要望書を。お願いです、「深淵」を読まないで！」」アンドレーエフは、レーフ・トルストーイの次のような反応にも心を痛めました。「何たる醜悪！処女《おとめ》を愛し、彼女をあんな状態にし、自分は半殺しにされた青年、その彼が、あんな低劣な行爲に及ぼうとは！……、彌早《いやはや》！」一九〇二年八月三十一日、アンドレーエフは、批評家アレクサーンドル・イズマーイロフに宛ててこう書いています。「トルストーイが「深淵」のことで縷々《さんざん》僕を罵ったのをお読みですよね？　どの口があんなことを、「深淵」は彼の「クロイツェル・ソナタ」の実娘《じつじょう》なのに……。」小田切秀夫編『發禁作品集』所収の昇曙夢著「『深淵』發賣禁止の思ひ出」には、「確かに明治四十年頃だつたと思ふ。「新小説」がまだ後藤宙外氏の手で編輯されてゐた頃、同誌に掲載したアンドレーエフの『深淵』（小説）が風俗壊乱の廉で発売禁止に遇つた。」と記されています。この作品は、一九八九年にヴラヂーミル・ウフィームツェフ監督に依り『狂喜する獣』と云う題名で、二〇〇九年にアントーン・コスコフ監督に依り同名で、映畫化されています。

「齒痛《はいたみ》（原題　ベン・トヴィト）」（初出：『ニジエゴロド選文集《ニジェゴローツキイ・ズボールニク》』一九〇五年）

この小品は、當時の批評家に顧みられませんでした。森鷗外が、獨逸語から訳しており、拙訳の題名も、鷗外訳と揃えてみました。

「ラザロ（原題　エレアザル）」（初出：月刊誌『金羊毛《ゾロトーエ・ルノー》』一九〇六年　第十一・十二號）

この短篇は、ギュスターヴ・フローベールの哲學的な作品「聖アントワーヌの誘惑」や月刊誌『神の世界《ミール・ボージイ》』に訳載された仏蘭西高踏派の詩人レオン・ディエルクスの長詩「ラザロ」の影響を受けているかも知れません。この作品と「イスカリオテのユダ」は、一九九一年にミハイール・カーツ監督が『荒れ野』と云う題名で映畫化しています。

「イスカリオテのユダ」（初出：出版社『知識《ズナーニエ》』選文集　一九〇七年度　第十六巻）

この中篇は、「永遠の」主題が社会主義者革命家党《エス・エル》の幹部エーヴノ・アーゼフの摘發と云う焦眉な主題と重なり、広汎な読者や評者の注目を集めました。批評家ヴァシーリイ・リヴォーフ＝ロガチェーフスキイは、「現代の傑作、世界文學に於ける重要な場處を占める」と書き、作家レーフ・トルストーイは、「極めて忌まわしい、贋物、才能が感じられない」と記し、反響は様々。利倉隆著『ユダ　イエスを裏切った男』では、この作品が、二頁餘りに亙って紹介されています。ゴーリキイの回想『レオニード・アンドレーエフ』には、ユダを繞る遣り取りが録されています。二ヶ處、訳出させていただきます。

レオニードは、沙発《ソファ》に重く倚《もた》れた……。

「誰かが云った、キリストは善き猶太人《ユダヤ》、ユダは悪しきそれ。でも、僕はキリストを好かない、ドストエーフスキイは正しい、キリストは偉大な頓珍漢《とんちんかん》云々……。」

「ドストエーフスキイは、そんなこと云わないよ、それは、ニーチェ……。」

「可《い》いよ、ニーチェでも。ドストエーフスキイが云う可《べ》きだったけれど。誰かが僕に證明していた、ドストエーフスキイがキリストを密かに憎んでいたことを。僕もキリストやキリスト教を好かない、楽観主義《オプチミズム》は、僞りだらけの忌まわしき虚構……」。

「君には、キリスト教が楽観主義的に想えるのか？」

「勿論、天の王國だとか、諸々の莫迦《ばか》げたもの。僕は、ユダは猶太人《ユダヤ》ぢゃなく希臘人《ギリシャ》だったと想う。彼は、傲岸。そして、賢明、ユダは。君は、裏切りには色んな理由が在るって想わない？　それは、千種萬様。アーゼフには自分の哲學が在り、彼が金子《かね》の爲にだけ裏切ったと考えるのは浅慮《あさはか》。可《い》いかい、ユダは、假令《たとえ》目の前のキリストにヤハウェが顕れていると確信していたとしても、矢張り彼を裏切ったろう。神を殺すこと、恥《は》ず可《べ》き死を以《もっ》て彼を辱めること、それは、由無《よしな》しごとぢゃない！」

（ゴーリキイ『レオニード・アンドレーエフ』）

「僕（訳註　アンドレーエフ）は、ユダのことを書きたい、未だ露西亜に居た頃、僕は、彼についての詩を読んだ、誰（原註　A・ロスラーヴレフ（訳註　アレクサーンドル・スチェパーノヴィチ・ロスラーヴレフ（一八八三～一九二〇）か））のか憶えていないけれど、実に巧みなもの。君は、ユダを怎《ど》う想う？」

當時、私の許には、ユリウス・ヴェクセル（訳註　芬蘭《フィンランド》の詩人・劇作家、一八三八～一九〇七）の四部作『ユダとキリスト』の誰かの翻訳、トル・ヘドベリ（訳註　瑞典《スウェーデン》の作家・詩人・劇作家、一八六二～一九三一）の短篇の翻訳、そして、ゴロヴァーノフの長詩が在り、私は、それらを読むよう彼に慫《すす》めた。

「御免だね、僕には僕の着想が在り、それは、僕を惑わせ兼ねない。寧《むし》ろ、聞かせておくれ、彼らが何を書いたか？　否《いや》、結構、話さないでおくれ」（前掲書）

翻訳について

翻訳に際しては、露西亜極東のハバーロフスクの書舗で購《もと》めた前掲書を底本とし、埼玉大學図書館の蔵書であるアンドレーエフ全集　第五巻　文藝作品 Л. Н. Андреев. Полное собрание сочинений и писем в 23 томах. Том 5. Художественные произведения, 1906-1907 – Москва: Наука, 2007. と 電子版のアンドレーエフ選集　第二巻　短篇・戯曲 Л. Андреев. Собрание сочинений в 6-ти т. Т. 2. Рассказы, пьесы. 1904-1907. を参照しました。聖句に関しては、露西亜語の聖書 Библия Книги священного писания Ветхого и Нового завета（Pussian Orthodox Bible United Bible Societies - 1991 - 100M - DC053）や『聖書　新共同訳　旧約聖書続編つき』（日本聖書協会　一九九四年）を参照しつつ、旧約は、『舊新約聖書　引照附』（日本聖書協会　一九八一年）、新約は、『我主イイススハリストスの新約』（日本正教会翻訳　一九八五年　正教本会版）に依拠しましたが、冨岡悦子著『パウル・ツェランと石原吉郎』で、次の一節に触れた時には、はっとしました。「石原吉郎は、繰り返し文語体の聖書が文体の上ですぐれていたことを強調していた。たとえば、エッセイ「聖書とことば」のなかで、「私は現在でも口語訳の聖書をほとんど読まない。私にとって、聖書との邂逅を決定的なものにしたのは文語体の格調の高さであって、その印象は今も私に持続している」（『全集』Ⅱ　四〇四）と述べている。」

参考にさせていただいた資料は、次の通りです。アンドレーエフの作品の翻訳や翻案は、昇曙夢訳「深淵」、石山正三訳「深淵」、森林太郎（鷗外）訳「犬」「人の一生」「齒痛」、岡本綺堂訳「ラザルス」、金沢美知子訳「ラザロ」、千葉幹夫「不死の男ラザロ」、西野辰吉「死人の眸」、米川正夫訳『イスカリオテのユダ』、北垣信行訳「キリスト教徒」、原卓也訳「霧の中」、二葉亭四迷訳「血笑記」、小笠原豊樹訳「レクイエム」、小平武訳『悪魔の日記』『七死刑囚物語』。アンドレーエフに関するものは、『ロシアを知る事典』、『新潮世界文学辞典』、『集英社世界文学事典』、『現代世界文学人名事典』、ゴーリキイ著／湯浅芳子訳『追憶』、小田切秀夫編『發禁作品集』、藤井省三著『ロシアの影 夏目漱石と魯迅』、竹内好著『魯迅』、海野弘著『ロシアの世紀末〈銀の時代〉への旅』。

キリスト教やユダに関するものは、犬養道子著『新約聖書物語』、三浦綾子著『新約聖書入門』、芥川龍之介作「奉教人の死」「きりしとほろ上人伝」「南京の基督」「西方の人」「続西方の人」、太宰治作「駆込み訴へ」、武田泰淳作「わが子キリスト」、小川国夫著『イエス・キリストの生涯を読む』、矢内原忠雄著『イエス伝　マルコ伝による』、遠藤周作著『イエスの生涯』、フランソワ・モーリヤック著／杉捷夫訳『イエスの生涯』、エルネスト・ルナン著／津田穣訳『イエス伝』、アナトール・フランス作／内藤濯訳「ユダヤの太守」、利倉隆著『ユダ　イエスを裏切った男』、荒井献著『ユダとは誰か　原始キリスト教と『ユダの福音書』の中のユダ』、ジャック・ファン・デル・フリート著／戸田聡訳『解読　ユダの福音書』、ロドルフ・カッセル、マービン・マイヤー、グレゴール・ウルスト、バート・デントン・アーマン編著／藤井留美、田辺喜久子、村田綾子、花田知恵、金子周介、関利枝子訳『原典　ユダの福音書』、ヘンリック・パナス著／小原雅俊訳『ユダによれば　外典』、アドルフ・フォン・ハルナック著／山谷省吾訳『基督教の本質』、ホルヘ・ルイス・ボルヘス作／鼓直訳「ユダについての三つの解釈」。

私の場合、翻訳を手懸ける作品との出逢いは、偶然のような気がします。この世に生を享けたこと自體が、偶然であるように……。昨春に上梓された拙著『ハバーロフスク断想　承前雪とインク』（未知谷）所収の「母語」と云うエッセイでは、本訳書の底本について、アンドレーエフとの再会について、次のように記しました。

もう日本へ移り住んだ後《あと》の或る冬の日に、寒がりな露西亜人の妻が、露台《バルコーン》の硝子戸へ背中を向けて日向ぼっこをしながら、机に向かって露西亜の回想を綴《つづ》り倦《あぐ》ねている私に訊ねました。「耶蘇基督《イイスス・ハリストス》に一番適《ふさ》わしい露西亜語って何だと想う?」「さあ」「ほら、ユダに裏切られたりしたでしょう」「悲しみ《ペチャーリ》」「そう」。降参し掛けていたときにぽろっと零れたその露西亜語に、自分でも驚きましたが、妻のほうがもっと愕《おどろ》いたらしく、逆光で翳《かげ》った頰がぽっと赧らんだようでした。なんでも、妻は、レオニード・アンドレーエフ（一八七一～一九一九）の作品を輯《あつ》めた『凡ての死者の復活』という表題の並製本《ペーパー・バック》に収められている中篇小説『イスカリオテのユダ』を読んでいると、そんなふうに感じられたので、そんなことを訊いてみたというのです。「第二の故郷《ふるさと》」という云い方がありますが、他愛ない妻との遣り取りの御蔭で「悲しみ《ペチャーリ》」という言葉と再会し、私は、「第二の母語」とでも呼びたくなるような郷愁《ノスタリギーヤ》を、露西亜語に感じたことでした。

（「母語」全文）

何故、アンドレーエフとの再会か、と申しますと、三十年餘り前に同人誌の仲間が口にした「アンドレーエフなんか、好いなぁ。」と云う一言が、耳底に残っていたからでした。一九八六年に創刊され二年後に六号で終刊するその同人誌『摩耶《まあや》』（七月堂）には、無名時代の多和田葉子さんも、獨逸のハンブルクから四篇の詩（「アフリカの舌」「日本罐詰め工場の祝日」「モスクワ」「こもりうた」）を郵便で寄稿してくださいました。数年前には、「アンドレーエフに「イスカリオテのユダ」と云う作品が在るらしいのに、手に這入《はい》らない。」と云う見知らぬ方の獨語《つぶや》きに接しました。そして、毎朝、数冊の聖書と露和辞典を披いて露西亜語の聖書に自動鉛筆《シャープ・ペンシル》で一語づつ力點を打っている蟻のような愚生を目にし、或る日、「Это, наверно, тебе интересно.（これ、屹度、貴郎には面白い。）」と上掲書の翻訳を慫めてくれたのが、「寒がりな露西亜人の妻」なのでした。それらの聲に脊を推され、貧しい訳語を紬ぎ始めましたが、心懸けたのは、當たり前ですが、手を抜かないこと、そして、急がないことでした。擱筆までに略《ほぼ》五年を要しましたが、時折り、ゴーゴリ原作の『外套』の制作を幾十年も続けておられる露西亜の映像作家ユーリイ・ノルシテーインさんの笑みが目交《まなか》いを過ったのも、その所爲かも知れません。

本書を出版してくださった未知谷社主の飯島徹さん、編輯実務を擔當され今回も無数の振り假名《ルビ》を施してくださった伊藤伸恵さん、幾多の助言をくださった妻のエカチェリーナ・メシチェリャコーヴァさん、何時も快く貴重な資料を貸し出したり取り寄せたりしてくださる白岡市立図書館の皆さま、本書が上梓される爲にお力をくださった凡ての方に、心から感謝しております。有り難うございました。

二〇二一年　アンドレーエフ生誕百五十年　朱夏

岡田和也

Леонид Николаевич Андреев

レオニード・ニコラーエヴィチ・アンドレーエフ

1871 年、露西亜西部のオリョールで測量士の家庭に生まれたが、中學時代に父を喪い辛酸を嘗める。幼時より読書を好み、學生時代はショーペンハウアーやハルトマンやニーチェに傾倒。ペチェルブールグとモスクヴァの両大學で法律を修め、弁護士の助手に。記者としても働き、時事戯評を執筆。1898 年、新聞に掲載されたディケンズ風の短篇「バルガモートとガラーシカ」がゴーリキイに注目され、一躍、文壇の寵児に。1905 年の第一次革命を歓迎したが、反動期に入ると失望し、1908 年、フィンランドへ移住、戯曲を書き始める。1917 年の十月革命後に亡命、1919 年、心臓麻痺で死去、享年 48。100 近い短篇、7 つの中長篇、28 の戯曲を遺す。19 世紀末から 20 世紀初頭の〈銀の時代〉を代表する作家で、「露西亜のインテリゲーンツィヤのスフィンクス」と呼ばれ、その作品では、生と死、光りと影、現実と幻想が、双生児のように羽搏き、写実主義、印象主義、象徴主義、表現主義など、多彩な様式のプリズムを透して乱反射する。日本でも、二葉亭四迷の名訳「血笑記」など、明治末期から翻訳され、露西亜では、20 世紀中葉の〈雪解け〉後に高く再評価されている。今年は、生誕 150 年。

おかだ かずや

1961 年浦和市生まれ。早稲田大学露文科卒。元ロシア国営放送会社「ロシアの声」ハバーロフスク支局員。元新聞「ロシースカヤ・ガゼータ（ロシア新聞）」翻訳員。著書に『雪とインク』『ハバーロフスク断想』（未知谷）。訳書に、シソーエフ著／パヴリーシン画『黄金の虎　リーグマ』（新読書社）、ヴルブレーフスキイ著／ホロドーク画『ハバロフスク漫ろ歩き』（リオチープ社）、アルセーニエフ著／パヴリーシン画『森の人　デルス・ウザラー』（群像社）、シソーエフ著／森田あずみ絵『ツキノワグマ物語』『森のなかまたち』『猟人たちの四季』『北のジャングルで』『森のスケッチ』、レペトゥーヒン著／きたやまようこ絵『ヘフツィール物語』、プリーシヴィン著『朝鮮人蔘』『西比利亜の印象』『四季』（以上未知谷）がある。

イスカリオテのユダ
L・N・アンドレーエフ作品集

二〇二一年八月三十日印刷
二〇二一年九月十五日発行

著者　レオニード・アンドレーエフ
訳者　岡田和也
発行者　飯島徹
発行所　未知谷
東京都千代田区神田猿楽町二 - 五 - 九
〒一〇一 - 〇〇六四
Tel.03-5281-3751 ／ Fax.03-5281-3752
［振替］00130-4-653627

組版　柏木薫
印刷　ディグ
製本　牧製本

Publisher Michitani Co. Ltd., Tokyo
ISBN978-4-89642-644-1　C0097